代韧飞◎著

聚焦都市情感背后的命运悲欢，醒世人，烛照红尘。

危情

时代文艺出版社

图书在版编目（CIP）数据

危情 / 代韧飞著.—长春：时代文艺出版社，2020.5（2021.5重印）

ISBN 978-7-5387-6377-5

Ⅰ.①危… Ⅱ.①代… Ⅲ.①纪实文学－作品集－中国－当代 Ⅳ.①I25

中国版本图书馆CIP数据核字（2020）第063276号

出 品 人　陈　琛
责任编辑　孟　婧
助理编辑　史　航
封面题字　姚俊卿
装帧设计　孙　利
排版制作　隋淑凤

危情

代韧飞 著

出版发行 / 时代文艺出版社
地址 / 长春市福祉大路5788号　龙腾国际大厦A座15层　邮编 / 130118
总编办 / 0431-81629751　发行部 / 0431-81629755
官方微博 / weibo.com / tlapress　天猫旗舰店 / sdwycbsgf.tmall.com
印刷 / 保定市铭泰达印刷有限公司
开本 / 710mm×1000mm　1 / 16　字数 / 236千字　印张 / 19.25
版次 / 2020年5月第1版　印次 / 2021年5月第2次印刷　定价 / 58.00元

图书如有印装错误　请寄回印厂调换

目　录

心存良知璞玉　笔写道德文章

——代韧飞纪实文学集《危情》序

王　璇

认识代韧飞是在鲁迅文学院第十三期少数民族文学创作培训班的开学典礼上，当时参加开学典礼的 50 名少数民族作家，大多穿着自己本民族的服装，只有她穿着一身警服，格外显眼。美丽的脸庞、挺拔的身姿在警服的映衬下显得英姿飒爽，我不由得被她吸引了。少数民族作家们非常重视、珍惜来到鲁迅文学院学习的机会，从他们着盛装出席开学典礼就能感受得到。代韧飞作为少数民族作家身穿警服参加开学典礼，可见她对这次学习机会的珍视和对这身警服的热爱。

在鲁院学习期间，代韧飞保持着旺盛的精力，不曾落下任何一堂课。她和同学们建立了纯洁的友谊，用心了解各民族不同的文化。因为是警花的缘故，我对她有点格外关注，我们还建立了通讯联系。这些年，她离开公安系统到宣传部门工作，利用业余时间一直笔耕不辍，坚持写作，努力突破。最近听说她又要出新书，很为她高兴。她提出让我为她新书作序，我深知难担此重任，再三推辞。她回信说，她一直都想请鲁院的老师为她的新书作序，而我和她最熟悉（当时我担任鲁院副院长，院领导中唯一的女同志，更容易谈得来），并且一直关心鼓励着她的创作。我思量再三，同意为她的新书作序，尽自己一点绵薄之力，希望能够帮到她。

习近平总书记在讲话中曾经指出："社会是一本大书，只有真正读懂、读透了这本大书，才能创作出优秀作品。读懂社会、读透社会，决定着艺术创作的视野广度、精神力度、思想深度。广大文艺工作者要努力上好社会这所大学校，读好社会这本大书，创作出既有生活底蕴又有艺术高度的优秀作品。"代韧飞作为一名毕业于警察学校，并在公安战线奋斗多年的作家，现在虽然从事的是宣传工作，但对她而言，是读懂、读透了"社会这本大书"，然后才有笔下冷静地描摹社会众生相的多彩文字。

她书中的文字，曾经发表在《知音》《家庭》《婚姻与家庭》等国内知名刊物上，这些文章大都是以情感、纪实、警世为主要特点。作为这些知名期刊的签约作者，代韧飞的文字多年以来能得到期刊编辑们的青睐和重视，自然与她独到的新闻视角、优美的文字叙述、恰到好处的情感抒发分不开的，但更重要的，还是因为代韧飞的文字中，有着深厚的生活底蕴和较高的文学造诣，同时她的笔下还流淌着难能可贵的时代责任感和历史使命感。

静夜细读代韧飞的纪实文学作品书稿《危情》，我被深深地吸引了进去。"冷眼向洋看世界，热风吹雨洒江天"，应该说，代韧飞的文字给人的初步印象是，每个字都充满了力量，这种力量直指红尘深处，带着一种激浊扬清的正义感，卷起一阵刚烈的风，似乎要把这个世界上一切污秽丑恶的东西荡涤殆尽。再仔细深度阅读后，我才真正理解作者冷眼看世界背后的火热情怀，还有她对生活、对生命的深刻思考与体悟。所以，从这些角度看代韧飞，就真切地感受到她冷静叙述情感案例背后，那颗火热的丹心。

书中作品，大部分揭示的是社会上一些鲜为人知的情感案例，或让人扼腕叹息，或让人血脉偾张，或让人掩卷长思，或让人拍案惊奇……翻开代韧飞的纪实文学作品，能看到"三言""二拍"的影子，故事情节传奇而略带神秘色彩，且有着醒世、警世和教益的作用，却又超越了"三言""二拍"的时代局限，笔墨中间散发着新时代的思想光芒，洋溢着新生代作家的锐气与担当。她是站在时代的高度，将那些形形色色的爱恨情仇，放在更为理智冷静、更具法理光芒、更显新时期文学责任感的角度去努力书写，从而使得她的作品具有一定代表性，足以警醒世人、唤回良知、温暖人间。读懂这一点，我们也就读懂了代韧飞给这本书起名的良苦用心——《危情》，不是危言耸听，不是哗众取宠，而是居安思危的深刻思考，是醍醐灌顶的醒世晨钟。

这是代韧飞继《警官之梦》《警世情》后出版的第三本纪实文学作品集。让我们再次走进她为弘扬真善美，用铁血丹心凝聚而成的正能量场，一起感受真实客观与公平正义的温度和力量！

（作者系中国作家协会办公厅副主任，曾任鲁迅文学院副院长）

竞 聘 出 局

　　吴靖和张成强是大学同学，也是 20 多年的好友，在同一单位任职多年，两人还是晋升副局长的最热门人选。竞聘期间，吴靖去了一趟泰国，回来后竞聘成功，然而在公示期，却有人匿名举报他，证据是他在泰国拍摄的一组艳照，还有一份消费了安全套的账单。之后，吴靖被取消了晋升资格并被处分，而张成强顺次当选。

　　2017 年 6 月，新上任的副局长张成强竟被人杀害了！不了解真相的职员们议论纷纷，随着警方将犯罪嫌疑人缉拿归案，扑朔迷离的案情终渐明朗——

天掉馅饼免费出国

　　2016 年 11 月，吴靖单位有个副局长正式退休，空出一个副局（副处）的位置，上级部门决定在本单位竞聘，符合条件的十多名干部均跃跃欲试，吴靖和张成强则是其中最热门人选。时年 46 岁的吴靖和张成强是大学同学，毕业后一起被分配到某省一家事业单位工作，一晃 20 年过去，他们成了不同处室的正科级业务领导。

两人在一个单位共事多年，相互非常了解。吴靖的妻子王文娟和张成强的妻子黄玲20多岁时就是闺蜜，当年吴靖和王文娟先结婚，他们有心撮合张成强和黄玲，让他们当伴郎和伴娘，最后成就了这段美满姻缘。张成强的母亲有心脏病，经常住院，有时赶上张成强出差，吴靖和妻子热心地帮忙照顾。在单位张成强不善交际，热心的吴靖经常帮他挡酒、解决难题。同事们都非常羡慕二人的友情。

私下里，吴靖和张成强在一起议论竞聘副局长这件事时，都表现得很大度。吴靖说："咱俩虽然都面临竞争，但一定要摆正心态，不能伤及友情。"张成强笑着附和："岗位只有一个，谁竞争上都应该为对方感到高兴，绝不能内讧，让外人看笑话。"

2016年12月底，吴靖在张成强的邀请下，参加了他一个朋友组织的饭局。这个朋友名叫童强，在一家旅游公司负责东南亚的旅行团。童强介绍说旅游公司正在举行年度抽奖活动，让张成强和吴靖把名字、身份证号和电话号码告诉他，他可以"暗箱操作"加入抽奖人员名单，万一中了一等奖，就可以免费去东南亚旅游。张成强和吴靖笑着表示如果能中一等奖，一定带家人去东南亚旅游。

2017年1月中旬，童强给吴靖打电话："恭喜吴哥！还记得上次吃饭时，我向你们要身份证号参加公司的年底抽奖活动吗？你被抽中了一等奖，可以免费去泰国旅游7天，时间是18日到24日。"

吴靖有点大喜过望："这么巧，你没骗我吧？""吴哥，我哪能骗你呢，是你运气好，张哥也同样参与了活动，但他就没抽上！"

吴靖虽然在事业单位担任多年的干部，但一直没有机会出国，没想到这次一分钱没花，就获得了免费去泰国旅游的机会。他回家兴奋地对妻子说了，王文娟怀疑地说："天上哪会掉馅饼？"吴靖解释说是张成强一个叫童强的朋友提供的机会。因为和张成强一家的关系，王文娟也没深想，她还对吴靖说："儿子寒假参加社会实践没回来，我最近有空，想和你一起去。你问问，咱们自费参加行不行？"吴靖也想带妻子一起去，高兴应允。

第二天，吴靖向人事部门要了一张申请出国的休假表，找领导签字办理了请假手续。接着，他给童强打电话，让他帮忙把王文娟也加到这个团里，另外付钱。童强在公司又给王文娟争取了一个低价出行的名额，让王文娟交了 4000 元，夫妻俩一起办理了出境前的各种手续。童强说这个团他是领队，可以陪他们一起去泰国，给他们全家当导游。

举报过后竞聘出局

之后，吴靖和妻子随团踏上泰国的旅程，先游览了首都曼谷，三天后坐旅游车来到芭提雅。芭提雅是泰国一处著名海景度假胜地，被称为"东方夏威夷"。在芭提雅入住当晚，童强以"女人不便"为由，单独将吴靖邀了出来，到有名的"东方公主号"轮船上看"人妖"表演。"东方公主号"上集中了泰国最漂亮的"人妖"，个个容貌姣好，身材高挑，风情万种，且擅长热辣舞蹈。童强经常带着旅游团到船上消费，一上船就有一大群"人妖"围上来打招呼。吴靖第一次见到这样的场面，一开始还很拘谨，童强笑着对他说："吴哥，你也放开点，看看假的和真的有什么区别？"吴靖在好奇心的驱使下，也挤上前摸了"人妖"的胸部。

童强把吴靖拉到靠近舞台的桌子边吃自助餐，还点了两瓶洋酒。主持人为了营造气氛，比赛看谁能在最短时间内把一瓶啤酒干完。吴靖平时参加公务应酬多，特别能喝，他主动上前参与这个活动，获得第一名。比赛一结束，有身材窈窕、衣着暴露的"人妖"即刻前来颁奖和献吻，气氛更加热烈，来自各国的游客都在大声呐喊，站在一边的童强用手机把这些画面抓拍下来。

吴靖和童强边喝酒边看表演，到了节目表演高潮阶段的互动环节，一个打扮得像埃及艳后的"人妖"款款走下舞台，邀请一位游客上台配合表演，童强举手示意让她邀请自己身边的吴靖。吴靖站起身接受了邀请，他被"人妖"拉到舞台边。"人妖"为他解开纽扣，脱去衬衫，把他仰面"按倒"，在劲爆的音乐声中，台下观众掌声如雷，童强用手机拍下了多张他赤裸上身的"艳照"。那天晚上，吴靖玩得很尽兴，往日工作的压力都被他抛在了脑后。酒酣耳热之际，他主动拿出自己的一张银行卡，让童强去点红酒，童强到吧台刷卡时，顺手点了一盒避孕套，并将结账单揣进了兜里……

吴靖回国后，单位竞聘工作还没有开始，他过了一个轻松的春节。2017年3月1日，单位正式下发处级干部竞聘方案，参与报名竞聘的一共有十名正科级干部，吴靖和张成强位列其中。3月5日上午，竞聘正式开始，十人按抽签顺序上台演讲，领导和同事们现场打分，分数出来后，吴靖以最高分名列第一，张成强排第二，大家向吴靖表示祝贺。

吴靖的考察预告公示后，人事处接到一个匿名者的举报信，举报信反映吴靖在去国外旅游的时候私生活糜烂，举报人还提供了吴靖赤裸着上身与半裸美女拍的数十张艳照，以及他买避孕套的刷卡消费账单。接到举报后，人事处认真核查，发现照片和账单都是真实的。人事处将调查情况向领导做了汇报，领导开会郑重研究后，取消了吴靖的晋升资格，并连同单位纪检部门对他进行了诫勉谈话。

听到这个出人意料的结果，吴靖原本踌躇满志的兴奋心情，一下子从云端跌落到谷底。去泰国旅游，他只是和"人妖"在一起拍了几张照片，哪和什么"性感美女"拍过艳照？更别谈消费避孕套了！而且，他还是和妻子一起去的。他三番五次地找领导解释，领导对他说："虽然是匿名举报，但举报人有照片和消费账单作为证据，即使无法查实，但这些证据已经造成了极其不好的影响，这事一旦被发到网上，引发炒作，后果将不堪设想。"

吴靖怀疑此事是童强故意设局，多次打童强手机，童强一直关机。他去旅游公司找童强，公司说他已辞职跳槽。他问张成强，张成强说童强只是之前认识的一个朋友，对其并不了解。吴靖的晋升资格被取消后，张成强顺次被列为第一人选进行考察。4月，张成强经过财产审核、考察公示后，顺利被任职为副局长。吴靖开始怀疑这一切是他的竞争对手张成强在背后主使。吴靖把自己的怀疑告诉了妻子，王文娟也觉得张成强嫌疑最大，夫妻俩陷入矛盾和痛苦之中。

背后设局真相败露

因为有了疑虑，吴靖开始在暗中注意张成强和童强的动态。

2017年5月26日下午，大多数人都已下班，吴靖突然看到童强走出了张成强的办公室，他悄悄地跟在后面，等童强走出单位大门，他猛地上去一把拉住童强，问去泰国旅游时的照片是不是他散发出去的？童强矢口否认，称不是自己所为。"那你和张成强到底是什么关系？"吴靖问。童强说："我们是朋友，今天我路过，顺便来看看他。吴哥，我还有事，我先走了。"吴靖怕在自己单位门口和童强争执，造成更坏的影响，只好放他走了。

为查清真相，吴靖第二天去旅游公司询问中奖的事，发现旅游公司贴在墙上的中奖名单里，根本就没有他的名字。他左思右想，终于理清了事情的来龙去脉。他认识童强是经过张成强介绍的，然后就莫名其妙地中了免费泰国游的大奖。那天晚上，他被童强单独约去看表演，并和"人妖"互动，另外只有童强用过他的银行卡。童强和自己无冤无仇，没有理由坑害他，只有张成强有这个动机，自己被取消晋职资格，唯一的受益人就是张成强！

吴靖越想越恼火，想找张成强当面问个明白。案发后，据吴靖向警方交代：6月3日晚，他一个人去了张成强家。当时，黄玲外出了，只有张成强一人在家。张成强客气地给他泡了一杯龙井茶，说正要找时间跟他聊聊，劝他要调整好心态。他越听越不是味，直接追问张成强："你给我说清楚，是不是你让童强拍下我和人妖的照片，买避孕套时用我的卡刷卡，最后还举报了我？"

张成强拒不承认是自己"设计"举报了他。吴靖就把自己去旅游公司调查时用手机拍的中奖名单给张成强看，张成强辩解道："童强可能是为了和你搞好关系，故意让你中奖，跟我没关系。就算是他偷拍了你的照片，刷了你的卡，还不是因为你缺乏警惕性，不能怨别人。你再在我家无理取闹，我就要报警了！"说完就往外推他。

想到自己前途被毁，被组织诫勉谈话，张成强态度还如此理直气壮，吴靖气血上涌，揪住张成强的衣领逼问他："你为什么要这么做？"张成强一边挣脱一边怒吼："在单位这么多年，你处处压着我，我不想活在你的阴影下！"吴靖听完气得全身发抖，他一把抓起茶几上的水果刀，向张成强胸口刺去。张成强躲闪不及，胸前被接连刺中四五刀，浑身是血，倒在地上。吴靖清醒过来后，扔下刀，擦干手上的血迹，急忙下楼打车逃走……

当晚，黄玲回家后发现张成强倒在血泊中，哭着拨打了120，并让邻居帮助报了警。张成强被送到医院后，医生紧急抢救了6个小时，终因失血过多身亡。当天夜里，警方根据张成强家小区监控视频所拍摄到的情况，很快锁定了犯罪嫌疑人吴靖，随后在吴靖家中将其抓捕归案。

吴靖到案后，对犯罪事实供认不讳。由于他的供述内容，有些是出于猜测和怀疑，警方又对他妻子王文娟、童强和黄玲进行了调查，结果真相大白。

原来，张成强对竞聘并不热衷，但黄玲特别要面子。黄玲的女儿和王文娟的儿子高中时都在外国语学校上学，且在同一年级，学习成绩都是中上等。2016年上半年，两个孩子同时竞争国内一所重点大学的保送生名额，结果王文娟的儿子获得保送资格，黄玲的女儿却落选了，最后只考上一所普通大学。此后王文娟有意无意地说起儿子如何出色，这成了扎在黄玲心中的一根刺。黄玲把王文娟在朋友圈里晒的一家三口在大学门口的合影照发给丈夫看："咱们女儿高考时输给她儿子，如果这次你再竞聘失败，那我们就更抬不起头来了。"

张成强压力骤增，要是万一吴靖竞聘成功而自己落败，不仅自己难以面对这个事实，黄玲也会天天在他耳边唠叨，以后这个家就别想清静了，而且在单位，吴靖的能力和声望本来就比他高，他想不出什么好办法可以稳操胜券。

有一次，张成强在跟表弟童强吃饭时，吐露了心中的苦恼，童强一听有了主意："哥，我前段时间听说一个副局长提拔时，有人举报他在泰国和人妖拍艳照，结果不仅没提拔成，还受了纪律处分。咱可以想办法让吴靖参加我们旅游公司的年底抽奖活动，到时花钱运作一下，给他弄个一等奖泰国游，我就争取带队，找机会给他拍几张跟人妖的'艳照'，到时你再匿名举报。哥，那副局长不就是你了吗？""这样做有把握吗？"张成强不放心地问，童强很自信。

第二天，张成强便拿了10000元给童强，童强交了4000元，给吴靖报了泰国游，经过"运作"，让吴靖中了一等奖。那天晚上，在"东方公主号"邮轮上，他不仅悄悄拍了吴靖和"人妖"的几十张艳照，还用吴靖的银行卡，在吧台点了一盒避孕套，并悄悄保存了那张英文账单……

回国后，童强把手机里吴靖的照片存在U盘里，当面交给了张成强。他对张成强说："如果你在竞聘中胜出，这些照片就不用拿出来了；如果是吴靖胜出，你排第二，那就匿名举报他！"

结果是第二种，张成强最终如愿以偿。而那天下午下班，童强到他办公室找他借钱，恰好被吴靖看到。几天后，吴靖到张成强家里，悲剧发生了……

悲剧发生后，黄玲、王文娟及两家的孩子都陷入痛苦与悔恨中。两家人20多年关照有加，本可以继续互相扶持，携手走得更远，结果却因竞争带来的嫉妒和排斥，最终成了仇人，酿成悲剧，也让他们的儿女过早看到了人性丑陋的一面，让人不胜唏嘘。

职场竞争不可避免，但一定要遵守规则和伦理道德，给别人设局或制造陷阱，用暗中打击和加害别人的方式，企图达到让自己晋升目的，一旦真相败露，结果可能两败俱伤。人要行得正，路才走得直，这才是职场取胜之道，除了靠才能、勤勉和卓有成效的工作，为人也很重要，那些急功近利甚至不择手段的人，在职场终将行之不远，甚至伤人害己。

枕 边 噩 梦

周赋是交通运输系统一名年轻有为的副局长。在一次专访中，他认识了省电视台的美女主持人陈潇潇，两人成了情人。之后，周赋不顾众人反对与妻子离婚，如愿娶回比自己小12岁的陈潇潇。

陈潇潇有强烈的创业心。周赋利用他的人脉，出面为她向同事、亲友借了500多万元巨款，供她开了一家整形美容院，结果被陈潇潇全部亏掉，导致他被免职。可此后，陈潇潇却向他提出了离婚。几经周折，落魄的他终于获知了自己从事业到家庭彻底"垮掉"的真相——

婚姻破裂迎娶美女

2010年春季，周赋接受媒体专访，结识了电视台女主持人陈潇潇。陈潇潇漂亮热情、知性优雅，迅速赢得了周赋的好感。时年42岁的周赋，在某省交通运输系统担任副局长，他气宇不凡，口才极好，也吸引住了陈潇潇。

专访节目在电视上播出后，反响非常好。周赋特意设宴款待陈潇潇，酒过三巡，两人都微有醉意。周赋开玩笑说要给陈潇潇介绍对象，陈潇潇称她虽然在电视台当主持人，表面看上去挺风光，其实婚恋选择面很窄，一晃就单身到了 30 岁。周赋怜香惜玉又愤愤不平，借着酒劲说："像你长得这么漂亮，性格又开朗的女人，男人求之不得啊！"

一场专题采访，加上这次酒宴之后，两人成了朋友。此后，只要周赋单位有重要活动，陈潇潇都跟台里领导主动请缨前去采访。2011 年春节前，陈潇潇以感谢支持台里的工作为名，回请周赋吃饭。几杯白酒下肚，周赋很快便醉了。饭后，陈潇潇开自己的车送他回家。在车上，周赋借着酒劲，对陈潇潇说了一番肺腑之言。

周赋的妻子是中学老师，儿子在上初中，学习成绩中上，他忙于工作，应酬很多，儿子一直都由妻子照顾。妻子经常埋怨他把家当成了旅馆。他叹了口气说："妻子对我的工作不理解，时间长了，对我冷若冰霜，家里缺少温暖。"陈潇潇开着车，听到这儿，从方向盘上移开右手，轻轻地拍了拍周赋的胳膊。她并没有把周赋送回家，而是把车开到自己住的小区楼下。她停好车，主动拥抱了周赋，把头埋在他的胸前。周赋浑身颤抖，血往脑子里涌。他随陈潇潇上楼后，一进门，就把她紧紧地搂进怀里……

此后，陈潇潇做了周赋的情人，两人假借工作之名私密交往越来越多，各种传闻也纷至沓来。不久，周赋的妻子发现了，她没有大吵大闹，只是几次找周赋谈话，要他斩断跟陈潇潇的关系。

陈潇潇的美丽浪漫、才华与激情，让周赋深陷其中不能自拔，他认为自己终于找到了真爱。陈潇潇虽然没有逼他离婚，却对他十分钟情，表示要跟他相守一生。周赋也想为自己好好活一次。2011 年 6 月，周赋与妻子协议离婚，他与妻子各得一套房产，儿子跟了前妻，他每月负担 2000 元生活费。

三个月后，周赋与比自己小 12 岁的陈潇潇结婚。他毕竟是副局长，为避免造成不好的影响，他只请了一些至亲好友，很低调地举行了婚礼。

婚后，周赋想再生一个孩子，陈潇潇已 30 出头，该做妈妈了，但她一心想创业，说暂时不要孩子。她多次跟周赋说：电视台是聘用制，为了提成还得拉广告，请客吃饭时，还常被人"吃豆腐"。她想辞职，趁着年轻去创业。为了让娇妻开心，为了支持她去拼出一番事业，周赋在犹豫了一段时间之后，决定支持她辞职创业。

陈潇潇提出利用自己在电视台的名气，还有周赋的人脉关系，从事整形美容行业。周赋同意了。

娇妻创业血本无归

2011 年底，陈潇潇在南四环租了一个两层楼的门面，花了 30 多万元装修。她对周赋说："我考察了好几个整形美容院，如有高水平的美容师和进口美容器械，用不了多久就能回本赚钱。你起早贪黑，一个月工资才五六千元。不如帮我借钱投资开整形美容院，这是咱们自己的事业。"

周赋被陈潇潇描绘的"钱图"打动了，他决定帮妻子大干一番。找人借款时，周赋承诺会按照社会上小额贷款公司的借款利息按期支付。周赋身为副局长，手中有权，仕途又被看好，亲朋好友和单位同事都积极主动把钱借给他。短时间内，周赋先后借到 200 万元，少则 10 万、多则 50 万。

陈潇潇早出晚归地干了三年，结局却并不尽如人意。她不仅没把周赋借来的本钱还上，还多次以需要增加设备等各种理由，又让周赋"借"了近300万元。由于工作原因，周赋不便陪她应酬，但他一直相信陈潇潇的经商能力和魄力，认为赢利是早晚的事，因此放心地帮她"一借再借"。

2014年9月的一天晚上，陈潇潇回来哭着对周赋说："前段时间，美容院给顾客做整形失败，一下赔了很多钱，还造成了恶劣影响。顾客纷纷流失，美容院实在开不下去了，今天关门停业了。"周赋接受不了这个事实："我陆续帮你借的500多万，都血本无归了？怎么亏得这么快？"

陈潇潇哭着说："我本意是想好好创业，没想到会弄成现在这个样子，我还不如死了算了。"周赋见妻子梨花带雨，心中不忍："净说傻话，事情已经这样，咱们慢慢想办法。你把美容院盘点一下，看看那些器械卖了，能顶多少钱，剩下的欠款我算一下，看有没有办法拖延时间，再慢慢还。"

一听说美容院已经关门停业，亲属、朋友纷纷上门要钱，陈潇潇把美容器械和用品抵账，抵了近百万元，可还差400万左右。周赋无奈，将他们住的三室两厅的房子卖了125万，夫妻俩每月花1500元，租了个一室半的房子住，但仍无法还清债务。

2015年春节期间，周赋和陈潇潇去参加她一位朋友的婚礼，这位叫李刚的朋友主动过来敬酒。上半年，李刚的儿子要考公务员，想通过陈潇潇找周赋帮忙。陈潇潇大包大揽地表示，只要他儿子能进面试，周赋就能帮助做工作，确保他考上公务员。周赋为了不伤到她的面子，也点头称是。

2015年6月，公务员考试笔试成绩出来后，李刚儿子以笔试第二的成绩进了面试。李刚赶紧来找陈潇潇和周赋，求他们帮助沟通协调。陈潇潇为难地说，这需要很多钱"运作"。李刚当即表示只要儿子能考上公务员，花多少钱都行。陈潇潇于是安排李刚儿子面试时，穿指定的花格子衬衣，并把照片通过微信发给她，再由周赋将照片发给负责面试的考官。李刚深信不疑，先后交给陈潇潇30万元的"沟通费"。

　　7月，公务员考试面试成绩出来，李刚儿子仍排在第二，但他报考的岗位只有一个名额，结果还是落榜了。李刚气愤地给陈潇潇打电话："我们拿了30万给你，结果事情却没成，你这不是在忽悠我们吗？既然如此，你赶紧把钱退给我！"陈潇潇生气道："该找的领导我们都找了，钱也都送给他们了，现在你让我们还钱，我们也没有！"李刚一听这话，气得不停地拨打陈潇潇的电话，陈潇潇干脆不接听，并将他拉入了"黑名单"。

　　李刚找不到陈潇潇，只好找到周赋的单位，和他理论。周赋确实帮李刚儿子做了些工作，但考试很严格，他起的作用并不大。他知道陈潇潇拿了好处，但没想到她竟拿了30万元！

　　回家后，周赋就斥责陈潇潇："李刚要是告我，我不仅副局长当不成了，还得坐牢！你赶紧还钱。"陈潇潇说："我也是因为欠了太多债，急得无路可走。他告就告呗，谁怕谁！"她一副谁也不怕的模样，周赋无可奈何。

　　随后，陈潇潇又以能够帮助安排工作、帮忙接工程等为由，收取了同学、亲戚、朋友共200多万元的"办事费"。但她只收钱不办事，经常有人找到周赋的单位，找他要钱，不仅严重影响了他的工作，而且造成了很坏的影响。周赋多次跟陈潇潇"约法三章"，不许她在外面打着他的旗号骗取钱财，陈潇潇表面应允，实际上依然我行我素。

身陷囹圄内幕惊人

　　周赋东挪西借，仍有300多万元债务还不上。有些不想提拔的下属，得知他和陈潇潇的底细后，怕他们欠自己的钱还不上，纷纷找他还钱。他烦不胜烦，未经领导同意，擅自外出休假了一个多月。

借钱的人找不到周赋，联合起来到纪委反映，纪委立刻进行调查，发现有周赋亲笔写的欠条，累计金额高达320万元，于是通知周赋的单位，让他到纪委说明情况，并对他做出停职审查的决定。

2016年3月，周赋因为欠大量债务无法偿还，而且故意逃避，在社会上造成恶劣影响，涉嫌诈骗，被单位免职。周赋情绪极其低落，但他仍顾念夫妻之情，把痛苦埋在心里。可陈潇潇经常外出，周赋找不到她的踪影。

年底，陈潇潇竟以债务压力太大为由提出离婚。周赋痛苦万分："为了你，我抛妻弃子，丢官丢职，还欠下巨额债务，你却要离我而去，你还是人吗？"陈潇潇话说得很软："对不起，是我连累了你。可现在我跟你在一起，不仅增加你的负担，我精神上也不堪重负，还是分开吧！"

陈潇潇坚决要求离婚，却闭口不提余下的300多万元债务该由谁来偿还。逐渐冷静下来后，周赋感觉疑点重重，他托一位律师朋友，为他雇请了一个私家侦探，对陈潇潇的过往进行调查。一个月后，私家侦探调查到的真相让他无比震惊。

原来，陈潇潇在北京读大学时，和一个名叫吴成的男生谈恋爱，2003年毕业前不小心怀了孕，两人本打算毕业后就结婚，没想到吴成在一次郊游中意外遭遇车祸身亡。当时，陈潇潇已怀孕6个月，听到噩耗后，她挺着大肚子来到吴成郑州的家中，和吴母哭着抱成一团。吴成父亲很早去世，吴母跪着恳求陈潇潇，把吴家唯一的骨血留下。陈潇潇心一软，答应了吴母的要求。

回到北京，陈潇潇向姐姐陈丹求助。陈丹比她大10岁，姐夫是一家外企高管，有一个7岁的女儿。陈丹劝她把孩子打掉，说服并把她领到一家医院，医生说陈潇潇怀孕近8个月，引产会有生命危险，而且今后可能导致不孕。陈潇潇只好把孩子留下。

2003 年 10 月 29 日，陈潇潇在医院顺产生下一名男婴，陈丹和丈夫托关系，把孩子落在了他们家的户口上，既弥补了他们没有儿子的缺憾，又不影响陈潇潇以后的生活。因为儿子阳阳在，陈潇潇就回老家找工作，进了电视台当聘用员工。她经常去姐姐家，陪伴和照顾儿子，阳阳总亲热地叫她"小姨"。2009 年，陈丹一家去美国西雅图定居。陈潇潇想儿子时，就跟儿子打电话、视频。2010 年初，陈潇潇还办了旅游签证，去西雅图看望阳阳。

2011 年初，陈潇潇突然接到姐姐电话，说阳阳被查出患有先天性神经管畸形，需要做手术和终生治疗，所有费用加起来需要数百万美元。陈丹说："我和你姐夫商量过了，我们一定会竭尽全力给阳阳治疗，现在我们还有些积蓄，等实在没钱时再说。"陈潇潇心情无比沉重，作为亲生母亲她不能坐视不管。

恰好在这前后，她认识了周赋。为了存够孩子的治疗费，她选择周赋做情人，最后嫁给了为她离婚的周赋。婚后，她以开美容院为名，处心积虑地骗取了 1000 多万元，有一半是通过周赋名义借的。她并没有把这些钱用在创业上，整形美容院总共投资也就几十万元。姐姐陈丹几次回国时，她让陈丹将钱分期带到国外。周赋一无所有后，陈潇潇决定离婚，去美国和姐姐、儿子团聚……

面对私家侦探调查到的这一残酷真相，周赋欲哭无泪。他找陈潇潇质问，陈潇潇什么都承认了。她跪倒在周赋面前，哭着说："我也很不幸。你就同意离婚吧，让我去跟儿子在一起，我保证从你的世界里彻底消失。"周赋愤怒地打了她一巴掌，这个从未流过眼泪的大男人瘫坐在地上失声痛哭。

尽管外界尚不知道真相，但两人闹离婚的消息却传了出去，债主们纷纷报案。2018 年 1 月，周赋和陈潇潇分别被公安局以涉嫌诈骗罪刑事拘留。

周赋曾身居要职，有丰富的社会经验，却栽在了私人感情上，终其原因还是没能好好控制个人欲望。更可悲的是，一直到最后，他才了解到这张单纯的面孔背后，竟隐藏着如此复杂的真相。可惜，为时晚矣。

而对陈潇潇来说，她之前的经历令人同情，但她其实完全可以凭借个人奋斗，坦坦荡荡地承担起养育儿子的责任，并走入正当的爱情中。然而，她却自以为是地选择了一条所谓的"捷径"，把事业和婚姻都改写成不见阳光的灰色，毁了周赋毁了自己，也无法再承担作为母亲的责任，令人扼腕痛惜。

生 父 谜 团

在七年前的一次同学聚会上，张昭溜进女同学李婷婷住的酒店房间，将醉酒后人事不省的她奸污。因顾忌到声誉，李婷婷没有报警，后来她怀孕生下女儿杜洁。七年后，杜洁突患白血病，在配型中被发现不是丈夫的亲骨肉，由此揭开了这个尘封多年的秘密。

为了救女儿，李婷婷暗地里寻找当年的强奸犯。她的再次出现，打乱了张昭的生活。若隐身保全自己，孩子如花的生命可能就此凋零；若挺身而出捐髓，则不仅身败名裂，还面临牢狱之灾。他该何去何从？

同学聚会惊闻有女

2006 年 8 月 20 日，张昭参加高中同学毕业十年聚会，聚会采取 AA 制的形式，每人出 500 元钱，吃喝玩住一条龙。很多同学好久没见，聚会气氛格外热闹。席间，男女同学互诉友情，很多人都喝高了。

时年 28 岁的张昭出生在吉林市，毕业后在长春一汽车零配件公司任销售主管，事业刚有所起步。这次同学聚会，他特别关注上学时一直暗恋的美女同学李婷婷。

李婷婷清纯靓丽，高中时坐在张昭前两排位置。张昭在课间时经常偷看她，她的一颦一笑都牵动着他的心。李婷婷学习成绩好，张昭暗下决心，争取能和她考一所大学。结果他高考失利，上了长春税务学院。而李婷婷考上南开大学，和他相隔两地。到大学后，他也曾鼓起勇气写信给李婷婷，隐隐表达了爱意，但李婷婷没有回应，渐渐两人就没有了联系，可这些年张昭心里一直就有李婷婷的影子。

多年不见，李婷婷依然那样漂亮。吃饭时，他特意端着酒杯来到李婷婷旁边，询问她的近况。李婷婷大学毕业后因为要照顾父母，回到长春当老师，爱人在技术部门工作。得知她已经嫁人，想起昔日少年情怀，张昭百感交集，连敬了李婷婷两小杯白酒。李婷婷碍于情面，也陪着喝了两杯。

饭后已是晚上 11 点，同学们都喝得很多，三三两两地回到事先预定好的酒店楼上房间。李婷婷也喝醉了，酒量较好的张昭和好友吴瑶扶着她到 208 房间，李婷婷靠在床上休息，张昭等意犹未尽，就在旁边打了一会牌，12 点多才回到各自房间。本来李婷婷和吴瑶同住一间，吴瑶因第二天一大早要出差，临时决定赶回家，这晚 208 房间只有李婷婷一个人住。

安顿好李婷婷，张昭回到隔壁的 210 房间休息。因为往事和酒精的刺激，他躺在床上，心头燥热，辗转难眠。他惦记着李婷婷，担心她醉酒后不适，于是起身去楼下水果店买了些西瓜、橙子等水果，找到服务员，以给李婷婷送水果解酒为由，请她帮助打开房门。服务员认得他们是一起的，开门让他进去了。

张昭进房间后发现醉得人事不省的李婷婷斜躺在床上，因燥热，裙子领口纽扣被她挣开，露出白皙的胸部。张昭喊了她几声，没反应。多年的梦中情人近在咫尺，他一时情动，难以自控，带着几分醉意反身将房门紧锁，将醉烂如泥的李婷婷强奸……

李婷婷迷迷糊糊中感到有人在欺负自己，可无力动弹。完事后，衣冠不整的张昭从房间溜出来时，正好碰到好友高卫国从别的房间聊天回来。高卫国以为张昭和李婷婷私会，只是一笑了之，没有多问。张昭做贼心虚，当天晚上便借口家里有事先走了。

张昭以为这件事就这么过去了。他一直不敢联系李婷婷，但也从来没有忘记过她，后来，他听人说她生了一个女儿，聪明漂亮。2008 年，他也经人介绍和在进修学校当老师的女友周雪梅结婚。2009 年末，生下一个儿子，一家三口过着平稳的生活。

一晃数年过去了。

2014 年元旦，张昭参加朋友婚宴，与老同学高卫国坐在一席。好久不见，两个人聊了起来。张昭从高卫国那里，得知了李婷婷的近况。高卫国和吴瑶于两年前结婚，夫妻俩与李婷婷一直有来往。就在两个月前，李婷婷 6 岁的女儿杜洁检查出急性淋巴性白血病，需要换骨髓。他和吴瑶准备去医院看孩子，却得知李婷婷家闹翻了天。原来，就在李婷婷和丈夫杜学伟给女儿做配型的过程中，杜学伟发现，杜洁不是自己的亲生骨肉。

高卫国的话让张昭十分震惊。接下来婚宴上发生了什么，他一点儿也没看进去。婚宴结束回到家里，他早早洗漱上床了，可又辗转难眠，多年前的那一幕浮现眼前，他隐隐有种不安，却又觉得不可能。

2014 年春节过后，他打电话给高卫国，提议去看看李婷婷。2 月 22 日周六，张昭和高卫国夫妇约了李婷婷在一家咖啡馆见面。高卫国夫妇因为家中有事，坐了一会儿后走了，剩下张昭和李婷婷。两人多年未见有几分拘束，聊了会儿高中时候的往事气氛才慢慢放松下来。在张昭的追问下，李婷婷诉说了这几年的经历。

犹豫不决隐身保全

当年李婷婷酒醒后发现自己被强奸，痛恨不已，但碍于脸面没有报案。2006年9月末，就是聚会后的一个月，李婷婷例假没来，她到医院做检查，才发现自己怀孕了。李婷婷心情十分复杂。她和杜学伟2002年经亲友介绍相恋结婚。婚后，夫妻俩一直没要上孩子。后检查得知杜学伟患有弱精症，为此夫妻俩一直在想尽各种办法治疗。怀孕后，她也一度担心过，但又侥幸地想，强奸那晚正处于生理安全期，孩子应该是老公的。就在李婷婷犹豫不决的时候，她包里的检查结果让杜学伟看到了，看到丈夫高兴的样子，李婷婷便没有多想。2007年5月，李婷婷生下女儿杜洁。夫妻俩对杜洁呵护备至，无比疼爱。

2012年，为了让杜洁上个好小学，夫妻俩在明珠小区买了一套120平方米的二手学区房，他们把房子重新装修，还特意给女儿屋贴了漂亮的壁纸。2013年下半年，刚上小学的杜洁食欲减退。开始李婷婷也没太在意，可是11月下旬，女儿手背上出现一块紫斑，胸口还发现出血点。夫妻俩急忙带女儿去吉大医院检查，医生先后让她做了血常规、外周血涂片、骨髓穿刺等检查，化验结果出来后，杜洁患了急性淋巴细胞白血病。李婷婷当时就被这个诊断给吓蒙了。

医生告诉他们：白血病病因有很多种，80%与环境污染有关，如劣质家具、装修材料、清洁用品中含有些有害的化学物质，长期接触也可能诱发白血病。李婷婷怀疑女儿患病可能是使用了不合格的墙纸，一回到家里，她就疯狂地把女儿屋里的壁纸都撕下来。

杜洁病情恶化，必须尽早做骨髓移植，才能挽救她稚嫩的生命。李婷婷和杜学伟先后与她做了配型，但都和杜洁不符。而且，杜学伟惊骇地发现一个可怕的事实：女儿是 A 型血，他和妻子都是 B 型血，两个 B 型血生不出 A 型血的孩子。他一度怀疑医院搞错了，为进一步确认，杜学伟坚决要求进行亲子鉴定，李婷婷心怀忐忑，她立即想到了那次同学聚会被强奸的事，她担心的事终于发生了。

在杜学伟的坚持下，李婷婷和丈夫、女儿在司法鉴定中心做了亲子鉴定。鉴定结果支持杜洁与李婷婷的生物学母女关系，但不支持杜洁和杜学伟之间的生物学父女关系。这让杜学伟彻底癫狂了！

李婷婷生活检点，唯一可能出问题的，就是七年前同学会那次失身。事到如今，李婷婷将事情原原本本地哭着告诉了丈夫，杜学伟当即两眼冒火，他抬起拳头，想打李婷婷，却一拳砸向墙面，血流了出来，他在医院的走廊里失声痛哭……

晚上，夫妻俩谁也不说话。女儿杜洁不知道发生了什么，像往常一样蹭到父亲怀里亲昵，杜学伟一把将她推开。杜洁被推得一个趔趄，摔倒了，疼得大哭。女儿撕心裂肺的哭声惊醒了杜学伟，这是他养育了六年的孩子啊，他倾注了全部的爱，不管大人世界发生什么，孩子何辜？他一把抱住女儿。杜洁止了哭声，用小手拉着爸爸，说："是洁洁不对，洁洁以后不生病了，爸爸妈妈就不会吵架，也不会不理洁洁了。"杜学伟再也忍不住了，一把抱住孩子哭了起来。

暴风骤雨过后，杜学伟选择原谅了李婷婷，至于杜洁，虽然不是他的亲生女儿，可这么多年来，他对她像对待自己的生命一样，他怎么能割舍这份父女之情呢。他决定继续尽全力救治杜洁，哪怕倾其所有。

2013 年 12 月底，杜洁病情再次恶化，被送到医院急救。医生说，如果再不移植，患者活不过 1 年。李婷婷心急如焚，中华骨髓库里一直没有找到合适的骨髓配型。如今唯一的希望，就是找到孩子的生父。为了救孩子，李婷婷决定放下尊严，寻找当年趁醉酒强奸自己的人！

李婷婷先找到当年聚会的酒店，可当时的工作人员很多已经辞职，录像也早没了，没人记得当时的事情。她向闺蜜吴瑶哭诉，吴瑶也悄悄帮她打听当年哪个男生出入过她的房间。可那年去了十几个男生，在她房间打牌的就有好几个，问不出个所以然……

"我真恨那个人，可如果他能救孩子，我就什么都不怪他。"李婷婷抹着泪。张昭心里翻江倒海，他再也坐不住了，安慰了一会儿李婷婷，留下了 2000 元钱，说是给孩子治病的，便借口单位有事匆匆逃离。回去的路上，因为心神不宁，他差点与前面的车追尾。

晚上吃完饭他到书房上网，在网上碰到了高卫国。高卫国说出了那件让他一直担心的事："说实话，我看见那天你从李婷婷房间里出来……"张昭知道瞒不过他，便承认了："那天我真是喝多了，本来只想去看下她……"高卫国说："你现在打算怎么办？你想好，要打定主意救孩子，就要站出来；如不想，我也愿意帮你保守秘密。你放心，我们是好哥们儿，我连吴瑶都没说。"张昭心乱如麻，他央求高卫国先为自己保守这个秘密，给他时间再想想。高卫国答应了。

高卫国虽然没有招出张昭，但出于不安，也关注着杜洁的病情。李婷婷在与高卫国的聊天中，感觉到他知道些什么，求他告诉自己真相，并加他微信，将女儿生病前和生病后的照片发给了他。高卫国将这些照片和文字均转发给了张昭。

看到照片中杜洁可爱的样子，想到她如花的生命即将凋落，张昭的心揪紧了。当看到杜学伟为了救女儿，走遍了很多城市的知名医院，他更羞愧不已。杜学伟作为养父尚且能倾其所有救治孩子，自己作为亲生父亲还要躲到什么时候？若孩子真的去了，自己这辈子能安心吗？可他转念又想，一旦承认自己就是当年的强奸犯，身败名裂不说，还可能面临牢狱之灾，家庭、事业、前途付之东流……好几次，他半夜里做噩梦惊醒。

犯错父亲捐髓救女

2014 年 3 月 7 日，下班后，张昭将高卫国约了出来，吐露了内心的痛苦与纠结。高卫国劝他："年轻时谁没犯过错，现在最重要的是孩子，不管你救不救，都该去看看她……"张昭心被触动。第二天是周末，他在高卫国的陪同下去医院看望了杜洁。去之前，他特意给她挑了一个礼物海绵宝宝——这也是儿子张子轩最喜欢的玩具。杜洁抱着海绵宝宝，喜欢得不肯撒手，她毫不掩饰对张昭的亲昵："谢谢叔叔来看我！"她还拉着张昭一起跟海绵宝宝合影。张昭心中百转千回。告别李婷婷时，他特意找她要了手机号。

从医院回来后，张昭眼前便时常浮现出杜洁那双清澈的眼睛。这天，他正一个人看着手机里那张合影失神，5 岁的儿子张子轩过来找爸爸，指着杜洁问："这是谁？"张昭说："一个小姐姐，她生病了。""会死吗？"儿子问。张昭一时语塞。"爸爸，子轩不要小姐姐死，子轩要和她一起玩。"张昭抱紧儿子，泪流了出来："我们不让小姐姐死……"

张昭终于下定了决心。4 月 15 日晚上，张昭在她家附近订了一个包间，打电话约李婷婷见面，说有事情要告诉她。李婷婷隐隐猜到几分。见面后，张昭问了下杜洁的近况，李婷婷说女儿情况很不好，前几天又昏迷了，说着眼泪流了下来。张昭突然跪在李婷婷面前："婷婷，是我该死，我对不起你。同学聚会那天，我喝多了……这些年，我一直生活在愧疚里。"李婷婷惊呆了，反应过来后扑向张昭又撕又打。等李婷婷发泄累了，张昭说，他不敢祈求她的原谅，只希望将功补过，若杜洁真的是他造的孽，他愿意不惜一切代价救她。

李婷婷止住眼泪说，要做骨髓移植，首先要确认二人的亲子关系，张昭答应了。第二天，李婷婷带着女儿的头发样本和张昭一起到司法鉴定中心做了DNA亲子鉴定，一周后鉴定结果出来，确认张昭与杜洁是99.99%以上的亲子关系。李婷婷既悲又喜，立即打电话告诉了张昭。

得知消息后，张昭心情很复杂。5月中旬的一个周六，他将孩子送给岳父母照顾。晚上，他亲自下厨做了几个好菜，夫妻俩几杯酒下肚，张昭向妻子周雪梅一五一十地讲述了多年前酒醉奸污李婷婷的经过。"我也是一时昏了头，才做出那种事。现在孩子危在旦夕，我已经错了一次，不能再错了。"周雪梅万万没有想到，丈夫还有这么一段过往，她哭了整整一个晚上，第二天早上向张昭提出离婚。

张昭已顾不得许多。2014年6月中旬，他和杜洁在医院进行了骨髓配型，配型结果显示他与杜洁6个指标全部吻合，移植后治愈率可高达70%。最快一个月内可进行骨髓移植。

张昭打电话将这一消息告诉了妻子。周雪梅本来带着儿子住进了单位宿舍，这几天，儿子张子轩有些感冒发烧，张昭好说歹说，让她看在儿子的面子上跟他回家。晚上，子轩咳嗽，张昭让妻子先睡，他在儿子床边照顾了一夜。早上，周雪梅起床，看到丈夫倚在儿子的床头睡着了，这半年，他憔悴了许多。

周雪梅的心软了。冷静下来想，事情已经发生了，真不让丈夫救那孩子，只怕他将来也会怪自己，这个家就真的散了。何况，她也是一个母亲啊。这天，她与丈夫长谈了一次，最终答应了他给杜洁捐髓，张昭紧紧抱住妻子，又羞愧又感动。

7月6日，杜洁住进了医院，准备骨髓移植手术。进入无菌舱后，医生为她进行大剂量化疗，将白血病细胞降到最低，为移植做充分准备。

7月15日，杜洁的身体各项指标显示，可以做手术了。可就在手术前的晚上，张昭的阑尾炎忽然发作，疼得他冷汗淋漓。医生与他商议延期做捐髓手术，张昭拒绝了。医生被他打动了，手术如期进行。

在医院，杜学伟终究还是和张昭碰面了，在旁人眼里，他对于这个捐髓的"好心人"态度过于冷淡，但张昭并没有介意。7月15日，医生从张昭的手臂上采集了80毫升外周血，通过机器分离出干细胞后，缓缓地输入到杜洁的体内。手术非常成功！

一个月后，杜洁出院回家休养，杜学伟接来母亲悉心照料女儿。刚开始，杜学伟一心救孩子，可真正见到张昭后，看到杜洁那酷似张昭的面容，他心里又堵得慌，甚至怀疑妻子与张昭另有隐情。杜母无意中从儿子与儿媳的争执中得知真相，让刚平静下来的家又掀起波澜。杜母坚持报案，李婷婷觉得张昭已经救了女儿，也该彼此宽恕了，可她的态度却越发激起了杜家母子的不满。

张昭得知后，对李婷婷充满了愧疚。毕竟是自己造的孽，他无法辩驳。事到如今，只有勇敢承担，求得法律的宽大处理。

2014年10月20日，经过激烈的思想斗争，张昭来到公安局自首，把他当年酒后强奸的行为向民警说明。警方立即对张昭的事情立案侦查。民警初步查明，张昭当年违背了李婷婷的真实意愿，利用其醉酒后熟睡之机，强行与其发生性关系，对李婷婷实施的行为具备强奸罪的构成要件。

2014年11月8日，张昭被警方刑事拘留。李婷婷出具了刑事谅解书。

张昭妻子表示愿意等待法律的公正判决和丈夫的回归。与此同时，为求得李婷婷和杜学伟的宽恕，张昭征询妻子同意后，拿出 10 万元作为杜洁后续治疗费用。杜洁的手术费在 30 万左右，李婷婷和杜学伟前三个疗程已花费 21 万多。

吉林省法律学专家刘洋表示，根据刑法规定，犯强奸罪的，处 3 年以上 10 年以下有期徒刑，追诉时效期限为 10 年。但鉴于张昭有自首情节和已经得到李婷婷的谅解，法院可以从轻判决。

一场追忆青春的聚会，折射出世间百态。张昭在同学聚会后，打开了心中的潘多拉魔盒，强奸暗恋多年的女同学，酿成苦果。虽然他在女儿需要捐髓救命时能够克服心魔主动站出来，但最终仍是害人害己，毁了两个幸福家庭，更毁了他自己的人生。人生在世，关键时刻一定要抵得住诱惑，守得住底线，做到慎独慎欲，才能避免人生悲剧发生。

财 产 审 核

　　2015 年 12 月，在一家事业单位任科长的孙峰，在通过笔试、面试、民主推荐等程序选拔副处级干部的竞聘中名列第二，如不出意外，将获得晋升。按照组织部门的相关规定，必须申报个人重大事项和家庭财产情况。孙峰如实填报了家里的房产、股票、基金等，以为一切大功告成，谁知，组织部门的审核结果下来，查实他瞒报了一套登记在其妻名下、位于海口的面积 160 平方米的房产。孙峰蒙了！逼问之下，妻子哭着说这套房产是妹妹前男友吴强"补偿"她的，因为她曾被吴强强奸……仕途遽然中断，妻子还遭人强奸，不明不白地接受对方巨额房产，孙峰终于崩溃了……

晋升之路出现意外

　　今年 45 岁的孙峰，在某省一家事业单位任科长，妻子刘晶在一家公司担任行政经理，女儿上初中一年级。一家幸福和美。

　　孙峰是单位中层骨干，业务能力很强，可遗憾的是他担任了整整 10 年的科长，眼看着很多同龄人都得到提拔重用，他却还在原地踏步，无法突破职位和事业的瓶颈。由于单位竞争激烈，他屡次找领导表示心迹都没能被提拔，心情一直有些郁闷。

2015 年 9 月初，孙峰从人事处得知单位要调整干部，这次采取竞争上岗的方式，通过笔试、面试、民主推荐和考核等程序选拔处级干部。孙峰工作表现、人缘都很好，理论考试则要认真复习和准备，但他很有信心，积极报名参与，并积极备考。

孙峰报名竞聘的岗位取前三名，一共有符合条件的 65 名科级干部参加考试，只有笔试进入前 9 名，才有机会参加面试，因此必须先闯过笔试这一关。他白天工作忙，就每天晚上复习，常要学到凌晨两三点才上床休息。对科级升处级的干部来说，45 岁是个比较尴尬的年龄，这次他若升不上去，以后将很难再有机会。刘晶十分体谅他的心情和辛苦，每天晚上提前为他准备好夜宵，家务、孩子都不叫他过问，不让他操心琐事，就是让他一心备考。

经过一个多月认真复习，11 月初，笔试成绩发布后，孙峰排名第六。12 月初，经过部门民主推荐测评和面试后，他排名第二，如果不出现意外情况，他肯定会晋升为副处。按照组织部门的相关要求，如今要被提拔为处级领导的干部，必须申报个人重大事项和家庭财产情况，不能瞒报和弄虚作假，一旦被查实，将按照违反组织纪律严肃处理。单位人事处长叮嘱孙峰：“这个规定非常严格，你一定要如实上报。”孙峰把家里的房产、股票、银行理财产品等都做了申报。

2016 年 1 月初，审核结果出来后，单位人事处长严肃地找孙峰谈话：“你有瞒报行为，违反了干部提拔的任用规定，因此经组织研究不予任命。”

孙峰异常震惊：“我把所有能报的财产都报上了。”人事处长说：“你们瞒报了一套登记在你妻子名下、位于海口市的房产，面积 160 平米。"

孙峰更觉难以置信："这不可能，你们一定是弄错了！"人事处长爱莫能助："财产审核是经过严格程序的，绝对不会出现问题，你还是回去问问你妻子吧。"孙峰懵了，脑袋里几乎一片空白。

回家后，他面无表情地质问妻子："你在海口有一套 160 平米的房产？"刘晶脸上红一阵白一阵，孙峰觉得其中必有隐情，"你今天不给我说清楚，咱们马上就离婚！"

刘晶哭了："这件事在我心里压了一年多，我一直不敢跟你说，没想到现在还是害了你……"

当孙峰听说这套房子是妻妹的初恋情人吴强送给妻子的时候，更觉得天旋地转，眼前发黑……

原来，今年 40 岁的吴强和刘晶的妹妹刘妍是高中同学，两人上大学时相恋。毕业后，他们都到海口创业。刘妍学的是英语专业，在一家跨国公司任职，三年后，她抓住机会被调往英国工作，后来因长期分离的原因，刘妍果断提出和吴强分手，并在英国找到了一个"高富帅"男友。

失恋后，吴强十分痛苦，好长时间都缓不过劲来。他心里始终有刘妍的影子，高不成低不就，就一直单着。五六年前，吴强升任海口一家房地产公司副总经理。每次，他从海口回家乡，都把刘晶约出来一起吃饭，打听刘妍在国外的近况，倾诉他对刘妍的思念之情。刘晶觉得他人很好，重情重义，为他和妹妹的分手惋惜，也愿意听听他的倾诉。

刘晶和妹妹一样高挑漂亮，吴强每次见到她，眼神都有点不一样，刘晶略感不安，但也没多想，认为吴强不过把她当成"疗伤"的对象，并不计较。吴强加刘晶为微信好友，心情不好的时候，常在微信里找她聊天，偶尔也打电话，刘晶总是善解人意地安慰和开导他。他每次回来，都给刘晶买较贵重的礼物。刘晶婉拒过两次，都没成功，只好收下。她觉得这是人之常情，但怕丈夫怀疑，也没告诉他。

2014年春节，吴强回到家乡。大年初六晚上，他要回海口前，又约刘晶出来吃饭，刘晶进了包房后，因暖气太热，她脱下外套，露出里面穿的红色羊毛衫，吴强直直地盯着她，半天才回过神来，尴尬地解释："姐，你和刘妍长得真像，我好像又看到了她。"刘晶打趣道："这么多年，你还一直念念不忘，像你这么痴情的人，现在也真是罕见。"

吃饭时，吴强开了一瓶五粮液，一个人喝了近8两，酩酊大醉，刘晶把他扶到车上。可他开不了车，又不愿回父母处，让刘晶就在附近找一家宾馆休息。刘晶只好用他的身份证，帮他开了房。把他送进房间，扶到床上躺下后，她转身就要走，吴强却一把将她拽回来，疯狂地将她压在身下。醉眼迷蒙中，吴强不停地喊着："妍，你不要离开我……"刘晶拼命挣扎："我是刘晶，你快放开我！"可她再怎么挣扎也无济于事，又不便喊叫，醉酒后的吴强力气特别大，不顾她的反抗将她强暴了。

房产隐情引爆炸弹

事后，清醒过来的吴强跪在刘晶面前："对不起，我酒喝得太多了，把你当成了刘妍……你怎么惩罚我都行！"刘晶伤心痛哭："看你总为了妹妹难过，我才经常开导你，没想到你竟对我做了这样的事。你让我怎么面对孙峰，怎么有脸见人！"

吴强还在半醉的状态："要不，你离婚嫁给我吧，你和刘妍都一样好。我保证不会让你受苦！"

刘晶更觉得他把自己当成刘妍是假，她错在根本不该给他"疗伤"，让他以为自己有隙可乘。"不可能！我和孙峰感情很好，孩子也离不开我。这件事我可以不报警，但以后你不要再和我联系了！"

当晚，孙峰也在外应酬，回家比刘晶还晚，她才瞒过去。但这事却给她造成了巨大的影响，因为压力过大，她晚上经常睡不着觉，就怕被丈夫发现。

吴强回海口后，感觉自己严重伤害了刘晶，怕她报警。直到许多天后，见刘晶没有任何反应，他才慢慢放下心来。他想方设法要给予"补偿"，给刘晶打电话或发短信，刘晶或严词拒绝或不理睬。

2014 年 3 月中旬，刘晶到海南出差，在朋友圈晒了几张在海口的照片，吴强看到后打电话要请她吃饭，刘晶再次拒绝了他，吴强竟直接找到她住的宾馆，在门口等着她。刘晶看到他，转身要上楼，被吴强一把拉住："姐，你让我好好解释一下。"

刘晶怕被同去的同事看到，只好同意他上楼。进了刘晶住的房间，吴强愧疚地说："姐，你就原谅我吧。这段时间，我心里一直很难过，为了表示我道歉的诚意，我最近收了一套抵账房，160 多平米，价值 100 多万元，我把这套房子送给你，多少也算是一点补偿。海口冬天的气候比东北好很多，将来你可以带着老人和孩子，到这边来过冬。"

刘晶想不到他一直说的要"补偿"，会是她不敢想的一套大房子，但她感觉不妥，拒绝道："我怎么能要你这么贵重的房产！"吴强说："这只是我的一点心意，这样的房子，我在海口还有好几套。"刘晶本来拒绝得就不坚定，这时松口道："那你让我考虑一下。"吴强如释重负般地离开了宾馆。

当晚，刘晶一夜无眠。因为被强暴，她情绪上一直很压抑，心理也感觉不平衡。吴强现在要送给她一套房产作"补偿"，她不能不有所心动，她觉得自己受到这么大的伤害，也应该得到补偿……

第二天，刘晶给吴强打电话，同意接受这套房产。当天下午，她带着身份证，跟吴强去房交所办了房产过户手续。吴强还想请她吃饭，被她拒绝。

这套海口的不明房产，刘晶想暂时瞒天过海，等女儿成年了，找个机会把房子过户给女儿。她一次也没去住过，也没再跟吴强发生任何关系。

直到丈夫孙峰竞聘副处级领导，按规定要填写财产审核表时，刘晶才意识到问题有多么严重。她根本不敢对丈夫说出实情，更无法预料如实填写的后果。她存着一些侥幸心理，以为外地的房产查不到，没想到最后还是被查了出来，不仅毁了丈夫的升迁之路，也让她的"隐私"彻底曝光。

刘晶哭着向丈夫坦陈了一切，求丈夫原谅她。孙峰几近崩溃，一拳打在拉门玻璃上，胳膊和手背被击碎的玻璃划得血流不止。"你被人强暴，不仅不报警，还接受他送的房产。我跟你结婚这么多年，竟不知道你是这样的一个女人，你太让我失望了！"

刘晶拿着药哭着给丈夫包裹伤口："对不起，这都是我的错，你要打要骂都行，你千万别跟自己过不去。"孙峰气得对她拳打脚踢，摔门而出，几天都没有回家。刘晶每天都饱受着悔恨的煎熬和折磨。

孙峰既愤恨又伤心。妻子瞒着他在外地有房产的事在单位传开，有个别同事幸灾乐祸，暗地嘲讽他被戴了"绿帽子"。他备感羞辱，情绪也变得特别敏感，感觉领导和同事看他的眼神都不对。眼看着那个原来属于他的位置被别人占据，他心头的痛苦无法排解，工作也不好好干了，与之前判若两人，每天晚上喝酒买醉，每次酩酊大醉回家后，都要对妻子施暴或还以冷暴力，以发泄心头愤恨的怒火！

毁妻伤己酿成惨案

孙峰思来想去，提出要告发吴强，刘晶坚决反对，孙峰痛骂："他强奸了你，还把我害得这么惨，他却过得逍遥自在，你能忍我不会忍，我一定要报警，让他进监狱，让他为自己的卑鄙和无耻付出代价！"刘晶哭着求他："你千万不要报警！那天晚上在宾馆就我们两个人，我也没留下任何证据，要是报警也说不清楚……"孙峰说："我看你就是心甘情愿地跟他发生关系吧，真不要脸！"刘晶默默饮泣。

远在海南的吴强也听说了这事，心里无比沉重。2016年3月初，他从海口飞回，在刘晶单位楼下马路边等她。刘晶看到他，情绪骤然失控："你把我害成这样，还敢来见我？"吴强把她拉进车里，心疼地说："送你房子是为了补偿你，没想到却给你一家惹下这么大的事。我听说孙峰现在酒后经常打你，这手上的伤就是他打的吧？不行，你就离婚吧，咱们在海口重新生活。"刘晶哭着跑出车外。

刘晶不想离婚，只能度日如年般地煎熬着。3月20日晚上，孙峰下班回家，对她拳打脚踢："听说吴强又来找你了，你不是说你们没有关系了吗？竟敢公然在一起苟且，不要脸！"刘晶一边躲避着他的拳头，一边哭着说："你既然看到我心里就难受，那还是离婚吧，肉体上的伤痛我可以忍，精神上的伤痛我已经无法承受，再这样下去，恐怕我就要得精神病了。家里财产都留给你，我净身出户。"

孙峰一听更加气愤："你把我毁了，竟然还要跟我离婚，你这是要跟吴强走啊，我今天就是杀了你，也不会遂你们心愿的。"刘晶看到孙峰疯狂的样子，想逃出家门，孙峰一手拿着打火机，一手拿着一个装满液体的瓶子威胁："你别乱动，这里装着汽油，你真跟我离婚，我就点了，把这栋楼炸了！"

　　刘晶意识到危险，趁孙峰不注意，通过手机微信迅速录了个小视频，发给好友柳容。柳容发现情况不对，赶紧给刘晶的手机打电话，却被孙峰抢过来挂掉，柳容马上打110报警。这边，孙峰抢过刘晶手机，看到她发的求救视频后，气得从桌子上拿起切西瓜的大水果刀，失去理智地向刘晶捅去。刘晶躲闪不及，全身被捅了十几刀，倒在血泊中。

　　公安局接警后，在柳容的帮助下，迅速赶到孙峰家，将其抓获归案。刘晶被送到医院抢救，她胸、腰部等多处受伤，伤口离心脏仅仅2厘米，幸好抢救及时，21日晚脱离生命危险。吴强得知后痛悔不止！孙峰因涉嫌故意伤害罪被刑事拘留，他对犯罪事实供认不讳。

　　一张财产表，有可能揭出贪腐真相。本案中，这张财产表却意外揭出妻子的一段隐情。刘晶为妹妹已分手的初恋情人过度"疗伤"，没能清醒地保持距离，没有考虑到他在失意、失控的情况下，很容易有失当的举止，结果难免不出现意外；刘晶在被强暴后，一味隐忍，不报警，这其实给了吴强"幻想"的空间，"赠予"房产与其说是"补偿"，不如说是幻想两人还有进一步交往的可能。房产成了一枚隐形炸弹，随时都可能引爆。而对孙峰来说，他首先应该想到升迁并不代表一切，他如果选择宽容，理性地帮助妻子排除"引线"，这场家庭危机当可能平安度过，可他因为纠结于内心的怀疑和怨恨，放大着在升迁之路上所遭受的挫折和打击，结果走上了毁妻伤己的不归路！

信任危机

2018 年 5 月 13 日，正值母亲节，某市一家大型连锁美容院里发生了一起伤害致死案，漂亮外企女高管安雪冰用水果刀将她的私人美容顾问李怡飞刺死。

一个是衣食无忧的外企女高管，一个是在生活底层苦苦挣扎的美容师，身份悬殊如此之大的两个人究竟会发生怎样的纠葛呢？

美容顾问贴心解忧

安雪冰是一家外企的业务主管，已婚，39 岁，长相漂亮，年薪二十万左右，有房有车。她业余时最喜欢去美容院，做面部护理和身体护理。钱是没少花，保养效果也非常好，虽然年近 40 岁，皮肤白嫩光滑，看起来像个少女。

安雪冰经常去的那家美容院是一家全国连锁的大型美容院，位于市区繁华地段，设备和服务都是一流，有三十多个包房，所有美容顾问和顾客全都是女性，私密感特别强。安雪冰有一对一的美容顾问，名叫李怡飞。安雪冰每周日下午去美容院，先做全身 SPA 按摩，然后做面部美容。一来二去，和李怡飞熟悉起来。

李怡飞23岁，家在农村，还有一个弟弟在读初中。因为家里经济条件差，她很早就辍学到自然美培训学校学习美容，结业后被聘到这家美容院。刚开始安雪冰对高中都没毕业的李怡飞心里有些瞧不起，可是有一件事情改变了她对李怡飞的印象。

2016年4月的一天，安雪冰做完美容后急着去处理一件事，匆忙中把做美容前摘下来的装着欧米茄镶钻手表和卡地亚项链的小包落在美容院的包房里。等她发现的时候，已经离开美容院一个多小时了。里面的东西价值近五万元钱，要是被美容顾问或其他顾客拿走，那她的损失就大了。她急忙给李怡飞打电话，李怡飞说马上帮她去找。安雪冰没抱什么希望，非常郁闷。没想到二十分钟后，李怡飞来电话说小包找到了，里面的东西都在，已经保存好，等她来取。安雪冰非常感动，她觉得，李怡飞虽然是农村出来的，没有多少文化，但本质善良淳朴，值得信任。

出于信任，安雪冰跟李怡飞相处起来更加放松了。心情一放松，话便多了起来，有时候，遇到一些烦心的事情，跟家人朋友不便说的，她反而愿意跟李怡飞说。因为她觉得，李怡飞离她的生活十分遥远，跟她倾诉十分安全，不会惹什么麻烦，也无须担忧她对自己有什么看法。李怡飞一般只是倾听，从不做评价。安雪冰做完了美容，心里的郁结也倾泻完了，仿佛做了个心情spa，整个人都焕然一新。

出于回报，安雪冰也很积极配合李怡飞办卡，每个月平均花费近万元。有了安雪冰等大客户的力捧，李怡飞有一个月提成加奖金达到8000元。李怡飞特别高兴，特意去商场买了一条丝巾送给安雪冰："姐，太感谢你了，因为有你的支持，除了给家里寄去必要的开支外，我这个月都可以换个好的地方租房子了。"安雪冰笑着收下了丝巾，转手送给了家里的钟点工。

美容院的总部每年组织两次拓客培训，拓客回来后就会集中推出一些新的项目并办优惠卡。每次拓客后，李怡飞都恳求安雪冰办卡，碍于面子，安雪冰每次都会买一些。2016年8月初，李怡飞拓客回来后，在安雪冰来做美容时，神秘地对她说："姐，你和姐夫夫妻生活和谐吗？"安雪冰也没把李怡飞当外人，就回答说："还行吧，可能是年龄大了，现在越来越没感觉了。""姐，这次我们培训了一个新项目，就是能帮助性欲低的中青年女士提升性福指数，效果特别好，你试试呗。"安雪冰诧异地问："还有这样的项目呢？""嗯，我们这次拓客培训中这是最重要的一项，虽然费用不低，但效果特别好，可以让你以后的夫妻生活性福指数飙升，让姐夫再也离不开你。不信姐可以试试，试好了再办卡。"

安雪冰犹豫了一下，就花了八千元办了一张十次的项目卡。安雪冰脱掉衣服放松地躺在美容院床上，李怡飞用仪器帮助安雪冰体会到了久违的高潮。连这么私密的事情都分享了，从那以后，安雪冰更加信任李怡飞。有一天，她正在做美容的时候，手机突然响了，她懒得动弹，就告诉了李怡飞手机屏幕的手势密码，让她接通了电话后放到她的耳边通话。事后，她还跟李怡飞开玩笑，连她老公都不知道她的手机屏保密码，李怡飞却知道。刚开始，李怡飞还注意出去回避一下，等她打完了再进来，时间长了，或许是见安雪冰没有反感，她便不再出去了。

盲目信任留下隐患

2016年底，不到三个月的时间，安雪冰在李怡飞手上办了累计四万元钱的项目卡。2017年上半年，李怡飞又去辽宁参加拓客培训，回来时又增加了用高科技器材测试皮肤衰老度及眼部紧致护理等项目。安雪冰因为还有近三万元的美容卡没有消费完，就不同意再办理新卡。据案发后李怡飞的同事赵婉讲述，李怡飞并不担心，她觉得安雪冰只是说说而已，只要好好沟通，肯定能办。

因为平常工作压力大，做面部护理时，在恰到好处的按摩下，安雪冰通常都会放松下来，聊着聊着就进入深度睡眠。睡眠时，她都会把手机放在右手边，万一单位或者家里有急事找她方便接电话。据案发后安雪冰交代，这天，她睡醒后发现李怡飞竟然拿着她的手机给她拍照，让她看按摩后的效果。她当时就有点不高兴，认为李怡飞不该没经过她的同意就动她的手机，但又不便发作。

李怡飞在旁边说："姐，你看这新项目做后多好，你就办这个卡吧。""这个项目多少钱？""十次 19888 元，特别划算的，因为你是咱家老顾客，我特意为你向院长申请了最高折扣，打完折后 16888 元，还赠送你一个精华眼霜。"安雪冰说："我还有很多项目都没做完呢，等我都做完后一定办。"李怡飞说："姐，我们拓客回来都是有任务的，看在我一直为您服务这么好的面上，您就帮帮我完成这个任务吧，不然我就要被扣工资了。您也知道，我家庭条件困难，全家都指着我赚钱养家呢。"安雪冰为难地说："真不好意思，我前段时间刚在海南买了套楼房，手里现在没有余钱，等过段时间有钱了再办卡支持你。"

因为那段时间房价呈上升趋势，安雪冰身边很多同事都把余钱投入房地产，涨幅十分可观。安雪冰也跟着同事们在海南三亚的海棠湾附近买了一套 65 平米的两居室楼房，每平米近三万元，因为不能贷款所以都是一次性付款。安雪冰一共花了近二百万元，她把所有的余钱都花出去后，还从亲属那调借了四十万元钱左右。所以她目前手里真是没有闲钱办卡了。

李怡飞以为安雪冰手里没钱是借口，等安雪冰洗完澡下来后，李怡飞又说："姐，这真是能帮你变得更漂亮的项目，你不办卡可惜了。这不，我又帮你申请了一个最低折扣，只要13888就行了，还赠送你一个美白套盒，看您平时开好车，穿得也都是大牌，肯定不差这点钱，何况还这么优惠呢！套盒我都帮你领出来了，您到这边刷卡就行了。"

安雪冰有些愠怒，毫不留情地拒绝了。李怡飞忙说："姐，您要是现在没钱我可以替你刷信用卡，将来有钱时再还我。"听了这话，安雪冰更反感了，拒绝道："我说不办就不办了，你不要再说了。"说完，冷脸穿好鞋就走了。

据赵婉讲述，当时她和几个美容顾问就在旁边，都看到了这一幕。李怡飞非常难堪。晚上美容院盘点一天业绩时，只有李怡飞没有完成美容院定的目标，她的心情非常恶劣。

从那以后，安雪冰也因为心有反感，就不太配合李怡飞办理各种项目卡了。2017年11月中旬，李怡飞又去参加总部的拓客培训，期间她给安雪冰打电话。安雪冰以开会为名拒接，李怡飞不停地给她发微信，安雪冰没有理她。

据案发后李怡飞的男友林志刚交代，拓客回来后，她跟林志刚谈及此事，抱怨安雪冰这么有钱，却不帮助她办卡，不仅让她业绩下滑，还让她特别没面子，十分怨恨她。

林志刚比李怡飞大四岁，在房地产公司做文员，家里条件也不好。两人已到谈婚论嫁的阶段，只是碍于没有房子。2018年初，他们才在美容院旁边的小区买了个56平米的二手房，并交了首付20万元，贷款20年每月还款3000元。没想到不久前林志刚因车祸意外受伤，单位将他辞退，没有了收入。李怡飞一个人负担还房贷和生活费用，经济压力更重了。

听了李怡飞的抱怨，林志刚给她出主意："既然那个安雪冰不讲究，那你可以采取点非常规办法逼她办卡，下次在她做美容再睡着时，你偷偷打开她手机看看里面有没有什么不能让别人看的东西，拍下来留作证据，那她以后不就无条件支持你了吗？反正办卡也是她自己消费，又不犯法。"

在林志刚的提示下，2017年12月12日，安雪冰再来做美容睡着时，李怡飞偷偷打开安雪冰手机，迅速翻看她的微信。她发现有一个微信名叫吴刚的男士给安雪冰发来微信说："一会我先到宾馆等你，你做完美容后直接过来。想你。"除了这段话，聊天记录里还有一张他们两人挨在一起的亲密合影。她事后告诉林志刚，她记得安雪冰提到过吴刚，是她的上司，好几次她当着李怡飞的面接吴刚的电话，听得出来，两个人关系很不一般。李怡飞赶紧把这些微信截屏发到她的微信上，然后又把安雪冰手机微信里的记录删除。

锒铛入狱悔恨终生

2017年12月20日，李怡飞再次以要养家和还贷为由让安雪冰办卡时，安雪冰不客气地说："你贷款供房是你的事情，我不想办卡是我的事，不能把两件事混为一谈。"两人说僵了，李怡飞把自己手机里截屏和照片用微信发给安雪冰，说："姐，我也不想做毁坏你名誉的事情，可我现在实在没办法，您就支持支持我吧。"

安雪冰看了图片后心里一惊，这不是她和吴刚的聊天记录吗？怪不得那天吴刚说给她发信息了，她没有收到。当时她没有细想，还以为网络出问题了，看来是李怡飞删除了。一时间，安雪冰非常后悔让李怡飞知道了自己的手机密码，也不该在她面前暴露她跟吴刚的关系。她急忙柔和地说："这样吧，我就办 13888 的美容卡支持你，但你这样做是犯法的，你赶紧把这些照片删除，我就不追究了。"在她刷完信用卡后，李怡飞当着她的面把手机里的照片删除了。

可安雪冰没想到，李怡飞早就把这几张照片自动保存到云空间里。在那以后，安雪冰在她的威胁下半年内办了近 15 万元的美容卡。她想报警，可担心她和吴刚的关系暴露。而李怡飞也正是摸准了她这一心理才敢得寸进尺。因为前段时间买房手里没有余钱且还处于欠债状态，安雪冰无奈只好把出嫁前父母留给她的一套 65 平米小两居室卖了 50 万元，才把借亲戚的钱还上，并把办美容卡的钱付上。

从那以后安雪冰就很少来做美容了，因为她一看到李怡飞就心情不好。李怡飞有新项目依然跟她微信沟通。每次看到李怡飞发来的微信，安雪冰就心烦意乱，吃不下、睡不着，人也陷入了抑郁状态，总担心东窗事发，毁掉自己的家庭和事业。丈夫看到她每天做事情心不在焉，问她是不是遇到什么麻烦事，安雪冰也不敢说。

2018 年春节后，安雪冰在和吴刚约会的时候，忍不住说出了李怡飞逼迫她办卡的事。吴刚大吃一惊，不停地埋怨她犯这样低级的错误，他说："你们女人办事就这么拖拖拉拉。她找你办卡，也不过是为了赚钱，我给你拿五万元钱，你赶紧抓时间跟她一次性了结。咱们都是有家庭的人，又是上下级关系，万一传出去，后果不堪设想。"安雪冰十分愧疚，表示一定会处理好这件事。

在被逼得忍无可忍的情况下，2018 年 5 月 13 日，母亲节的那天下午两点，安雪冰在微信里以做美容为借口约了李怡飞，准备做最后的谈判。她跟李怡飞提出要一次性了结，并拿出 5 万元钱现金，说："如果你同意的话，这钱不用办卡，都给你个人。"

　　李怡飞纠结地看着这捆现金，对安雪冰说："那给了这钱，姐你以后是不是都不会再来了？""你觉得呢？我今后都不想再看到你。难得我把你当成这么贴心的人，你竟然做出这样的事，太伤我心了。""那姐你这是要和我一次性了断啊，不过5万元钱也太少了。""那你说得多少？""怎么也得20万，我得把房贷还上，不然房子就要断供了。""你简直是狮子大开口！这些年我都在美容院里办了近三十万元的卡了，你竟然还这么不讲究！""我也是被生活逼迫的，像你们这样高高在上的人哪能了解到我们底层人生活的疾苦。"李怡飞寸步不让。

　　在做前一个顾客时，开背的精油用完了，李怡飞新拿了一瓶过来，当时瓶子半天拧不开，她就到前台拿了削水果的刀子来撬开了瓶盖，水果刀还没有来得及拿走。两个人说话越来越难听，安雪冰遏制不住心中的怒火，趁李怡飞不注意，拿起美容台上的刀子朝李怡飞捅去，没等李怡飞反应过来时，已经挨了两刀，倒在了血泊中……

　　见到血，安雪冰才意识到自己杀了人了。其他美容顾问发现后，赶紧打110报警。李怡飞被紧急送到医院抢救，后因失血过多抢救无效身亡。

　　2018年5月13日，安雪冰被警方刑事拘留。安雪冰的精神已经接近崩溃的边缘，在民警有技巧的询问下，她一五一十地讲出了事情的真相。警方调取了安雪冰和李怡飞所有的微信聊天记录，通过对李怡飞的同居男友林志刚和赵婉等其她美容顾问地调查走访，初步确定安雪冰的确是因为被李怡飞屡次用隐私敲诈后，忍无可忍将李怡飞捅伤后致死。

　　安雪冰的丈夫无法接受这一事实，精神受到极大刺激。身为公司副总经理的吴刚在接受警方询问时，拒不承认和安雪冰有实质性关系。但他受不了舆论的压力，主动提出辞职，带家人回山东老家去了。

　　李怡飞的家人失去了经济支柱，生活难以为继。他们找到公安机关要求安雪冰给予巨额经济补偿。

像安雪冰这样喜欢做美容的时尚女性不在少数。不少女性将美容院当成了身心放松之所，很多时候，一些跟朋友、同事甚至家人都不方便聊的事，反而愿意跟与自己生活毫无关系的美容师去聊。我们更愿意向陌生人倾诉的原因在于，现实中我们需要维持在其他人面前的"人格面具"，有很多的顾忌。而对一个在现实生活中没有交集的陌生人倾诉，无须担忧对方会对自己有什么看法，也不会造成不利影响，省却了不少麻烦。安雪冰把李怡飞当成了贴心的"树洞"，毫无顾忌地在她面前暴露自己的隐私。这种看似安全的关系其实并不安全，最后授人以柄，酿成悲剧，当引以为戒。

娱 乐 至 死

2018 年 9 月 16 日下午，刚刚从法院民事庭走出来的中年男子赵男，突然拿刀刺向自己的岳父、岳母和妻子程薇，三人均被刺中倒在血泊中。民警赶到后，将伤者紧急送往医院抢救。赵男的岳父在医院经抢救无效后身亡，其岳母和妻子身上多处受伤，但已没有生命危险。经查，这是一起因赵男升职失败、沉迷于抖音而引发家庭大战导致的血案……

升职受挫沉迷抖音

时年 31 岁的赵男，是某省一家中外合资企业后勤保卫部技术骨干。妻子程薇是他的高中同学，在科技公司做行政人员，岳父岳母都在政府机关工作。2012 年 10 月，两人大学毕业后结婚，2013 年 9 月，程薇生下了一个女儿。一家三口其乐融融，和美幸福。

赵男的父母都是师范大学教授，对儿子要求一直很严格。小时候，赵男由于贪玩不写作业，母亲曾罚他跪到半夜。高中时，赵男因为迷上了篮球和跳街舞，导致成绩下滑，高考只考上了工程学院的计算机专业，毕业后应聘到一家中外合资企业保卫部做技术工作。参加工作后，赵男处处都表现得非常努力，想尽快干出个样子来，早日得到晋升，好让岳父母也对自己高看一眼。

平时，赵男努力地和公司领导及同事们搞好关系，每当发了工资，他经常请大家吃饭，业余时间还组织同事中的篮球爱好者一起比赛。他认为，只要自己工作努力，人缘好，就会得到重用。可事与愿违，在2017年11月的岗位调整中，自认为提拔呼声最高的赵男竟没有当上部门副经理，而比他入职晚、年龄也比他小的一个本科毕业的同事成了他的主管领导。

人事部经理安慰赵男说，企业领导认为他学历较低，希望他专心钻研业务，别只顾吃喝拉关系。在此之前，早就被酒友、球友们笑称为"赵总"的赵男大失所望，一蹶不振，他郁闷地解散了球队，也不再组织球赛和张罗饭局，觉得领导和同事们都对不起他。

赵男的妻子、父母和岳父母都劝说他，不要自暴自弃，只要脚踏实地，在工作中干出业绩来，假以时日，领导一定会提拔他的。可赵男一想到自己只有大专学历，给领导们的印象也不是特别好，短时间肯定没有晋升的机会，越发心灰意冷。每天下班或者周末都窝在家里，手机成了他最亲近的朋友。

起初赵男只上微信，和朋友们聊天或看看新闻，后来在同事的推荐下，他在手机上下载了抖音软件，没过多久，他就迷上了看抖音小视频，以排遣内心的失落。吃饭之余、睡觉之前乃至上下班途中，他都不忘刷刷抖音，这成了他的习惯。在抖音里，那些短短的15秒视频，带火了很多神曲，同样也将各路大神带进大家的视野。赵男经常窝在角落里，目不转睛地看手机。每当听到手机里传出劲爆的舞曲，或看到赵男笑得合不拢嘴时，程薇就知道丈夫是在刷抖音了。

起初，程薇体谅丈夫升职受挫，认为他只要能忘掉烦恼，安心工作就行。有一段时间，赵男在抖音上看到做菜和做面食的视频后，一时兴起，便买了很多专业厨师用的特殊工具，亲手效仿。每次做完新菜和面点后，赵男都让妻子和女儿品尝，可做了几天，新鲜感一过就不做了。各种做菜和做面食的工具都在家里堆着，既不实用又浪费钱，为此，程薇没少说他。

渐渐地，赵男刷抖音成瘾，不仅家务活不干了，甚至连吃饭上厕所都手机不离手。程薇对此非常不满，两人争吵的次数也与日俱增。两人结婚时就约定，每到周末，一家三口轮流回到双方父母家吃饭。饭前饭后，赵男在父母家或岳父母家刷抖音时，因为抖音里的配曲五花八门，雅俗不一，经常受到长辈们的批评。岳父和父亲都说他经常看低级趣味的东西，品味太差。说的次数多了，赵男索性插上耳机自得其乐。

父母和岳母对赵男都比较宽容，但性格耿直、在机关当领导的岳父程良德，看见女婿这样，多次教训他："赵男，你也老大不小，快是中年人了，应该干点正事，有点追求，不能把时间都浪费在刷抖音上，这样不求上进，将来怎么担当养家糊口的重任？要是能多学点儿法律，参加司法资格考试，考个律师资格证，将来领导都不会小看你。而且，万一企业效益不好，你也好有个退路。"赵男有些抵触地回答："爸，人活着就短短几十年，尽量多做喜欢做的事，我觉得现在这样挺好的，不想有什么远大理想和追求。"岳父气得骂他不学无术。

妻子程薇一再告诫他，不要成天窝在沙发里盯着手机插着耳麦刷抖音，这对视力、听力和颈椎都有很大伤害。可赵男对妻子的劝诫充耳不闻，刷抖音竟像中了魔，总是不停地期待着下一个更引爆眼球的新奇视频，不知不觉就深陷其中，经常一刷就是几个小时，直到凌晨才睡觉。即使妻子软硬兼施，一再抗议他的"家庭冷暴力"，甚至提出要离婚也没有效果。

家暴过后拒绝离婚

2018 年 6 月的一个周六的晚上，赵男在卧室里关了灯刷抖音，连刷 7 个小时都停不下来，直到凌晨 2 点半才上床睡觉。第二天早上醒来，赵男惊恐地发现自己眼前一片模糊，什么都看不清了，吓得他急忙喊："老婆，我怎么什么都看不清了？快陪我去医院！"程薇顾不上着急上火，赶紧陪他去附近的爱尔眼科医院进行检查。检查结果出来后，医生对他说："你的眼睛是因为疲劳过度出现的短暂性视力模糊，应该问题不太大，休息两天再看看。你是不是经常上网？或者长时间盯着手机看啊？"

程薇抢先替他回答："可不是嘛，他天天盯着手机刷抖音，眼睛都快长手机里了，没日没夜的，怎么说都不听。"医生说："天天上网和盯着手机看是最伤眼睛的行为，特别是在照明不佳、坐姿不良的情况下，更容易出现视觉疲劳模糊。现在有很多眼科患者都是这样，严重的话，不仅视力下降，还可能导致视网膜脱落或者眼癌，一定要多加注意。"

从医院回到家后，程薇当着孩子和自己父母的面，把赵男一顿教育，赵男这才勉强答应，不再过度看手机刷抖音了。可他只坚持了几天，便又犯了老毛病。一个周末，5 岁的女儿婷婷吵着要爸爸陪她去游乐园玩，赵男沉迷于看抖音小视频，不想陪她去，就哄着她看抖音里小朋友搞笑的表演。这样一来，搞笑视频一下子就把婷婷吸引住了。从那以后，婷婷总是缠着妈妈要她的手机，说要看抖音里小朋友们的搞笑视频。更恐怖的是，婷婷还模仿抖音里的小朋友，用胶带把自己的眼睛缠上，吓唬别的小朋友。程薇见女儿都被赵男带坏了，更加生气。

2018 年 8 月 24 日晚上，程薇在厨房里忙活，便让已经洗完澡、在客厅里玩手机的赵男照看女儿。赵男嘴上答应了，他一手抱着婷婷，另一只手刷抖音。婷婷要爸爸带她去小便，赵男刷抖音刷得正起劲，头也不抬地说："你自己去吧。"结果没多久，洗手间里就传来婷婷撕心裂肺的哭声：女儿在浴室里，因赵男没处理的洗澡水滑了个趔趄，脸磕在旁边的洗衣机边框上了，门牙当即被磕掉两颗，血流不止！

程薇见状，又气又恨，一把将丈夫的手机摔在地上，抱着女儿去医院处理伤口后回了娘家。最近一段时间，程薇已经多次向父母哭诉，后悔自己嫁了个不思进取的"废人"。这次，见外孙女受伤了，程母也很难过，所幸孩子还没换牙，影响不大，程母只能劝女儿慢慢来，说等女婿走过这段事业低谷就好了。而一向严厉的程良德认真研究了手机上的抖音视频，想着如何下点"猛药"，才能让女婿有所转变。

8 月 25 日下午，赵男带着礼物来到岳父母家，准备晚餐后将妻女接回自己的小家。程薇余怒未消，不让他进门，还是岳母厚道，开门让他进来了。岳母为他们准备了丰盛的晚餐，还准备了红酒。哪知，赵男在酒足饭饱后，又用新买的手机刷起了抖音！

岳父程良德忍无可忍："赵男，我告诉你啊，层次高的人，不会花太多时间娱乐；越是层次低的人，就越喜欢在娱乐上花时间。"听岳父这么说，赵男感到难堪，他辩解道："我高中时，虽然因为贪玩没有考上本科，但我父母都是大学教授，对我从小到大都是正规教育，您说我层次低，是在侮辱我。再说，我刷抖音也是利用业余时间在学习，抖音里面有各种各样的海量信息，我也能学到很多知识。"

　　见女婿公然怼自己，程良德很痛心，语气越来越重："到现在为止，你都学到些什么了？啥都没学会不说，还害得婷婷磕掉了门牙！时间碎片化会让你丧失深度学习的能力，既浪费时间，又学不到真正的知识，你辜负了全家对你的期望！以后你能不能长点儿脸，干点儿有用的事情？""我知道你们一直看我不顺眼，实在不行你们就把我这个女婿换了，让程薇再找个有能耐的男人呗！"赵男毫不示弱。程薇看见赵男对父亲竟然是这种态度，这分明是在打自己的脸啊，她哭着说："离就离！这日子没法过了，咱们签个协议，明天就去办手续！"其实，赵男只是一时赌气说了句气话，实际上他并不想离婚。

　　晚上，程薇和女儿拒绝跟赵男回家，夫妇俩又激烈地吵了起来。吵到激动处，借着酒劲的赵男抬手向程薇的面部打去，一下子就把程薇的眼镜打碎了，她的鼻梁被镜片刮伤，还出了血。看到女儿满脸是血，程母急火攻心，当场便心脏病复发倒在地上。程良德赶紧拨打了120，把妻子和女儿送到医院救治。经过抢救，程母转危为安，医生嘱咐说，病人不能再受到惊吓，需要静养。而程薇的检查结果是左侧鼻梁轻度骨折，因镜片破碎导致面部多处受伤，护士为她上药后把血止住了，贴了几块纱布。

　　看到程薇满脸缠着纱布，程良德既生气又心疼，拿出电话就要报警，却被程薇制止住了："爸，千万不能报警，赵男虽然可恨，但他毕竟是婷婷的爸爸，如果他因此被刑事处罚，以后婷婷会因为有这样的爸爸抬不起头来，而且还可能在将来影响她的择业和婚姻大事。"程良德拗不过女儿，同意不报警，但他说："不报警可以，但是这样的人跟畜生一样，又不学无术，还把你打成这样，简直没有人性，坚决不能再和他过下去了，爸爸支持你离婚。"

法院门外酿成血案

在父亲的坚持下，程薇考虑再三，终于做出了离婚的决定。等母亲从医院出来后，程薇几次约赵男一起去民政局办理离婚手续。赵男根本就不想离婚，自然总是以各种借口推托。程良德只好亲自给赵男打电话："你要是不同意离婚，我就打报警电话，把你对程薇家暴的事交给警察处理，她现在脸上的伤就是最好的证据，而且我们和对门邻居都可以当证人。"那天赵男施暴时，因为开着门，对门邻居也看到了。

"爸，我毕竟做了您几年的女婿，还是您外孙女的爸爸，您不劝和，却劝我们离婚，太不讲情面了！""跟你还讲什么情面，你动手打程薇时，怎么不顾及那么多年的夫妻感情呢？你现在必须同意离婚，不然我就上法院告你！""那如果程薇实在要跟我离婚，家里的财产对半分，女儿跟我，让我爸妈帮着带。"

"你们有什么家产？你们住的这套房子当初是我们给程薇买的，跟你一分钱关系都没有。这些年你每个月收入有限，孩子从出生到学早教班的花销都是我们给你补贴的，你们根本就没有什么存款。你整天不学无术，沉迷于上网刷抖音，婷婷如果跟了你，那她的一辈子都毁了！""你真狠，这是让我净身出户啊，我不同意。"程良德提出："那咱们就法庭上见吧，让法院来判决。"

2018 年 9 月 16 日，赵男夫妇、程良德夫妇一行四人，来到当地法院的民事庭。民事庭的法官对赵男和程薇进行调解，并根据他们的具体情况和孩子年幼的实情，初步准备将女儿判给程薇。赵男提出异议后，法官宣布让他们先进行调解，下次再审。

赵男走出法院后坐在路边，他的心情沉重，感觉自己一无所有，生无可恋。他把这一切都归罪于岳父在人前背后的挑唆，让原本恩爱的妻子坚决跟自己离婚，不仅让自己一无所有，还要带走最心爱的女儿。越想越焦躁的赵男，一气之下掏出随身携带的电工刀，紧跑几步，疯狂地刺向离自己最近的岳父。程良德根本没想到赵男已经丧心病狂，竟然在大庭广众下向他举起屠刀，他没有任何防备，就被赵男的刀刺中心脏，倒在地上。

一旁的程薇母亲惊恐地目睹赵男把丈夫刺伤后，急忙用身体替丈夫挡刀，结果自己的左臂和胸口处也被刺中两刀。程薇看到父母都受伤了，发疯般地去抢赵男手中的刀，结果她的手和胳膊也被刺伤。她哭着喊："赵男，你不是人！你是疯子！你怎么能用刀刺我爸妈啊？！"

赵男看到眼前自己酿成的惨状，也后怕起来。他趁程薇跑去扶起父亲的时候，把身上的血衣脱下来扔在地上，打了辆出租车就逃。好心的行人见状后，急忙替程薇报警。民警迅速赶到现场，叫来120救护车，将三人送到最近的医院后，紧急组成专案组，对犯罪嫌疑人赵男开展抓捕工作。

赵男在企业做安全保卫技术方面的工作，有丰富的反侦查意识，知道警方会抓捕他，他从最近的ATM机上取了4万元现金后，将手机关机，坐上去黑龙江的客车去了大兴安岭，那里地广人稀，不容易被抓到。

警方经过缜密侦查，多方信息比对，很快掌握到赵男逃往黑龙江省大兴安岭地区，紧急联系当地警方协助抓捕。9月28日，在当地警方的配合下，民警在林区的一个草棚里，将狼狈不堪的赵男抓捕归案。已经脱离生命危险的程薇，面对父亲被杀、母亲受伤在床、女儿年幼却要失去父亲的残酷现实，精神几近崩溃。

9月29日下午，赵男被送至看守所后，得知岳父被他刺杀后抢救无效已经死亡的消息时，他跪在地上，痛哭着对管教民警说："我不是人啊！竟然把老丈人给杀死了，还刺伤了丈母娘和媳妇，这都是沉迷于玩抖音毁了我啊……"但悔之晚矣。

这起杀人案令人震惊！"玩物丧志"这句老话，在网络时代，竟然变成了"玩物丧命"。赵男作为大学教授的儿子、名企技术骨干，竟然把刀捅向自己的岳父母和妻子，而导火索更令人匪夷所思——竟然是因为凶手沉迷刷抖音！在千真万确的事实面前，我们不得不承认，很多手机短视频、游戏，甚至微信朋友圈等，正在毁掉原本正常的千万个家庭。它们像鸦片一样麻痹着人的大脑，导致玩的人根本停不下来，最终让人"娱乐至死"。

面对哪怕再好玩的娱乐工具，我们也必须保持足够的克制与清醒。赵男作为一个受过高等教育的成年人，本应承担起丈夫、父亲、儿子和女婿等家庭责任及社会责任，但他因缺乏自律和对生活的积极追求，每天沉迷于刷抖音，沦为短视频的奴隶，最终导致家破人亡，妻离子散，自己也成了制造连环杀人案的阶下囚，实在令人叹惋与警醒！

2018 年 10 月 11 日，抖音发布了 9 月份的违规账号以及内容的处罚通告，其中永久封禁 24191 个账号，视频累计清理 61294 条，音频 9057 个，挑战 328 个，在音视频版权方面也进行了严厉整治，对 751 个音频、5284 个视频等进行了下架处理，对侵权账户进行了封禁以及轻微封禁处理。

实 名 举 报

　　钱正鑫从副局长晋升局长，正在组织考察公示时，突然被人实名举报有三套海景房，不仅晋升打了水漂，还受到免职处分，同时被纪委调查。原来，这个实名举报人竟是他的外甥女婿周强。亲人间为何要如此你死我活的对峙？

　　2017年10月24日，发生在人世间的一场悲剧，揭开了这一切背后的真相……

公示阶段实名举报

　　2017年底，某局局长退休，42岁的常务副局长（副处）钱正鑫是全局公认的局长接班人。经过上级领导机关研究，并经全局民主推荐等组织程序后，钱正鑫认真填写了领导干部个人有关事项申报表，把自己和妻子以及女儿名下的房产、银行理财、股票基金、保险等财产，如实进行了填报。

　　一个月后，钱正鑫通过了组织审核，进入公示阶段。就在即将结束公示的前一天，上级人事部门突然接到实名举报，称钱正鑫在海南、辽宁、山东等地有多处房产瞒报，他把房产落在亲属名下，并和亲属签有将来归还房产的协议。人事部门立即进行调查，举报人拿出了协议，经核查情况属实。按照有关规定，钱正鑫不仅没能通过公示被任命为局长，连副局长的职务也被组织免去，全局哗然。

到底是谁实名举报了钱正鑫？是那个与他签有归还房产协议的亲属吗？经组织对举报人的详细了解，以及对钱正鑫的认真调查，真相大白……

钱正鑫，1975年出生。他上初中时，父母相继因病去世，姐姐钱正霞打工供他上学。1997年，钱正鑫毕业后到某省属商业部门工作，和妻子王萍在一个系统。

钱正鑫和妻子工资都比较低，有了女儿后，在农村成家的姐姐钱正霞又患了乳腺癌，钱正鑫为了接济姐姐，生活日渐拮据。于是，他利用职务之便，暗自收了一些好处费，并抽空儿炒股，斩获颇丰。

2008年，钱正鑫升任副处长时，已经有了百万元积蓄。此时，全国房价低迷，他决定把钱投在房产上，期待有更大的收益。除了居住的房子外，他在市内另外购买了两处房产。他还利用外出开会或休假的机会，在海南、山东、辽宁考察位于海边的房子，认定这些旅游胜地将来的房价一定大涨。2011年，他准备在海南清水湾、辽宁营口的鲅鱼圈、山东威海各购置一套75平方米左右的房产。

2010年后，对领导干部的监管力度不断加强。钱正鑫和妻子商量后，准备将房产分别落在亲戚名下。夫妻俩比较来比较去，选中了钱正鑫的亲戚——他的外甥女刘晶和外甥女婿周强……

原来，钱正鑫的姐姐钱正霞不能生育，她在农村老家领养了一个家庭困难的小女孩，取名刘晶。刘晶比钱正鑫小15岁，初中毕业后辍学。2006年，钱正霞乳腺癌复发去世，钱正鑫就把16岁的刘晶带到家里，让她帮助做些家务，每月给她500元零花钱，承诺等有机会，再帮她找一份合适的工作。

刘晶知道自己是领养来的。养母去世后，她对"舅舅"心存感激，在刘家帮助做饭、打扫卫生，接送钱正鑫女儿上下学。钱正鑫很喜欢清秀、懂事的"外甥女"，偶尔把别人送他的购物卡或代金券塞给她，让她去买些喜欢的化妆品和漂亮衣服。一晃两年过去，刘晶长成了一个亭亭玉立的漂亮姑娘。

2008年9月初，王萍要去海南出差十天。一个周末，钱正鑫晚上参加应酬，喝得酩酊大醉回家。刘晶给他倒了一杯热蜂蜜水，让他解酒，并帮他把吐在身上的外套脱了下来。钱正鑫醉酒中，错把刘晶当成妻子，抱着她亲热。刘晶刚开始还反抗，后来因为感恩和喜欢，半推半就地顺从了"舅舅"……

第二天早上，钱正鑫从睡梦中清醒，发现身边躺着的竟是刘晶。吓得急忙穿好衣服，愧疚地说："舅舅不是人！昨晚喝得太多了，做了对不起你的事，我一定会好好补偿你的。你千万别说出去！"

刘晶眼眶微红："舅，没事的，咱们没有血缘关系。你对我好，我早想报答你，这次就算报答你了……"

钱正鑫更后悔自己酒后失德。他急忙去银行取出5万元给刘晶。刘晶不要，他强塞给她说："这是一点心意，你千万别和舅妈或任何人提起。"

刘晶保证说："舅，这事我对谁都不说。你平时对我那么照顾，我不怨你。"钱正鑫才放下心来。

真相暴露拒绝施恩

王萍从海南出差回来后，并未发现丈夫和刘晶有任何反常之处。可钱正鑫却时常发现刘晶看他的眼神不对，便一边悄悄地给予她一些物质补偿，一边想办法给她物色男朋友。2010年，他通过老家通化的同学，给刘晶物色了刚刚21岁的周强。周强家在农村，中专毕业，在通化一家私企打工。

钱正鑫找借口，带刘晶回到老家，让刘晶和帅气的周强见面，两人都很满意。随后，钱正鑫又托同学帮两人安排进通化一家葡萄酒业公司工作。半年后，钱正鑫亲自回到通化，以"家长"的名义，督促他们结婚。周强家境不好，钱正鑫出了一半房款15万元，帮他们在通化市区买了一套65平方米的房子，一番张罗后，把两人的婚礼办得十分体面。

婚礼上，刘晶悄悄地向钱正鑫保证："舅，那件事，我永远不会对任何人提的。以后，你这边如果有什么事需要我们做的，千万别客气。"钱正鑫既羞愧又感动。

不久，在那位同学的关照下，周强被提升为销售部副经理，小两口在通化过着有房有车的生活。

钱正鑫还利用关系，帮周强销售葡萄酒，让他签了好几份大单，使得周强在单位的业绩遥遥领先，得到不少分红。周强对钱正鑫十分感恩，常和妻子刘晶一起，带着礼物到刘家探望。小两口和王萍相处得也很融洽。

2011年，钱正鑫提出买房子时，要把房产证落在周强和刘晶名下，王萍没有反对。但夫妻俩怕日后发生变故，特意拟了一份代买房产的协议。他们找小两口商议此事时，周强和刘晶马上答应了。

2011年以后，钱正鑫以150多万元的价格，陆续在海南的清水湾、辽宁营口的鲅鱼圈、山东的威海等地，购置了三套 60 平方米至 75 平方米左右、两室一厅的房产。清水湾和威海的房子，落在周强名下，鲅鱼圈的房子，落在刘晶的名下。几处购房款，都是由王萍到银行，用她的账户直接办理转账业务，打到周强或是刘晶的银行卡上，以便留下事实依据。

在买房后，每当交物业和各种费用时，都是钱正鑫通过转账方式打给周强，由周强转交。2015 年底，钱正鑫发现三套海景房的总价值已接近 300 余万元。王萍担心地问丈夫：“这三套海景房，如今升值这么多，周强和刘晶不会起什么歪心吧？”

“不会的，刘晶是我看着长大的，周强为人也算实在，他们不会起歪心的。”钱正鑫嘴上这么说，但因为觉得亏欠刘晶和周强，心里还是有点不踏实。没想到事情真的急转直下……

刘晶结婚后，生了儿子。2016 年 3 月，周强和刘晶申请到分公司工作，并在省会城市买了一套近 100 平米的房子。3 月 18 日搬家时，周强无意中发现刘晶写的日记里，记载了她和钱正鑫那天的刻骨经历，他只觉得天旋地转，拿着日记，质问刘晶：“结婚前，你居然和自己的‘舅舅’发生了那种关系。你们这是把我当傻子啊！钱正鑫把自己睡过的女人转嫁给我，我替他背了几年的‘黑锅’，可我还一直把他当‘恩人’感谢。我真是天下第一大傻瓜，这日子不能过了，咱们马上离婚！”

发生那件事时，刘晶才 18 岁，她怕钱正鑫把她从家中赶走，那天，她一边哭，一边胡乱地写下这篇日记，后来她忘了扔掉，如今留下了证据。她非常后悔，哭着解释：“当年我年纪小，而且只发生过那一次关系，还是在他喝醉之后……咱俩结婚快六年了，我一心一意为了这个家，从无二心。”

“要不是我无意中发现，不知你还会瞒我多久。”周强控制不了自己的情绪，坚决要和刘晶离婚！

刘晶不同意，周强竟要起诉到法院，并要公布事实真相。在三个月的哀求无效后，刘晶无奈只得答应协议离婚，周强不仅要求分得一半家产，还卷走了钱正鑫当初用他名义购买的两套房产。

钱正鑫听说他和刘晶曾经的关系暴露，并导致刘晶离婚后，悔恨之余赶紧想补救措施。他多次找周强面谈，请求原谅，并愿意适当给予他经济上的补偿，但要求把落在他名下的两套房产归还他，被周强拒绝。周强更不同意去卖房更名，他只要不到场，按照规定房产局不会给房子更名。他对钱正鑫说："我是一个'背锅侠'，对一个男人来说，这是什么样的耻辱？这房产是我应该得到的补偿。"

人设坍塌酿成血案

无奈之下，钱正鑫只得向两套海景房所在地基层法院提供了当初他与周强签订的协议，以及买房时由妻子王萍银行卡转账给周强银行卡的证明。法院多次调解，钱正鑫同意给周强20万元补偿，周强却不同意和解。周强咨询的律师告诉他，他得到房产的机会很大，所以周强一直不肯退步。

2017年初，法院经过调查后，分别把两套海景房判给了周强，原因一是钱正鑫和周强签订的协议，没有经过公证，也无人证，没有法律效力；二是周强承认买房款当初确实是由王萍打给他的，但那是他向王萍借的买房款，事后已经归还，不能证明这两套房产是钱正鑫购买的。钱正鑫气愤不已。

这两套海景房，价值近300万，不能说没就没了！王萍不明真相，找周强理论，周强把自己替钱正鑫当"背锅侠"的事告诉了她。王萍得知丈夫和刘晶曾经发生过不正当关系，觉得受了奇耻大辱，羞恼之下，多次提出离婚。看见事情演变成这样，钱正鑫心情非常郁闷。他不甘心吃哑巴亏，可又没有其他办法，只能借酒消愁。一天晚上，他找到经商的同学李志喝闷酒，并在酒后将事情原委说给李志听。李志跟钱正鑫关系要好，听说此事后非常气愤，让下属找了几个社会青年，在周强所住的小区里，找借口将他打得左腿骨折。李志还打电话给周强公司的老总（也是他同学），将周强开除！

　　周强工作没了，他想把海南和威海的房子尽快卖掉，以免后顾之忧。而在得知周强有意变卖房产后，钱正鑫在海南、辽宁找人长期驻扎，对前来看房的客户进行恐吓。周强眼见房产无法变现，急红了眼，得知是钱正鑫在背后做的手脚，就想办法对他进行报复。恰好这时是钱正鑫晋升局长的考核公示期，他向有关部门写了举报信，实名举报钱正鑫私下以他和刘晶的名义购买了三处海景房。他附上了当初和钱正鑫签的协议复印件，最终让志在必得的钱正鑫不仅没当上局长，还受到免职处分。同时，钱正鑫所在单位的纪检部门，还对他近年来的合法收入进行核查，看看他有没有贪赃枉法的情况。

　　钱正鑫局长没升上，反受到免职处分，还被纪委调查，妻子王萍又不堪忍受他在感情上的背叛，坚决要和他离婚！他私生活不检点的事，也在单位传开了，走到哪都被别人私底下嘲笑，钱正鑫的人生全线崩盘。他把自己关在家里，喝酒买醉。

　　案发后，据钱正鑫交代：2017年10月24日，他喝醉酒后，去周强家找他理论。周强开门后，冲他吼道："你还敢来找我？要不是你当初那么阴险，将情人转嫁给我，让我当'背锅侠'，我至于落到今天的结局吗？我得到了什么？只剩房子了！"

钱正鑫也很气愤："你是个贪得无厌的白眼狼，我当初帮助了你多少次，你现在却反咬一口，让我晋升不成，妻离子散，还被调查，你真不是人！"在酒精的助力下，钱正鑫进屋抄起桌上的弹簧刀就刺向周强，周强躲闪不及，胸部被刺中好几刀，倒在血泊中。看着浑身是血的周强，钱正鑫有些清醒过来，急忙扔下刀，出门打车就跑。

周强的邻居打110报警。警方迅速出警，将全身是血的周强送至附近医院抢救。经过近六个小时的抢救，周强因失血过多，抢救无效死亡。

当晚23时，钱正鑫在自家附近被办案民警抓捕归案。

钱正鑫身为单位的领导干部，在工作中接受他人好处，且私生活不检点，酒后与他人发生性关系。为了避免自己身败名裂，还让别人当"背锅侠"，转嫁风险，把别人玩弄于股掌之间，可还自以为"有恩"于别人。把三套海景房登记在别人名下，这等于是为自己的仕途和人生，埋下了一颗随时都有可能引爆的隐性炸弹。而当他发现自己输得一无所有后，又用残忍的手段，毁灭别人的生命，也把自己送上了一条不归路！

对党员干部来说，违反道德、违背纪律都不是小事，都要随时准备面对最坏的结果。要想堂堂正正地做官，首先就要当堂堂正正地做人，做到清正廉洁，身正不怕影子斜，人生之路才会是一片坦途。

都 市 危 情

2016 年 5 月 13 日，一国企总经理沈鹤峰的尸体在一个大垃圾堆里被发现，是自杀还是他杀？当下，巡视组正在各大企业巡视，一时间，沈鹤峰的离奇死亡，众说纷纭。

然而，警方经过多方侦查，最终发现杀死沈鹤峰的，竟然是一个和他毫无关系的出租车司机。两人既无交集，又无冤仇，甚至此前根本不认识，小司机为何对他下了杀手呢？这里面有什么耐人寻味的缘由？

协议离婚紧急叫停

今年 33 岁的邢令伟是一家出租车公司的出租车司机。2015 年末一个寒冷的夜晚，他在北方宾馆门口等客人时，上来一个时尚靓丽的年轻女孩，要去龙祥小区。快到目的地时，她突然喊起来："师傅，我肚子疼得不行了，你能不能送我去医院？"邢令伟回头看时，发现女孩因疼痛而满头大汗，声音十分微弱。邢令伟是个热心人，马上开车拉她前往中心医院。到后，女孩已疼得近乎昏厥，邢令伟二话没说，背起她就往急诊室跑。经过检查，医生诊断她患了突发性重症胰腺炎，医生马上将病人送去抢救："幸亏送得及时，不然会有生命危险，马上去办住院手续。"邢令伟又跑上跑下帮她办理了住院手续。

女孩脱离危险后，看着一直守候在旁的邢令伟感激地说："大哥，谢谢你救了我，我叫蒋眉，刚从上海来这儿不久，在这里人生地不熟。要不是你帮忙，我可能就没命了。"邢令伟连连表示："这没什么，谁遇到这种事都会帮一把。何况，你还是我的客人呢，我怎能见死不救！"他把手机号留给她，让她有事随时联系，随后离开了。

一周后的早上，邢令伟接到蒋眉电话，问他中午能否接她出院，邢令伟一口答应，还提前一个小时到了医院，想看看蒋眉有什么需要帮忙的。蒋眉十分感激："你真是个好人。"邢令伟大包小包地帮蒋眉把东西送到了家。龙祥小区是个高档小区，蒋眉的家里也装修得十分精致，邢令伟十分羡慕："妹子你是个有钱人啊！"蒋眉笑了笑没说话，付了他双倍的出租车费，另外还给他拿了一条中华烟。

有了这次救命之恩，蒋眉对邢令伟十分信任。蒋眉把他当成了专车司机，经常用他的车。起初，他以为蒋眉没车，然而，奇怪的是，他发现每次她都是让他送自己去不同的宾馆，而去别的地方时，却从不用车。有一次，蒋眉又叫邢令伟来接她，等将她送到，他发现蒋眉居然是去一个停车场开车，而且还是一辆宝马 X3。邢令伟对蒋眉越发狐疑，却也不好说什么。

2016 年 2 月的一天晚上，蒋眉又让邢令伟去接她，当时她喝了不少酒，邢令伟稍一盘问，她就向他吐露了全部的秘密。原来，蒋眉时年 28岁，父母都是江苏一家研究所的工程师，17 岁她被送往新加坡留学，6 年前她回国在上海一外资公司当翻译。2015 年初，蒋眉工作中结识了北方某市一家国企的老总沈鹤峰。沈鹤峰时年 45 岁，长相帅气，成熟稳重，深深吸引住了蒋眉。当时，他正在上海和外企谈判，蒋眉流利专业的翻译为他谈判加分不少，让他顺利签下一个大单。事后，沈鹤峰除了丰厚报酬，还单独请蒋眉吃了一顿饭。在浪漫温馨的西餐厅，两人相见恨晚，聊得十分投机。从那以后，沈鹤峰每次到上海出差，都要约她见几次面。随着接触增多，两人相互爱慕，最终成了情人。

两情缠绵，蒋眉期盼能长相厮守。沈鹤峰的妻子是一名公务员，女儿已17岁，家庭还算和睦。但最终，沈鹤峰还是答应离婚娶蒋眉。半年前，沈鹤峰告诉蒋眉，自己经过艰难谈判，已和妻子达成了离婚协议。于是，蒋眉辞职来到沈鹤峰所在的北方城市，另外找了一份翻译工作。沈鹤峰为她租了一套120平方米的楼房，先给她买了一辆宝马X3车代步。他还承诺等离婚办妥后，就在郊区买一套别墅做婚房，正式迎娶蒋眉。

然而，就在蒋眉憧憬美好未来时，2015年12月，沈鹤峰突然告诉她："巡视组马上进驻各大国企进行核查，我们公司虽然暂时还没入驻，但这段时间是非常时期，这个节骨眼上离婚太敏感，得缓一缓。"情人的事业至上，蒋眉虽然不高兴，但还是答应了。然而，接下来沈鹤峰的表现，却真正引起了蒋眉的不满。

原来，沈鹤峰处事非常谨慎，怕他们的关系暴露，影响仕途，他再也不敢到蒋眉租住的房子里去，而且每次约会，他都更换宾馆，安排蒋眉提前去，用她的身份证开房。吃饭也不外出，是让服务员送餐到房内。更让她不爽的是，他谨慎到了匪夷所思的地步：不让她开车去宾馆，要她打车前往，以免宝马太扎眼，被监控录下车牌或被人盯上……蒋眉出于对情人的爱，她只有按照他说的去做了。于是，她这才在一次约会结束后，因为乘坐出租车认识了邢令伟。

乖顺情人步步逼婚

在上海时，沈鹤峰和蒋眉都是成双成对大大方方地出入。现在两人虽然在同一个城市，却只能偷偷摸摸，沈鹤峰的过分谨慎也在时刻提醒蒋眉，她是个见不得光的角色，这让她更加郁闷。来该市后，蒋眉工作没多久就因为不顺心辞职了，偶尔帮人做一些临时翻译，这让她更加无所事事，也越发渴望沈鹤峰能有多一些时间陪伴她。沈鹤峰当然满足不了她，两人为此经常起争执，吵架后，蒋眉多次要返回上海，沈鹤峰每次都甜言蜜语哄着她。

蒋眉跟邢令伟说出这些不为人知的"秘密"后，心情好了许多。在她看来，他们俩生活中没什么交集，她也没说出沈鹤峰的真名，邢令伟知道这些根本没什么。他是她宣泄时一个最好的"树洞"。

据案发后，邢令伟交代：有了这样一个可以倾诉的人，蒋眉再和沈鹤峰有事，也习惯性地跟邢令伟倾诉起来。邢令伟起初总是百般安慰，慢慢地，他质疑起来：沈鹤峰为什么对巡视组这么紧张，还没巡视就紧急叫停了离婚，这说明他是不是心里有鬼？会不会是经济上有重大问题，怕离婚引发关注或者其妻子闹被调查？

邢令伟虽然是个司机，但他对时政很关心也很了解，他深知巡视组非常细致，一旦有问题谁也跑不了。他打起了盘算：沈鹤峰一出手就给蒋眉买了一辆宝马车，每月供养她，还承诺要买别墅，就算国企老总工资很高，他要养家、养情人也吃不消……如果沈鹤峰真的有问题，以后蒋眉怎么办？他想这样的男人，就应该付出点代价。

于是，在蒋眉再借酒消愁时，邢令伟就劝她赶紧离开他，开始新的生活。蒋眉开始时当然不肯同意。2016天3月12日是蒋眉的生日，她要求沈鹤峰陪自己一天,然而,刚吃完午饭,他就被家里的电话叫走了。蒋眉非常伤心,喊邢令伟来接自己时,对他倾诉了一番。邢令伟趁机说:"一个好男人,绝不会脚踩两只船。你为了他来到这个城市,可他是怎么对你的?如果将来他真有事,会管你吗?你不信,现在再催他离婚试试!"

蒋眉听了半天不作声。此前,她是个善解人意的情人,沈鹤峰提出暂缓离婚后,她就再也没催过。她认为情人一言九鼎,说到的话就一定能做到。现在,在邢令伟的质疑下,蒋眉也动摇起来。2016年3月的一天,在两人又一次在宾馆约会时,蒋眉开始催问沈鹤峰的离婚事宜了。沈鹤峰脸色大变:"巡视组进驻公司了,你这个时候怎么能提这种要求呢?真是不懂事。"蒋眉顿时来了气:"说好我来了就结婚的,结果你一拖再拖,还在这里怪我!"

沈鹤峰显得十分烦躁:"这事由得了我吗?你要是等不了,就回上海吧!等这边事情都处理完了,你再回来。"蒋眉的眼泪顿时流了下来,自己最近为沈鹤峰受尽委屈,催他离婚也不是逼他,只要他说些软话她也能好受些,但他居然要赶她回去。她想起邢令伟的话,心凉了。

据案发后,邢令伟的警方供述:这些苦闷和心思,蒋眉都告诉了邢令伟。他劝蒋眉早做打算,以免沈鹤峰真的被查出问题受牵连。蒋眉答应考虑一下。2016年4月的一天,蒋眉突然联系不上沈鹤峰了,她急得向邢令伟哭诉:"我联系不上他,你说他会不会出事啊?"邢令伟也急了:"让你早了断你不听。现在,看你怎么办!"蒋眉一夜煎熬,好在第二天早上,沈鹤峰给她打来电话。哪知当她紧张地关心:"你没事吧?我联系不上你,以为你被调查了。"沈鹤峰一听就生气了:"你是不是不盼我好啊!我陪家人关机了。"为了家人关机,自己还为他担心,蒋眉越发生气,和他大吵了起来。沈鹤峰也很生气,骂了句:"简直不可理喻!你还是回上海吧!"

把电话挂断了。

索要赔偿酿成命案

蒋眉这下彻底绝望，下决心跟沈鹤峰一刀两断。邢令伟却不同意她一走了之："你应该找他要分手费。"起初，蒋眉不想那么干，然而，当她想和沈鹤峰再好好谈一次时，他却再也不肯接电话了。半个月后，蒋眉好不容易打通了他的电话，没说几句，又吵了起来。两人越搞越僵，蒋眉越来越愤怒。

邢令伟一再替蒋眉出主意，建议她向沈鹤峰要一百万元分手费，如果蒋眉不想出面，就由他来操办，到时给他点辛苦费就行。他断定沈鹤峰心里有鬼，加上他和蒋眉的关系，绝不敢报案。在无望的等待里，蒋眉对沈鹤峰逐渐失望，而情人最近的表现，让她出奇愤怒。最终，她同意了邢令伟的方案，她还承诺事成后给邢令伟 10 万元作为酬劳。

2016 年 5 月 11 日，邢令伟给沈鹤峰打去了谈判电话："蒋眉不会再等你离婚了。你拿 100 万元分手费，她马上离开。"沈鹤峰显得有些慌乱："你是谁？谁是蒋眉？你打错电话了吧？""你别管我是谁，你和蒋眉的事我都知道。你马上准备钱！否则我就向巡视组举报你。"沈鹤峰迅速挂掉电话，拨打了蒋眉的手机，他气得声音都变调了："你什么情况？你把我们的事给谁说了？"蒋眉来后，沈鹤峰一再叮嘱她不要跟任何人讲起他们的关系，就连蒋眉的父母，也并不知道他没离婚。现在，居然被威胁了，沈鹤峰把怒火都发在蒋眉身上，口不择言地责骂着。

蒋眉正在邢令伟的出租车上，邢令伟一把抢过电话说："废话少说，赶紧筹钱。否则，举报你包养情人、贪污腐败。"说完他挂掉了电话，他相信沈鹤峰会主动联系他。果然，2016年5月12日晚上7点，沈鹤峰打电话约蒋眉面谈。邢令伟怕她心软，不放心她单独和沈鹤峰见面，坚持一同前往。当晚10点左右，沈鹤峰开着自己的越野车，来到约定地点、公园门口一处僻静处。沈鹤峰停车后，上了邢令伟的出租车，坐在司机后面的位置上。

之后，沈鹤峰让邢令伟下车，他要和蒋眉单独聊聊。邢令伟不肯走，沈鹤峰气愤地质问蒋眉："你什么意思？这个男人为什么替你出面？你们俩是不是有见不得人的关系？"邢令伟一听就来气了："你以为天下男人都像你一样，有老婆孩子还在外面玩弄女人？"沈鹤峰不屑一顾："你一个司机管得倒是宽。蒋眉，你真要找情人，也要找个有档次的，怎么能找这样一个小司机……"

他的话彻底激怒了邢令伟，他拿着身边防范坏人的一个小铁锤，下车后打开后车门，向沈鹤峰的头部砸去："我让你作践人！让你害人！"沈鹤峰躲闪着，却没能抵挡疯狂的锤子，很快，他瘫倒在座位上。蒋眉被这血腥的一幕吓得浑身发抖，一句话也说不出来。邢令伟这才意识到自己闯了大祸，他强作镇定，对蒋眉说："他还没咽气，咱们得赶紧把他处理了，不然谁也跑不了。"极度慌乱下，两人一起用绳子把沈鹤峰勒死，把车开到一处僻静的垃圾堆旁，将尸体抛下。随后，两个人分头逃走了。

5月13日早上，有人发现沈鹤峰的尸体并报警，公安局接到报案后，迅速赶赴现场，展开全面侦查。通过沈鹤峰身上的物品确定其身份，并确定邢令伟和蒋眉有作案嫌疑，对他们展开抓捕。5月14日，邢令伟和蒋眉被抓捕归案。目前，两人都受到法律的惩罚。

此案引人发醒。案发后，经警方查明，沈鹤峰并无经济问题。他是学经济专业的，非常有投资头脑，把可观的收入都用来投资房产和炒股，收益颇丰，身家近千万。而他之所以推迟离婚，估计是谨慎而为，不想在巡视组审查时出纰漏，或者留下话柄。然而，尽管沈鹤峰自恃谨慎、小心，但其悲剧，起因正是因为他行为不检点所致。他自认为和情人行为隐秘，殊不知这种不道德的迂回，终究会泄密，从而被一个司机窥到，葬送了性命，让人扼腕。此案也昭示一个道理：不道德的偷情行为再隐秘，再谨慎，终有暴露之时。对于党政机关干部、企业干部，尤其应以身作则，切勿做出违反社会主义道德的丑事。世界上没有真正的秘密可言，切不可心存侥幸，等事情暴露后，身败名裂。

闺 蜜 蝶 变

2013 年 12 月 26 日下午 4 时，某市郊区一栋别墅里，突然传来一个女人喊救命的声音，紧接着一个 40 多岁的女人手臂上挎个菜篮子，慌慌张张边跑边用手机报了警。警方迅速赶到现场开展侦查工作，得知杀人的女孩叫范正静，是别墅的小主人。而被她砍杀的女孩吴雪仪则是她的大学闺蜜。两个同窗为何在毕业后拔刀相向？吴雪仪又怎么会在范正静家里？通过细致采访，一个让人扼腕慨叹的故事浮出水面……

同学闺蜜和好如初

2009 年，对师范学院大一新生范正静来说，是最舒心的一年。8 月，她如愿考进了心仪的大学，9 月，她通过竞选成了学校的文艺骨干，10 月，交到了大学以来的第一个好朋友——吴雪仪。

18 岁的范正静家住吉林省某市，父亲范如刚是房地产建筑公司董事长，母亲郑凤珍早年辞职在家做贤内助，家有独栋三层别墅，生活幸福平静。她从小没吃过什么苦，身上有着富家女孩的高傲，许多同学都对她敬而远之。

一次，范正静去听一个知名教授的大课，等她到时，阶梯教室已经坐满了人，只有她站在那里，面对教授不满的目光焦急地寻找座位。此时，角落里一个不起眼的女孩向她招了招手，范正静如获大赦奔了过去，和那个女孩分享了半个座位，也就是这半个座位，让范正静认识了善良沉默的吴雪仪。

时年18岁的吴雪仪家在白山市，父母都是普通工人，母亲身患高血压、糖尿病等多种慢性病，经济条件很差。吴雪仪从小聪明懂事，拼命学习。2009年8月，她如愿考入师范学院外语系，并在辅导员的帮助下，申请了助学贷款。据范正静后来交代，那段时光，她们形影不离，还调到了一个宿舍。

一天，范正静和吴雪仪在食堂吃饭时，听到背后几个同学在议论吴雪仪："你看她穿的那衣服，颜色那么老气，估计是她妈的。""可不是呗，现在还有人用蓝屏手机，真是太搞笑了，能收到信号吗？"

吴雪仪听不下去了，红着眼睛跑了出去，范正静回头狠狠瞪了那几个同学，紧接着去安慰吴雪仪。

那个周末，范正静特意回了趟家，清理了一些自己喜欢的发夹、胸针，没穿过两回的衣服，甚至还有没穿过的名牌胸罩，送给吴雪仪。吴雪仪说什么都不收，范正静生气了："你长得比她们漂亮多了，她们凭什么那样说你，这些东西我留着也没用，正好送给你，现在的人势利得很，你穿好戴好，她们才会管住嘴巴。"

在范正静的坚持下，吴雪仪接受了这些馈赠，两个人也因此成了无话不谈的闺蜜。

大一下学期，吴雪仪喜欢上了班长石磊，石磊除了成绩一级棒外，还擅长打篮球。但她随后发现，石磊的注意力都在白富美范正静身上，据吴雪仪的同学说，这件事对吴雪仪的刺激很大，那段时间，吴雪仪一直躲着范正静。

不久，她找了几份家教，将自己周末的时间安排得满满的，赚的钱除了留下必需的生活费外，其余的全寄回家里，而她自己，则是每天早上一个面包，中午和晚上吃白菜土豆对付。范正静看她这样苦自己，很心疼，买了很多营养品，逼着吴雪仪吃。也许是范正静的热情感动了吴雪仪，也许是看到范正静面对石磊的追求没有反应，最终两人又和好如初。

家生变故患难与共

2011 年初的一天晚上，睡梦中的吴雪仪被范正静压抑的哭泣声惊醒，问她发生了什么事。面对着好友，范正静全盘崩溃。原来，两天前，范正静的母亲郑凤珍体检时确诊得了宫颈癌晚期，范正静和父亲都陷入绝望中。吴雪仪对范正静百般安慰。不久，郑凤珍住进了医院，范正静的父亲范如刚因公司非常忙，每天花 300 元的高价雇了一个专业护理人员，但被病痛折磨的郑凤珍特别希望有家人陪在身旁，范正静便向学校提出休学陪护妈妈，吴雪仪知道后，劝她坚持上学。为了让范正静打消休学的念头，吴雪仪提出和她交替去医院护理郑凤珍，范正静感激涕零，危难之时见人心，她更将吴雪仪视为知己。

可是，范正静从小娇生惯养，不太会伺候病人，三天下来，她吃不好睡不好，吴雪仪看到这种情况，便让范正静只负责上午班，她负责下午和晚上，落下的课就让范正静把笔记抄好送过来。但吴雪仪的家教课就上不了了。范如刚在医院得知吴雪仪的义举后，非常感动，他拿出一万块钱，让吴雪仪收下，一旁的郑凤珍也强撑着病体道："你比我亲闺女还会照顾人，以后我就收你当干女儿，正好给静静做个伴。"在范如刚夫妇的坚持下，吴雪仪收下了钱，并拜郑凤珍为干妈，从此对其照顾得更是无微不至。从那以后，范如刚将吴雪仪的生活费和学杂费全包了，范正静一有空儿就带着吴雪仪去逛街买衣服，还教吴雪仪化化淡妆，吴雪仪本来就长得清丽，稍作修饰就光彩照人，一副青春洋溢的美少女形象。

2012年上半年，郑凤珍癌细胞扩散，需要做化疗。化疗十分痛苦，此时，范正静和吴雪仪正在大三，非常忙，但吴雪仪还是一有空儿就陪在郑凤珍身边，在最脆弱的时候给她很多心理安慰，让范如刚一家感动至极。2012年12月28日，郑凤珍在医院病逝。临别前，她拉着吴雪仪的手说："我走后，你一定要替我照顾好静静，她是温室里长出来的花朵，没有你坚强，以后你一定要像亲姐姐一样多照顾她……"吴雪仪哭着说："干妈，你放心，我一定会照顾好正静的！"

痛失母亲，范正静每天都以泪洗面。范如刚看在眼里，急在心上，暗地里同吴雪仪商量，让她密切关注女儿的动向，怕她做傻事，就连周末回家，也让吴雪仪陪着一起回来。范如刚事后对警察哭着说："当时我想法很单纯，一切都是爱女心切，我工作忙，想着她能有个人陪，不至于胡思乱想。"就这样，吴雪仪每个周末都陪着范正静回家，范如刚会吩咐保姆王姨多做几个吴雪仪爱吃的菜，同时，当着女儿的面，他也很正式地对保姆说："以后雪仪和正静一样，都是这个家的一员，你要一视同仁。还有，雪仪太瘦，你要负责把她喂胖。"

主人发话，王姨当然不敢怠慢，从此每个星期，她都会挖空心思变着花样做些好吃的菜，等着吴雪仪的到来。吴雪仪也投桃报李，一直对范正静细心劝慰，有时候拉她去看搞笑的电影，有时候邀请同学在花园里搞个自助烧烤 Party，在这个充满悲伤的家里，因为有了吴雪仪的存在，变得温馨很多。看见女儿情绪慢慢恢复过来，范如刚对吴雪仪感激不已。一天，他悄悄来到学校，主动帮吴雪仪将当初的助学贷款一次性还清，吴雪仪知道后很不安，范如刚爱怜地道："我们不是一家人吗？你和正静一样，在我心里同等重要。"

　　大四时许多人都开始忙着找工作，吴雪仪想留在本市，就经常住在范正静的家里。范如刚每天忙于公司事务，回家很晚。范正静早就睡着了，但范如刚发现，无论多晚，吴雪仪都会煮好热牛奶等他回来，甚至还帮他放好洗澡水。范如刚事后也承认，那段时间他的确觉得，这个家，又像个家样了。他每天在外应酬，争抢算计，就图在家能放松身心，回归自我，女儿虽亲，但不会理解他心里的焦灼和伤感，倒是吴雪仪，每天回到家里，愿意听他说说话，有时候，还能提些意见让他参考，这让他产生一种错觉，觉得妻子还没走，对吴雪仪，也萌生了一种依赖之情。

　　2013 年 2 月底，新学期开始了，范正静想毕业后考雅思，去英国留学，吴雪仪也想去英国，但她知道这只是梦想，因为她没有那么多钱，那段时间，她很失落。范如刚看在眼里，明白她心里在想什么。据他后来说，曾经一度，他很想将吴雪仪也送到英国去，和女儿做个伴也好，但是最终，私心让他没有开这个口。因为一来，去英国一年要 40 万，他虽然负担得起两个人的费用，但是吴雪仪毕竟不是他的亲骨肉，几年下来一百多万砸在一个外人身上，他还是有些犹豫。二来，他心中对吴雪仪也有种莫名的喜欢，准备等女儿走后，看一看再说。

　　2013 年 7 月，范正静毕业考试后，赴英国巴斯大学攻读翻译专业硕士学位，在机场，她拉着吴雪仪的手对父亲说："以后我把雪仪交给你了，你要像照顾我一样照顾她。"范如刚含糊地答应了。回来的路上，看到吴雪仪沉默不语，范如刚知道她很失落，于是将事先准备好的一张卡递到她手里，说："这里有十万块钱，你先拿着用，放心，以后有什么事我都会帮你。"吴雪仪不知道出于一种什么心理，将这笔钱收下了。

据范如刚回忆，那段时间，吴雪仪一直在四处找工作，她认真做了几份图文并茂的简历，每天都在不停地参加人才招聘会，可是忙活了两个月，都没有找到心仪的工作。市内的教师编制有限，根本就进不去。有很多大公司招聘时又都注明至少要硕士生。她陷入迷茫中。

信任坍塌刀砍闺蜜

或许是屡受打击，那一段时间，吴雪仪的情绪很萎靡。范如刚便承诺可以让她进自己的公司，吴雪仪很高兴。事后，她对同学说，终于看清了这个现实的社会。2013 年 8 月的一天晚上，她住到范如刚的别墅，将自己打扮一新，而那天，范如刚正巧与客户吃饭，喝得很醉，吴雪仪让王姨先睡，自己则留下来服侍范如刚，半推半就下，两人发生了关系。

自从和范如刚发生关系后，吴雪仪的工作就有了着落，但纸是包不住火的，不久，范正静通过王姨的暗示，知道吴雪仪和爸爸关系不正常，她向范如刚求证，范如刚只得承认了一切，范正静哭着对爸爸道："我妈才走没多久，你竟然就想另娶，还找上了我同学？"范如刚对女儿吼道："我找什么人是我的事，你管好自己得了。"说完，关掉了手机。范正静转而打给吴雪仪，劈头一顿臭骂："你太阴险了，亏我还一心替你着想，身边竟然有你这样隐藏的狐狸精，我妈尸骨未寒你就勾搭我爸，你还要不要脸了。"吴雪仪也反唇相讥："你怎么说得那么难听，感情的事情一个巴掌拍不响，我和你爸是两情相悦，你还是面对现实吧！"

范正静气得直哭，她在大学群里将吴雪仪骂了个狗血淋头，消息迅速在刚毕业的同学中间传播。吴雪仪知道后，向范如刚哭诉。范如刚为了安慰吴雪仪，抽空陪她去欧洲六国旅游散心，并送给吴雪仪一个新款的苹果手机，吴雪仪把每天旅游中开心的事儿记录下来，发到微信朋友圈里。吴雪仪的同学在她的朋友圈里看到她和范如刚去欧洲旅游的照片，告诉了范正静。范正静更是气愤不已。父亲说要陪她去旅游很多次都因为没有时间错过了，现在竟然有时间陪吴雪仪去，这更加剧了她对吴雪仪的仇恨和对父亲的不满。

2013 年 12 月 26 日，范正静圣诞节放假，她没有告诉爸爸，直飞北京，并在北京转机到家，下午四点，她走出机场打车回家，一开门，竟看到吴雪仪从二楼走下来，顿时气昏了，她没想到，吴雪仪竟然堂而皇之地搬进门来了。当即冲了上去："吴雪仪，你怎么有脸住在我们家？你不怕晚上做梦梦见我妈？摸摸良心，大学几年来，我对你像亲姐妹一样，处处照顾你帮助你，没想到你竟然趁机勾引我爸，你也太不要脸了！"

吴雪仪被骂急了，冲口而出："我不爱你爸，但我就是要嫁给他，我除了没钱，哪里不如你，就因为穷，我喜欢的男孩连正眼都不看我一眼，我算看明白了，婚姻就是女人第二次投胎，这胎投好了，我以后就不愁了。我都不介意你把我喊老，你反倒怪我给你爸做小，这不是太奇怪了吗？"范正静气得直哆嗦，说："我绝不允许你给我当继母，更不允许你这样耍弄我们一家人！"吴雪仪笑了："当不当继母不是你说了算的，是你爸要娶我，你没有发言权。念在咱们姐妹一场的分上，我也不跟你计较，我们预计年底结婚，希望你能慢慢接受这个事实。"

听说爸爸竟然和吴雪仪定了婚期，范正静的心顿时乱了，她想都没想，冲进厨房，拿着一把菜刀跑了出来，吴雪仪见状尖声大叫："要杀人啦，救命啊。"她不叫还好，这一叫，把范正静的新仇旧恨全喊了出来，她挥起菜刀向吴雪仪砍去，几刀下去，吴雪仪倒在了血泊中。而刚刚买菜回来的王姨正巧撞见眼前的惨况，马上跑出去用颤抖的手拨打报警电话。公安局民警和120救护车迅速赶到现场，将身受重伤的吴雪仪带回医院抢救，将呆若木鸡的范正静带回公安机关审讯。

2013年12月28日，吴雪仪因失血过多，抢救无效身亡。得知女儿杀了吴雪仪，范如刚悲痛欲绝，他告诉警方，他的确是在妻子走后和吴雪仪走到一起的，主要是觉得她贴心、乖巧，而且善解人意。他也知道吴雪仪不见得会真心喜欢他，但总觉得用心就会有回报，只是万万没想到，女儿反应会如此激烈。他亲手将原本相依为命的父女关系弄得支离破碎，也毁了女儿的后半生。而吴雪仪，本来有一个美好的未来，却急功近利，想走捷径，她可能也没有想到，她为急切与势利付出了生命的代价。

2014年2月20日，范正静被检察院起诉。两个如花少女，曾经的闺蜜，一个魂归天国，一个锒铛入狱。我们对吴雪仪除了同情之外还需要反思。我们可能贫穷，但绝不能失去气节。爱情一旦成为博取财富的手段，悲剧也已悄然埋藏。

职 场 风 云

2018 年 6 月 26 日，某市发生一起枪击案件，一大型企业刚退休的董事长陈阳被下属刘贺用自制猎枪打成重伤。据悉，刘贺不仅曾是陈阳的下属，还是他的司机，两人关系非同一般，究竟是什么原因让他们反目成仇？随着刘贺的落网，真相揭开，令人唏嘘……

贴心司机替打网游

2016 年 10 月的一个周末，女儿陈琳带着 8 岁的外孙北北离开后，家里又只剩下陈阳一个人。闲来无事，陈阳打开电脑玩起了网游。正打得兴起，网线突然断了。陈阳连忙打电话给公司技术部的负责人张铭，张铭让住在陈阳家附近的同事刘贺赶去他家处理。

时年 57 岁的陈阳是某国企董事长，他和妻子冯小惠有一儿一女。儿子陈辉博士毕业后定居美国，女儿陈琳也有了自己的小家庭。自从半年前冯小惠去美国照顾儿媳怀孕生子后，陈阳就成了孤家寡人。为讨外孙欢心，每次北北来家里，陈阳都陪着他打网游，一来二去，他自己也迷上了。他发现，比起吃饭打牌，打网游更单纯，娱乐身心的同时还省了不少麻烦。

刘贺很快赶来了。他发现网络故障的原因是网线的卡口老化了。他给陈阳换了个卡口，顺便帮电脑升了下级，电脑顿时快多了，陈阳十分高兴。

刘贺46岁，在陈阳所在企业的技术部工作。他技校毕业，和新招聘来的大学生比，知识有些掉队，又不愿意学习。碍于他进公司时间早，是单位的"老人儿"了，领导也不好说什么，平常只给他安排一些跑腿的事。

陈阳正在玩的是一款比较火的私服游戏。玩家拥有类似帝国时代的场景，需要自己建造建筑。建造时间很长，每个建筑20级，升一级大约1天左右。陈阳技术一般，又求胜心切，不愿意一级一级地打，先后花了3万多私房钱买加速卡。

刘贺无意中撞见了董事长喜欢玩网游的秘密，有些激动。他意识到，自己找到了一条接近公司大领导的绝佳机会。他建议以后陈阳如果想升级，不要买加速卡，找人代练（即帮别的网游玩家打游戏，按照网游玩家们的要求，在指定的时间内帮助他们快速提升游戏角色级别或者获取高级装备武器）就行了，费用要低很多。以后陈阳家里的电脑出了什么问题，也可以直接找他，他住得近，过来方便。

见刘贺主动请缨，陈阳很满意。这之后，再有什么事儿，陈阳就不再通过张铭，而是直接打电话给刘贺。有时候碰上饭点，刘贺就在陈阳家吃饭，两个人关系越来越密切。

几个月下来，陈阳慢慢把刘贺当成心腹看待。自己有个头痛脑热，家里下水道堵了，都给他打电话。刘贺随叫随到。为了方便找刘贺，也作为对他的回报，陈阳把他从技术部调到了总公司的办公室工作，给他当专职司机。

刘贺调到总公司后，每月的工资和补贴都比以前多了上千元，有时陈阳还嘱咐办公室主任给刘贺额外报点加班费。其他领导和同事们见他跟陈阳关系不一般，因此对他也都高看一眼，他在单位办什么事都大开绿灯。这一切，让他深深感受到，有领导做靠山好处很多。

因为受了很多恩惠，刘贺对陈阳更加上心。他要来了陈阳的网游账号，一有空儿就帮他代练，周末也不休息。有一次，他听说当地新开了一家高级游戏会所，马上推荐给陈阳。高级游戏会所里面有专门的美女陪打游戏。也就是在这里，陈阳认识了刘晶瑶。

刘晶瑶25岁，在一家手游公司工作，漂亮、窈窕。她离异单身，为了赚点外快，在会所兼职。刘晶瑶见陈阳是董事长，不仅有风度出手还大方，对他特别有好感，两人慢慢发展成了情人关系。他们的私密关系对刘贺并不避讳，刘贺嘴也很严，从不张扬，有时还帮助陈阳打掩护，深得陈阳信任。

2017年4月，刘晶瑶休年假，想外出游玩，陈阳不敢单独陪她出去，怕被别人看到，造成不良影响，于是叫上了刘贺。他们三个人去新马泰旅游，吃住行所有费用均由陈阳负担。晚上三个人开两间房，刘贺一间，陈阳和刘晶瑶一间。为哄刘晶瑶高兴，在旅游景点，刘贺用手机帮他们拍了不少亲密的合影。

这次旅行回来后，刘贺和陈阳的关系又进了一层。刘贺认为，只要把董事长陪好，自己以后的职场生涯就跟开了挂一样不用担忧。

提前离岗变故频出

没想到好景不长，在企业改革中高层人事变动，2018年初，陈阳从董事长的岗位上提前退休离岗，上级主管部门从外地调来一个新董事长接替了他的工作。陈阳退休回家后清闲下来，有大把的空闲时间。为了排解寂寞，他经常找刘贺"拉练"。

刘贺不再担任新董事长的司机，而是在办公室做些行政工作。陈阳退休后，刘贺原来享受的一些待遇和好处都没有了，经常被年轻的主管呼来喝去，找别人办事时也屡屡遇阻，心里渐渐失衡。

于是，刘贺想换个岗位，到清闲一点的下属部门当个副职。这时候，陈阳正在玩的那家游戏运营商出了一个活动，3天内充值最多的玩家，可以得到全服务器唯一一把属性惊人的、史诗级的刀。陈阳激动不已，他不会用网银，于是喊刘贺来家里帮他充值。刘贺趁机把自己的想法提了出来。陈阳很为难，说："我既然已经退下来了，就不好再干涉公司的干部人事。而且我跟新任董事长也没有交情，这件事实在是难以开口。"他拍拍刘贺的肩膀，说："你好好干，一定会被重用的。"

2018年上半年，刘贺的儿子刘巍即将大学毕业，专业和刘贺所在企业对口，他想让陈阳帮助把儿子安排到公司工作。但是公司规模大、效益好，有很多毕业生都想进来，竞争激烈。陈阳当时满口答应说："单位招人的事不用一把手定，人事处长就可以拍板。现在的人事处长是我当年一手提拔起来的，如今我虽然退休，但这件事应该能帮你落实好。"

刘贺听后非常高兴，一心等陈阳的好消息。没想到事出意外，新董事长上任不久就把中层几个重要岗位进行调整，原来的人事处长被调到其他岗位，鞭长莫及。新任的人事处长采取公开招考竞聘的方式，组织应聘大学生统一参加笔试，按成绩排名进入面试，择优录用，结果刘巍在笔试环节就落选了。

由于刘贺已经在家人面前夸下海口，儿子毕业后进公司没问题，因此全家人包括刘巍在内根本就没有去其他单位找工作的准备。入职失败后，刘贺被妻子一顿奚落："为了你们那个董事长，你整天不着家，在家也是趴在电脑上，平时家里什么活儿都指不上你，到头来什么好处都没得到，连儿子的工作都安排不了！"刘巍也觉得父亲窝囊，连话也不愿意跟他说。

2018 年 2 月的一天，陈阳让刘贺帮他安装一个游戏的电脑插件，刘贺帮他弄完后，在他家吃午饭。陈阳拿出了瓶好酒。刘贺心情郁闷多喝了两杯，借着酒劲说出心中不满："家里和公司的人都笑话我，说我天天陪着您鞍前马后，结果到头来却是一场空，自己的工作没安排好，儿子也没进到公司来。这几年，我的业余时间基本上都奉献给您，付出和回报根本就不成正比。现在我儿子找不到工作，我天天被家里人数落，单位里又干得不顺心……"

陈阳干脆也说出了心里话："你在我身上花的精力，我心里都有数。我把你从分公司调到总公司，奖金和待遇都上来了，逢年过节也没亏待过你，还带你出国旅游……"

刘贺不满地说："办公室也不比我原来的技术部强多少，再说您给我的那些东西也都是别人送你的，又不能换钱。我要是在外面给人代练，一个月能挣一千多呢！"他顿了顿，又说，"你虽然退休了，但你在公司这么多年，还是有影响力的。我的工作你不解决也就罢了，我儿子的工作你总该管一管吧？"陈阳打断他的话说："做人要知足，我现在退休了，很多事情很敏感，你也得理解我。"

一个月后，陈阳告诉刘贺，他儿子入职的事还是没能办成。刘贺心里不满达到极限，认为陈阳没尽力。这时，刘贺妻子托朋友找到另外一个企业的中层领导，答应帮助办理入职，但需要人情费 10 万元。刘贺在给陈阳当司机时有自己的小金库，在公司修车和日常采购中得到的一些回扣都自己存着，也有十多万。妻子平常睁只眼闭只眼，也没有跟他纠结这件事。这次情况不同，妻子让他拿出这笔钱来，可他前段时间因为远在黑龙江的母亲病重住院做手术，他拿出了 8 万元给老家的弟弟，如今囊中羞涩，又不敢对妻子实话实说。他思来想去，决定向陈阳"借"钱。

步步紧逼癫狂伤人

在向陈阳开口借钱之前，刘贺先把陈阳和刘晶瑶出国旅游时的亲密合影在微信上发给了陈阳，随后提出老母亲病了，向他借款 10 万元。陈阳这才明白刘贺给他发照片的用意。回国后他就嘱咐刘贺删掉照片，当时他答应了，没想到还保留着，如今以此来要挟自己。

愤怒过后，陈阳冷静下来。考虑到大局，他最终打了 10 万给刘贺。刘贺见这钱来得如此容易，又以家有急用为名先后向陈阳借款两次，每次 5 万元，三次累计从陈阳手中"借款"20 万元。

陈阳后悔自己当初看走了眼，没想到忠厚老实的刘贺竟是个十足的小人。在"借"给刘贺 20 万元钱后，陈阳不再跟他联系。

2018 年 3 月，刘贺第四次提出"借"钱，遭到了陈阳的拒绝。刘贺一气之下把陈阳和刘晶瑶的亲密合影洗出来，装在信封里，趁着天黑放在陈阳家的门口。

冯小惠此时已经回国，她出门早锻炼的时候发现了信封，打开一看，勃然大怒。陈阳急忙解释说自己一时糊涂犯了错，今后一定和刘晶瑶断绝关系，求妻子原谅自己。

冯小惠对陈阳发泄完怒气后，又找到刘晶瑶，对她拳打脚踢，并警告她今后不许再和陈阳联系，否则就打断她的腿。当刘晶瑶打电话跟陈阳哭诉，并且提出一刀两断时，陈阳的内心非常痛苦。冯小惠比他还大三岁，性格十分强势，两人早已没有了夫妻生活。而刘晶瑶年轻貌美、温柔体贴，给他很多美好的体验。如今刘晶瑶离开了他，让他退休后的生活更加暗淡无光。尽管他心痛不已，但也无力挽回。

这一来，陈阳对刘贺充满了怨恨。他认为造成这个局面的罪魁祸首就是刘贺。与此同时，刘贺觉得自己这么多年在陈阳身上的打算落了空，得不偿失的他还想从陈阳身上再弄些钱。

2018 年 6 月 26 日，刘贺在多次联系陈阳未果的情况下，到陈阳常去的那家会所拦截他。去之前，他带上一把已经锯掉了枪管和枪托的双筒猎枪，准备用来吓唬陈阳。枪是原来在黑龙江老家和亲戚一起在小兴安岭打猎用的，他用得顺手就要来了，预备偶尔回家打猎用。

下午 3 点左右，刘贺在会所停车场将陈阳截住，提出让他再拿 20 万元一次性了断，他保证把他和刘晶瑶的亲密照片彻底删除。陈阳气得火冒三丈，他指着刘贺的鼻子骂道："你这个阴险狡诈的东西，算我当初瞎了眼！别说 20 万，我一分钱都不会再给你！我还要去告你敲诈勒索……""你不怕我把照片发得到处都是？""你愿意发就发吧，反正我已经退休，无所谓！"

眼看"借"钱无望，陈阳还要去告他敲诈勒索，气急败坏的刘贺只觉得血往上涌，顿时失去了理智。他鬼使神差地从后腰抽出猎枪，向陈阳开了枪，子弹打中了陈阳头部。陈阳应声倒下了，刘贺立即驾车逃跑。周围有人听见枪声，看见有人倒地，急忙打 110 报警。陈阳被送到医院，经过

10 多个小时的抢救后保住了命。因为颅脑损伤严重，他虽然脱离生命危险，但将来可能会留下终生残疾。

警方接到报警后，经过大量细致的侦查工作，确认犯罪嫌疑人刘贺已逃往外地，并更换新手机号码。在外地警方的配合下，专案组经过连续蹲守，终于锁定了刘贺的藏身之处，于 6 月 28 日凌晨在出租屋内将其抓获。6 月 29 日，刘贺被公安局刑事拘留。

刘贺想通过抱领导"大腿"解决难题，孰料陈阳提前退休，他的希望成为泡影，最终心理失衡、癫狂伤人。职场上像刘贺这样以为只要抱好领导的"大腿"，领导手中的权力就能为己所用、为所欲为的人不少。一旦局势变化，没有真才实学、只会溜须拍马的人最终命运只能是被"边缘化"。刘贺的结局是职场的一个缩影，也是人生的一个警示。

错 恋 苦 果

家在榆树农村的陈甜甜，父亲常年在外打工，母亲和奶奶有病。在长春一位爱心企业家的资助下，她从初中一路读到大学。然而，长大成年的她无法抑制地爱上了这个比她大 24 岁的中年企业家。结果，一场始料不及的跳楼惨剧乃至更大的悲剧，在 2016 年 7 月这个夏天，席卷了两个家庭……

爱心助学情感溃堤

2006 年，14 岁的陈甜甜正读初中。父亲陈世奇常年在外打工，母亲蒋艳患有糖尿病，奶奶因患有关节炎行动不便，她一直徘徊在辍学的边缘。

时年 38 岁的钟强是一家文具耗材公司老总，老家在榆树。钟强父母早逝，靠亲属和邻居帮助读完大学，后来创业，和妻子张婷有一个儿子。一家人住着别墅，过着让人羡慕的日子。有了钱，钟强在享受生活的同时，也想用爱心助学的方式回报社会。

从 2004 年开始，钟强夫妇陆续资助了十个家庭困难的中小学生，其中就有陈甜甜。他连续三年将十个孩子接到家里过年，当地报纸曾报道他的善举。

陈甜甜比钟强的儿子钟鑫小两岁，长得清秀可爱。每当看到钟强跟儿子钟鑫就像朋友一样嬉戏打闹，她羡慕不已。她父亲常年在长白山里给人种药材，有时她生病，父亲也回不了家，即使春节回来，跟她也很少说话。她感受不到父爱，与父亲之间越来越疏远。在陈甜甜的眼里，钟强不仅是资助她读书的恩人，更让她感到一种父亲般的温暖。

2011 年 6 月，陈甜甜参加高考后，志愿填的学校都在长春，最终被长春重点大学录取。钟强资助了 5000 元学费，还送了她一台电脑。他对送甜甜上学的陈世奇夫妇说："甜甜很争气，你们的心血没白费，以后她的学费我全包了。"

陈世奇非常感激地握着钟强的手，要不是陈甜甜把他的手拽下来，他还紧握着不放。蒋艳对钟强说："钟总，你把甜甜当自己的孩子好了，她做得不对，你就批评她。""孩子听话，我哪舍得批评？"钟强望着陈甜甜，笑着嘱咐："你在长春，有事随时给我打电话。"陈甜甜看着钟强的目光既有感激，又带一点娇嗔："钟叔叔，我什么都听你的。"

节假日，陈甜甜买一些水果去钟家，她离开时，张婷给她拿的东西更多。钟鑫在沈阳上大学，平常家里只有夫妻俩，钟强夫妇很喜欢乖巧懂事的陈甜甜，张婷甚至开玩笑说要把她培养成未来的儿媳。

陈甜甜举止大方得体，张婷几次买衣服送她，她穿上更显得漂亮时尚。有时，钟强公司周末搞联谊活动，也叫她参加："上大学固然能学到很多知识，但在社会上历练也很重要，以后我多找机会，让你开阔视野。"陈甜甜笑道："我真是特别幸运。"

在钟强有意提携下，陈甜甜体验到人生中的很多第一次：喝洋酒、吃西餐，公司员工集体去新加坡和泰国旅游时，钟强也带上妻儿和陈甜甜一起去体验异国风情。这些，是陈甜甜做梦都不敢想的。

陈甜甜对钟强越来越崇拜，他的身影会经常浮现在她眼前，有时像是她的"父亲"，有时像是一位兄长，有时更像是她心仪的情人……她意识到自己由于自幼缺少父亲陪伴，特别需要依赖与安全感。起初，她对这种感觉十分恐慌，竭力克制自己。可她发现每次只要见到他，心里防线就会溃堤。

钟强一直将陈甜甜当女儿看待。当他发现陈甜甜的眼神越来越不对时，有意减少了接触。2012 年 5 月的一天下午，陈甜甜主动给钟强打电话，约他晚上出来吃饭，钟强拗不过答应了。

那天，陈甜甜化了淡妆，更显魅力。她喝了很多红酒，鼓起勇气吐露心声："钟叔叔，我喜欢上你了，怎么办啊？你就接受我吧……"钟强震惊又害怕："我们是两代人，不能这样。"

陈甜甜说："我不是没想过这些，但我就是控制不住自己。"钟强冷静地打断她："你可能有恋父情结，又一直觉得我对你有恩，所以才会产生这样的感情错觉，其实你喜欢的不过是我身上的光环，还是别胡思乱想了。"

钟强开车把陈甜甜送回学校，回家却辗转反侧，一夜无眠。一个受他资助长大的清纯少女，如今成了靓丽的女大学生，浑身散发着朝气与青春的魅力，对他又有那番真诚、火热的表白，怎能不让他心动？

钟强仍然一如继往地关心着陈甜甜，眼神和言语中却带了一种异样的亲切。陈甜甜很快洞悉他的心思，心中不由暗喜。

痴狂恋情结成苦果

2012 年 12 月的一个周末，钟强去北大湖滑雪，叫上了陈甜甜。钟强手把手地教她，给她做示范。陈甜甜看着他滑雪时优美的姿势，自己却控制不好滑板，从上往下滑时，几次摔倒在旁边的雪堆中。当她再一次滑倒时，钟强身穿厚厚的滑雪服，拿着滑板去拉她起来，一不小心也被滑板绊倒，两人在雪中滚到一起，陈甜甜情不自禁地抱住了钟强。当晚，两人都喝醉了，钟强把陈甜甜带到一家酒店开房，两人没能控制住自己，越过了道德的禁忌……

第二天早上醒来，钟强愧疚地对陈甜甜说："原来我帮助你时，真没有其他非分的想法，没想到你却喜欢上我。你这么年轻，我给你一笔钱，你把我忘了，重新开始新的生活。"陈甜甜抱住他说："你别有负担。我喜欢你，但不想破坏你的家庭，更不想伤害别人，只求你别离开我！"

陈甜甜的话，让钟强的心理防线彻底崩溃。从那以后，他们一发不可收，经常找僻静的地方幽会，钟强对陈甜甜迷恋不已。

世上没有不透风的墙，张婷渐渐意识到家中正在发生一场危机。2013 年 5 月的一天，她去沈阳出差，突然提前一天赶回家，把钟强和陈甜甜堵在了家中的床上。她又气又悔，指着陈甜甜说："我们一直资助你上学，没想到竟然把你资助到我们家床上来了，没见过你这样不要脸的女孩子！"

陈甜甜哭着道歉："阿姨，对不起，是我不好，但我没有想过让他离开你。"

张婷又指着钟强："她年纪比我们儿子还小，你怎么做得出来？我们离婚吧！"

由于张婷坚持不肯原谅钟强，钟强咨询了律师，律师说如果离婚，他公司的股份要分出一半，一般都是支付现金。他手里没有这么多现金，因此一直拖着不想离婚。

张婷在羞愤之下，告诉了陈甜甜的父母陈世奇和蒋艳，夫妻俩立刻赶到长春，逼着女儿去给张婷赔罪，蒋艳哭着跪求张婷原谅，陈世奇则当着张婷的面，狠狠地打了女儿两巴掌："你怎么能做出这样的丑事？你让我们怎么做人？"

这两巴掌非但没有打醒陈甜甜，反而把她的狠心打了出来。一家人离开张婷后，陈甜甜对父母说："你们打也好骂也好，我不会离开他！"蒋艳说："你这些年书都白读了吗？你不能恩将仇报！""我没有要拆散他们的家庭，是张阿姨要离婚的。他们离婚后，我就跟钟强结婚。"陈甜甜坚决地说。

陈甜甜执迷不悟，陈世奇夫妇管不了她。钟鑫愤怒地跑到学校，当众打了她几耳光，警告她不要再纠缠他的父亲！可是，她对钟强的爱仍有增无减。

2014年3月，钟强只好办理了离婚手续。陈甜甜更没有顾忌了，钟强因为被儿子和亲友指责，心情低落，却又不由自主地与她保持着激情。

2015年8月，陈甜甜大学毕业，经钟强介绍，在长春一家外贸公司当了翻译，在公司附近租房住。她几次提出结婚，钟强口头上答应，却一再拖延。单位有几个条件不错的小伙子追求陈甜甜，都被她拒绝了。她和钟强在一起时，故意不采取避孕措施，钟强问她时，她都骗他说自己吃了避孕药。

2016年5月，陈甜甜发现例假没来，去医院检查发现已经怀孕，她又惊又喜地把怀孕诊断给钟强看后说："我们早点结婚，我想把这个孩子生下来。"钟强考虑半天说："我儿子比你还大，我这年龄再要孩子怕不合适，还是先打掉吧。"陈甜甜说什么也不同意，她想靠腹中的孩子"逼婚"。

钟强始终不给任何承诺。陈甜甜意识到她付出了那么多，却没有换来他长久相伴的决心，或许他想和前妻复合，处处顾虑到前妻和儿子的感受，怕受舆论指责，不敢单独带她去公共场合，她非常痛苦和迷茫。

女儿流产父亲复仇

心中有苦不敢与外人说，陈甜甜只能回家找父母哭诉。蒋艳劝她打掉肚子里的孩子，早点离开钟强："甜甜，你现在毕业有工作了，正正当当找个人过日子，把他忘了吧。"陈甜甜哭着说："妈妈，我忘不了他。他要是不跟我结婚，我就是死也不甘心！"陈世奇也跟妻子是同样的意见，但又怕这样下去女儿会出意外，于是多次给钟强打电话要求见面，钟强一再推诿。

6月3日，陈世奇坐车赶到长春。当晚，他在钟强住的小区门口堵住他："甜甜都怀了你的孩子，你得给她个说法！"钟强说："我比她大那么多，儿子跟她势不两立，我们不可能结婚。"

陈世奇气愤地说："我原来看你是个好人，甜甜也一直把你当恩人看，没想到你这么混蛋！"钟强说："让甜甜打掉孩子，我会在经济上补偿她，你们想要多少钱，说个数。"陈世奇觉得受到了侮辱："我们是没有钱，但还不至于穷到卖女儿的程度！"他气得出手与钟强撕扯起来，小区里巡逻的保安将他驱逐了出去。

陈甜甜请假在家，每天以泪洗面。陈世奇多次去钟强的公司找他，钟强一再说，让她把孩子打掉，他会给她一笔补偿。"你以为有钱，什么事都可以解决吗？"陈世奇愤怒不已。回家后，他要女儿将钟强给她买的首饰、苹果手机等都退还给他："我们穷，但不能没有自尊。"陈甜甜不愿意："爸，不要把事情做绝，我相信嫁给他是早晚的事。""你还做梦呢！他跟我说，他儿子要结婚了，前妻可能和他复婚。"蒋艳流泪劝说："不能再拖了，你就当没认识这个人！"陈甜甜抱着母亲大哭不止。

陈甜甜回长春找到钟强，哭着求他："这个孩子不打掉行吗？我是真心爱你的。"钟强还是那句话："要多少钱，你说个数。"陈甜甜心里就像被刀剜了似的，哭道："你这不就是玩弄我吗？我真是看错了你的人，把你当神一样崇拜了这么多年。"

陈甜甜眼看和钟强结婚无望，7月5日，她独自去长春一家民营医院做了流产手术。走出医院时，她感觉自己全身都被掏空了。当晚，她从租住屋的4楼窗台上纵身一跃，邻居发现后打了120，把她送到吉大附属医院抢救。经诊断，她全身多达七处受伤，右小腿粉碎性骨折，医生说她膝盖关节处难以复原，可能会落下终身残疾。

陈世奇夫妇闻讯赶到医院，看到女儿浑身是伤、身上绑着纱布的惨状，泪流不止。陈甜甜一心求死，蒋艳哭着劝慰女儿，求她好好活下去。陈世奇愤恨不已，在心里暗暗发狠，决心要教训钟强！

案发后，据陈世奇交代：7月14日晚约6时，他进入钟强所居住的小区，等候多时也没见钟强下楼，他于是坐电梯到12楼，敲开了他的家门。看到张婷竟然也在家，这更刺激了他。他让钟强到走廊外谈话，钟强不情愿地出来后说："你怎么又来了？有事让甜甜直接跟我说。"陈世奇的怒火烧到了心口："甜甜为你流了产，跳楼摔伤，差点命都没了。这都是你害的，我要为她报仇！"还没等钟强反应过来，陈世奇就摸出随身携带的匕首，疯狂地向钟强连刺4刀。钟强本能地反抗，却无济于事，他被刺中胸部当场倒在血泊中。

陈世奇看到钟强满身是血倒地，赶紧脱掉身上带血的外衣，迅速逃离钟家。张婷发现倒地的前夫后，赶紧打了120和110。警方接案后，迅速赶到现场。钟强在被120送往医院后，因被刺中心脏，失血过多，经抢救无效死亡。

7月18日，警方将逃到榆树市一家小旅馆落脚的陈世奇抓捕归案。一个月后，陈甜甜在母亲的陪伴下出院回家，她这才知道父亲杀了钟强，因涉嫌故意杀人罪被捕。她稍稍转好的精神又瞬间崩溃，不想下床也不想见人，她的眼泪已经哭干了。为给父亲减轻罪行，她躺在病床上，给办案单位写了一大堆材料，陈述钟强的过错。但陈世奇依然受到法律严惩。

本案中，因陈甜甜的父亲常年在外打工，她自然会产生对父爱的渴望。因童年时期没有完善地发展与父亲的依恋关系，故而长大后，她渴望被爱、被呵护，希望有一个高大父亲形象的男性能保护她，疼爱她，她正好在钟强身上找到了这些。钟强有能力、有事业，有爱心，具有一个成功男人和父亲应该具备的一切，还有中年男人的成熟、富有等，致使她的爱恋越积越深，一发不可收。

钟强很早就意识到这一点，他应该及时帮助陈甜甜走出这种感情的困扰，可惜他非但没有这样做，反而以恩人自居，利用陈甜甜的崇拜和恋慕，占有她的身体和情感，让她无法自拔。在他离婚、陈甜甜怀孕后，他又采取简单的方式，想以钱"摆平"一切，这彻底伤害了涉世未深的陈甜甜，也激怒了她自尊的父亲，最后引发难以挽回的惨剧。

当孩子深陷不伦恋时，父母要积极疏导，也可以向专业人士寻求帮助，简单处理只会两败俱伤。尽心陪伴孩子的成长，让父母的角色不在孩子的成长中缺失，对儿女的婚恋观有着重要的意义。

急 嫁 豪 门

26岁的李媚离异后，渴望嫁入豪门改变命运，竟让表哥绑架富二代付强，而她自己上演了一幕"美女救英雄"的片断后，让付强对她产生好感，并爱上了她。就在豪门梦即将实现时，付强的父亲派人暗中调查李媚的背景，发现了她不少污点和疑点，坚决反对儿子的选择。为了搬开她通往豪门之路的绊脚石，疯狂的她干脆让表哥去收拾准公公——

富翁遇袭内幕惊人

2014年8月9日下午，正值周末，长春市一家环保科技公司总经理付国栋独自一人在公司大楼205室加班，突然响起了敲门声。付国栋忙问："什么人？""我是公司的客户，特意来拜访付总。"

付国栋一听说是客户，毫无防备之心，就把门打开。谁知，两名男子刚走进办公室，一人突然拿着刀对着他，另一人架起他的一只胳膊，想用绳子将他捆绑起来。付国栋大吃一惊，趁歹徒还没有得手时，猛地挣脱了歹徒的控制，冲出门口，并大声呼救。见场面失控，两名歹徒上前就对他的前胸猛刺几刀。

　　幸好，付国栋所养的牧羊犬冲上前"护主"，狂叫着并撕咬起歹徒来，而楼上也有人大喊"警察来了"，两名歹徒这才逃之夭夭。保安赶来后立即拨打120，将付国栋送往医院抢救。经过抢救，付国栋终于脱离了危险。付国栋为人随和，从来没有与人结仇，是谁袭击了他呢？

　　警方接到报警后，民警迅速勘查现场，并对周围人员以及抢救过来的付国栋进行调查询问。很快，他们找到了两名犯罪嫌疑人的人像截图。经过一周的抓捕，警方于8月16日下午，将犯罪嫌疑人赵建设和李民双双抓获，并进行审讯。审讯时，赵建设竟供出一个惊人的秘密：他们幕后的主使者竟是付国栋的准儿媳李媚。

　　李媚是赵建设的表妹，她以10万元钱为酬谢，指使他们将付国栋绑架至郊外准备整成植物人。没想到出现意外，他们没能将付国栋带走，只是将其重伤。根据供述，警方将李媚抓捕归案，而落网后的李媚交代了更让人吃惊的真相……

　　今年26岁的李媚曾经有过一段失败的婚姻，她老家在吉林农村，大专毕业后与长春市的同学王志强结婚。婚后，婆婆看不起来自农村的她，在婆婆不停地挑唆下，王志强最终和遭受过一次流产的她离婚。离婚后，李媚性格大变，一心想做个有钱人。于是，她积极进行"自我改造"，参加瑜伽和舞蹈班，个人形象也焕然一新。

　　李媚还想有自己的事业，嫁人时可以增加筹码。2013年8月，李媚从亲戚朋友那里借了10万元钱在小区内开了一家绿色环保洗衣店。开业后，她每月收入除了要付房租外，还需要还借款和维持生活。半年下来，洗衣店入不敷出，欠了很多债务，不得不关停。没办法，她只好又到一个医药公司跑业务。潦倒之际一个偶然的想法，让陷入绝境的她决定铤而走险……

自导自演促成恋情

原来，李媚发现她租房的小区外 600 米处，有个名叫松花江的咖啡店，经常有一辆气派的宝马停在咖啡店门口。一天晚上散步时，她发现宝马车主举手投足间尽显英气，几乎把她看呆了。于是，她忍不住问旁边的超市店主："这个帅哥是谁？"超市店主说："他可是咱们这儿的名人，名叫付强，今年 24 岁，是这家咖啡店店主。他父亲建筑行业发家，现在又经营环保公司，是典型的富二代。"

此后，李媚像着了魔一样，晚饭后经常到咖啡店门口驻足，穷困潦倒的她很快就有了一个邪恶的念头。一天，她以谈业务合作为名，通过咖啡店员要来付强的电话。之后，她到咖啡店消费时，悄悄地用手机给付强拍了照片，并找到无正当职业的表哥赵建设，让他找人绑架付强。因担心对方报警，李媚决定只敲诈对方 20 万，这个数目小，对方也许不在乎，同时她还搜集了付强的许多个人信息，以保证行动成功。

赵建设找到无业的李民，许以 1 万元的酬金和他一起行动。11 月 16 日晚，他们租了一辆面包车，把车牌摘下，停靠在松花江咖啡店门口一侧，每天观察付强的行动。19 日晚上 7 时，赵建设见咖啡店以及周围无人，就故意给付强打电话，说有人给他快递礼物，要他来咖啡店领取。

10 多分钟后，付强独自一人驾车来到咖啡店，他刚停好车，李民就上前说快递礼物在面包车上，让他一起过去取。付强不知是计，正要去取快件时，两人趁其不备将他嘴巴捂住，迅速拽至车内，并用绳子捆住。

他们把付强绑架到郊区一个废弃的民房里后，就打电话给付国栋："你儿子在我手里，准备 20 万元赎金，否则后果自负。"付国栋还以为是恶作剧，可当他无法打通儿子手机时，才意识到出问题了。付国栋想要报警，妻子赵玉洁却哭着说："千万别报警，万一他们撕票了怎么办？我们就这么一个儿子，20 万算不了什么。"付国栋经妻子这么一说，也很快妥协了。当赵建设再次来电话索要赎金时，他痛快地答应了，往歹徒提供的银行卡号上打了 20 万元。

　　得知消息后，李媚大喜过望，她准备指使赵建设放人。然而，她突然转念一想，要是能嫁给付强多好，现在不正是接近他的机会吗？按说，作为富二代的付强无论如何也不会看上她这样一个离婚熟女的。李媚觉得若按常理出牌肯定不会有结果，只有出其不意才能增加胜算。现在，付强落难之中，她何不来个"美女救帅哥"，趁机赢得他的信任呢？

　　于是，她悄悄地指使赵建设放松对付强的关押，并撤离看守现场。接着，她认真打扮了一下，独自来到关押付强的废弃房屋门前，故意向里面喊道："有人吗？"付强发现歹徒们不在现场，就壮着胆子，挣扎着走到窗户处。见是一个漂亮的女孩，付强像遇到救星一样："快救救我！""这是怎么回事？""我被人绑架了。"

　　"我刚才看到两个人鬼鬼祟祟地从这个房子里走出去，有点好奇就过来看看。我马上救你。可门被锁上了，怎么办？""你找块石头把锁砸开啊。"李媚找了一块石头，将门锁砸开，又假惺惺地把付强身上的绳子解开。付强获救后，感激不已："快走，万一他们回来，咱们就跑不了啦。"李媚也装着紧张而害怕的样子，和付强快速撤离"险境"。不过，她心里觉得好笑，甚至暗自佩服自己的演技。

　　他们走了很远，才来到宽阔的公路上，付强感到很安全了，立即向李媚借用手机，给父亲打电话。付国栋一听到儿子的声音，特别高兴："儿子，你在哪儿？受伤没有？快回家啊。""我没事，马上就打车回家了。"付强兜里没有分文，李媚热情地拿出了300元钱给他。看着漂亮的李媚，付强特别感激："谢谢你的救命之恩，我先回家，你的手机号我记下了，回头我一定跟你联系。"

付强平安回到家里后，父母上前左看右看，激动地流下眼泪。这时，付国栋很想去报警，但一听儿子介绍他就犹豫了。原来，两名歹徒故意将付强一家的信息抖搂出来，并警告说如果他们报警，就对付家人不客气。妻子也劝付国栋说："人都平安回来了，咱就算花钱免灾，别再生事端。"于是，付国栋决定不报警，并让儿子把咖啡店兑出去，专心帮自己处理公司业务。

然而，付强早已对李媚产生了好感。晚上躺在床上，他脑海中总是闪过李媚救他时的明媚笑容。第二天晚上，他打电话请李媚吃饭。席间，他送了一张银行卡给李媚："感谢你对我的救命之恩，这个卡里有一万元钱，你拿去买点喜欢的东西。"

李媚心里一阵窃喜，想放长线钓大鱼，就故作矜持地说："我只是当时路过，面对这种情况时大家都会这么做。你拿钱就是看不起我，如不嫌弃，咱们以后可以做个朋友。"付强只好收回银行卡，而李媚的举动更是让他好感倍增。

此后，付强经常请李媚一起吃饭聚会，在她的刻意伪装下，付强越来越迷恋她了，对她展开热烈追求。李媚自以为计谋得逞，开始和付强进入热恋状态，幻想着能早日嫁入豪门。

两个月后，付强决定带李媚回家见父母。听说儿子要带女朋友回家，付国栋夫妇十分高兴。李媚来到付家后，付国栋夫妇和颜悦色地和她聊起来，试图摸清这个女孩的底细。李媚开始时还对答如流，后来在夫妇俩不停地追问下，很快乱了阵脚。因为怕付国栋夫妇发现她的真实情况，所以就对自己出身农村、离过婚撒了谎，等后来他们越问越多时，以致她说话自相矛盾，付国栋夫妇的脸色大变。

李媚走后，付国栋夫妇马上跟儿子谈话，告诉他这样的女孩不适合他，要他们马上分手。付强心里十分抵触："这都什么社会了，我找女朋友，我自己说了算。"付国栋说："现代社会虽然不讲门当户对，可也不能找一个比你大两岁，不知底细，满口谎言的女孩。""她虽然比我大几岁，可是她为人特别善良。你们不知道，就是她那天把我从绑匪手中救出来，这样一个勇敢善良的女孩，我不找她找谁？"

"那天是她救你出来的？""是的。"付强随后详细地把当时李媚出手相助的过程告诉父母。付国栋毕竟是有社会阅历的人，不由得怀疑李媚的身份。他找到一个保安，委托他悄悄地调查李媚的背景。一个星期后，那边反馈回来很多李媚的真实情况。经过调查，李媚26岁，老家在农村，大专毕业，曾经有过一段短暂的婚史，目前无业，背景十分复杂。付国栋夫妻看到李媚的资料后，要求儿子必须和李媚分手。可付强却已对李媚迷恋不已，表示非她不娶。付国栋十分头疼，说不过儿子，只好决定再做李媚的工作。

一天，付国栋故意说想进一步考察一下李媚，向儿子要来她的电话。随后，他打电话给李媚，约她到茶馆里谈谈。李媚来了后，付国栋拿出10万元对她说："你是个好女孩，但是并不适合我儿子，希望你能主动离开他，这钱算是对你的补偿。"李媚心想，10万算什么？我怎么可能因小失大！于是，她机智地说："叔叔你小看我了，我和付强在一起不是为了钱，我们是真爱，谁都无法阻止。"付国栋一听，感觉李媚很有心计，更加害怕了……

豪门梦碎原形毕露

付国栋一看不行，就和妻子调整战略，让儿子兼任公司主管业务的副总经理，往他身上压担子，到全国各地跑业务。同时，夫妇俩还发动身边好友，给儿子物色很多相貌、条件不错的女孩，可付强接受了任务，总是拒绝去相亲。而李媚一连几周都见不到付强，她心里特别着急，怕夜长梦多，她决定主动出击。

以后，她干脆不去上班，整天围着付强转，付强出差去哪个城市，她就跟去哪个城市。晚上，她使尽全身解数，让付强深刻体会到床第之欢的美好。同时，富有心计的她故意不避孕，还暗自吃排卵的药物，以求珠胎暗结早嫁豪门。

2014 年 3 月，李媚发现自己的例假没有来，就到医院检查，很快确认怀孕了。她立即把消息告诉了正在上班的男友，付强很是激动，晚上来到李媚的出租屋，激动地说："我要当爸爸了，这回我得赶紧跟父母商量，让你早日成为我的新娘。"李媚满心欢喜……

付强是个孝顺的孩子，特别是对爸爸，他一向崇拜有加。然而，单纯的他已被李媚征服了，在他身处险境时李媚的相助让他特别感动，他早已不在乎她比自己大、离过婚的经历。这次，父母的意见他也听不进去了，他决定对父母采取逐个击破的策略。于是，他先告诉母亲李媚已怀孕了，他们要结婚，并让母亲做做父亲的工作。赵玉洁似乎看到儿子对女友的真情，加上李媚怀着付家的骨血，她心一软，就接受了儿子的请求。

然而，付国栋根本听不进妻子的劝告，他特意找来儿子，气愤地说："你别看李媚表面妖媚，她心计太深，我坚决不能让这样的女人当儿媳。要么去做流产，要么孩子她要生，咱给她抚养费。"付强束手无策，不知道怎样反驳父亲才好，他决定从长计议。

为了让儿子彻底死心，付国栋决定重新请人调查李媚的过去。很快，付国栋得知李媚有个叫赵建设的表哥，他是个社会混混，曾经坐过牢，而两人经常混在一起。这时，他心里已逐渐有一种猜想，儿子被绑架拘禁时，为什么李媚偏偏路过那里呢？她为什么和劣迹斑斑的赵建设走得这么近呢？付国栋越来越怀疑付强被绑架的事就是李媚一手策划的，他把自己的怀疑告诉了儿子，并叮嘱他要留意李媚的动向。

谁知，付强却不以为然，他转身把父亲的话告诉了李媚。聪明的李媚一听，心里恐惧不已，她觉得付国栋可能已发现了什么线索，怎么办呢？更为悲催的是，2014 年 4 月中旬，精神有些恍惚的李媚穿着高跟鞋下楼吃饭时，一不小心摔倒，导致她下身血流不止。邻居拨打 120 电话把她送到医院，经过抢救，她性命无忧，但孩子却没有保住。

由于李媚曾经流过产，医生告诉她以后再怀孕的几率很小。得到这样的诊断，李媚哭得异常伤心。得知消息后，付国栋却异常高兴。于是，他故意对儿子说，将来要接班，必须提升自身能力。为此，付国栋为儿子报了一个北大 MBA 总裁班学习，让他去北京学习。付强正为李媚流产的事苦恼不已，对于父亲的安排他倒也接受。同时，经过一折腾，激情逐渐消退的付强对这场恋情也有些灰心了。

到北京后，付强对李媚的关心越来越少，而且再也不提结婚的事情。李媚敏感地感到男友的变化，她把这一切不幸都归罪到付国栋身上。很快，她下决心要报复付国栋，因为他是自己嫁给付强的最大障碍。这样，她再次找到表哥赵建设，让表哥再次出手，绑架付国栋把他弄成植物人最好。赵建设因为上次绑架事件没有败露，而且还赚了钱，这次更是来劲了。

　　赵建设又找到上次一起合作的李民，两人在多次踩点后，决定在 8 月 9 日的周末出手。因为李媚从付强那里得知，他爸爸周末经常一个人去公司加班，而付家所住的高档小区戒备森严，无法下手，最好去他公司下手。没想到这次行动败露，三人被警察抓获，等待他们的将是法律的严惩。

　　付强得知真相后，痛不欲生，他怎么也没想到心爱的女人不仅是绑架自己的绑匪，还找人暗害自己的父亲。付国栋乘机告诫儿子说："带有功利的感情注定会失败，何况为了满足欲望不择手段呢？你以后找女朋友，不应该只看表面光艳，而要把人品放在第一位。"听了父亲的话，儿子一夜长大了。

亲情黑洞

迟芯是一名海外陪读妈妈。她有一个嫁入豪门的妹妹迟婉。2016年7月23日，迟婉被人发现死在租住处。而当时，迟婉刚刚和千万富豪丈夫刘俊峰协议离婚。谁是凶手？案情一度扑朔迷离陷于僵局。随着2017年2月10日，归国的迟芯被警方刑事拘留，案情终于大白——

妹妹独撑姐姐人生

2016年7月25日晚，公安局110指挥中心接到报警。民警迅速赶至案发地，发现死者迟婉被人勒颈而亡，但现场没留下犯罪证据。警方调查得知，时年44岁的报案人刘俊峰是吉林省一家建材公司的董事长，与死者曾是夫妻。

警方了解到刘俊峰案发时并不在现场，且他和迟婉已协议离婚，无犯罪动机。案情陷入僵局。排查时，警方又发现疑点：迟婉有个姐姐迟芯，她一直在新加坡陪读。这次回国才7天，可妹妹死因尚未查明，她就借故提前出国。警方调取监控录像，发现案发前迟芯曾出入过妹妹住处，出来时神情慌乱，但这并不能定性她就是凶手。2017年春节，警方获悉：迟芯委托中介准备出售长春房产。且妹妹死后，她情绪反常，对亲人刻意保持着一种戒备。

综合各种因素，办案民警决定通过心理攻势来赢得破案转机。民警让中介公司负责人与迟芯联系，说已有买主相中房子，让她回国办手续。

2017年2月9日，迟芯回国，出机场后被警察控制。审讯时，警察还未播完案发当天的视频资料，迟芯主动缴械，声泪俱下地说："我不是人，是我亲手勒死了妹妹！"

1974年，迟芯生于吉林省德惠市，父亲当教师，母亲务农。妹妹迟婉小她2岁，弟弟小她5岁。1994年，迟芯考入师范大学，毕业分到长春一所学校。1999年，她与同事王志诚租房结婚。2001年7月，王志诚遭遇车祸意外丧生。丈夫死时，迟芯怀有6个月身孕。悲痛之余，她想引掉孩子，却被刚从财经大学毕业的迟婉劝住，可迟芯哭着说："我若把孩子生下来，我娘俩以后的日子怎么办？"迟婉安抚说："姐，我今后一定竭尽全力来帮你。"

迟芯生下遗腹子王泉。坐月子时，迟婉陪伴姐姐左右。不久，迟婉被一家建材公司录用。儿子满月后，迟芯辞职。为帮姐姐，迟婉选择和姐姐一起租房居住。每月，她领了工资就交给姐姐家用。

王泉上幼儿园后，为减轻妹妹的负担，迟芯才来到一家培训学校代课。姐妹俩相依为命时，命运出现了转机。

迟婉上班后，她的靓丽与聪颖很快吸引了老板刘俊峰。刘俊峰1972年出生，身家千万，是著名的"钻石王老五"。一天，刘俊峰遭人暗算，是迟婉凭借过硬的专业素养提前保存证据，避免公司损失一百多万。感激加心动，在刘俊峰狂热追求下两人建立了恋爱关系。迟芯清楚地记得，刘俊峰上门时，他给儿子的见面礼出手就是两万。更重要的是，他真心实意爱着妹妹。2006 年 4 月，迟婉出嫁。2007 年，她生下女儿刘馨后当起了全职太太。

嫁入豪门的迟婉堪称娘家的大功臣：由刘俊峰出资 40 多万，给迟婉父母在老家重建了一栋小洋楼；迟婉夫妇主动包揽下了姐姐母子俩的全部开销。2008 年，王泉上学，迟婉又花钱将迟芯安排到一所学校上班，还花费 38 万元给姐姐买了一套 80 平米的两居室。

2015 年，王泉提出要去新加坡上高中。迟芯无能为力，就把希望寄托在妹妹的身上。迟婉不仅满口答应，还对丈夫说："王泉从小没有爸爸，我一直把他当作亲生儿子看，希望你同意我的决定。再说，在新加坡上学一年费用也就十几万，不太贵，王泉将来还可报考世界名校，前途无限！他这是给咱们的女儿打前站！"刘俊峰表示赞成。

儿子出国不久，42 岁的迟芯与小 5 岁的大学讲师黎怀建相恋。这时，因王泉在新加坡生活不适应，经常生病，加上黎怀建也想出国，迟芯就有去新加坡陪读的打算，当她向妹妹说清想法时，迟婉拉起刘俊峰的一只手，笑着说："姐，咱家的大财主在此，你就放心去吧，将来馨馨到新加坡，你这个姨妈就继续陪读吧！"

迟芯与黎怀建来到新加坡后，很快就有了依靠妹妹妹夫实现移民的想法。孰料，意外发生。

啃妹之旅难以为继

2016 年 2 月，迟芯回国过春节。姐妹见面时，迟婉突然哭着说："姐，我要和刘俊峰离婚。"

　　原来，2015 年 11 月底，一个挺着大肚子名叫王倩的女孩，通过小区保安找到迟婉，并告诉迟婉：她已经怀上了刘俊峰的儿子，且胎儿 5 个多月了！刘俊峰答应离婚后娶她，但她发现刘俊峰根本不想离婚，所以，她主动来求迟婉让位。

　　迟婉不堪羞辱，将王倩一顿臭骂，回去苦苦相逼下，刘俊峰才承认事实。原来，他一直希望有个儿子来继承千万家产，几次做工作迟婉仍不愿再生育后，他才背着她找了别人。哪知王倩却就此要挟。他发誓永远爱的是迟婉，并恳请妻子原谅。

　　迟婉提出，刘俊峰必须和王倩彻底了断，并让王倩处理掉孩子。但刘俊峰提出，等王倩生子，按照事前约定，他给她一百万补偿，然后坚决与王倩断绝来往。迟婉接受不了丈夫婚外生子又赔钱的屈辱条件，加上王倩一直发短信骚扰，迟婉被折磨得整夜失眠，于是决心离婚，甚至提出放弃女儿的抚养权，反正不想再和刘俊峰一起生活。

　　迟芯一点思想准备都没有，看到妹妹悲痛欲绝的样子，她立即找到刘俊峰。但刘俊峰坚持：只要保住这个婚外儿子，其他任何条件都能答应。迟芯十分无奈，只能转而安慰妹妹说："小婉，姐知道你难过，但你一定要冷静下来。这年头，像刘俊峰这样的有钱男人离婚后都是抢手货，而女人离婚后就很难再找合适的了。妹夫有错，但他的心还在你和孩子身上，你千万不要糊涂啊！"讯问时，迟芯对警方交代，当时她这么劝说妹妹时，其实也出自私心：哪个女人能容忍丈夫这样乱来？但她害怕妹妹离婚后，会失去强大的经济后盾。她不敢想象由此造成的可怕情形。

　　迟芯过完春节回新加坡后，又请父母出面来做妹妹工作。哪知半个月后，妹妹的离婚态度依然坚决。情急之下，迟芯又飞回长春再次苦口婆心劝说妹妹，甚至"警告"："别放弃阔太太不当而去给小三倒地方！"迟婉咬牙切齿回答说："没有尊严我宁可去死！"见妹妹固执，迟芯只得改唱苦情戏说："我当初可以选择不生孩子的，你非要让我生，还承诺帮我到底。你要离婚哪有钱供王泉留学？你这不是存心要毁孩子前途吗？就算是为了你闺女和王泉，你也要忍辱负重顾全大局！"

姐姐的拷问，迟婉直觉如刀扎心，非常失望地说："姐，我实在不想再听这些了！我离婚，法院会判决我应得的那部分，如果你愿意等，你到时都拿去用！这些年我还有点积蓄，你也拿去，再不行的话，你就把这边的房子卖掉，供王泉上完学也应该没多大问题……"说这些时，因失望与痛苦，迟婉脸上的泪水一直哗哗不止。

见劝说妹妹无济于事，迟芯带着失望的心情又回了新加坡。怕日后失去经济保障，迟芯让儿子以各种学习理由向迟婉要钱，迟婉又分三次"赌气"似的给了迟芯人民币近 20 万元，并对姐姐说："我已经山穷水尽了，你就让王泉省着点用吧。"

亲情黑洞吞噬生命

2016 年 7 月，办理离婚过程中，迟婉发现刘俊峰已把财产转移到公公名下，属于两人可以平分的部分显得毫不起眼。刘俊峰有些不好意思地说："我这样做就一个目的，希望你放弃离婚！"刘俊峰还做出一项承诺：像以前发工资一样，他每月让公司财务按期给迟婉账上打入 5000 块，以保障她的基本生活开销，并希望她随时回心转意。协议后，迟婉只好让女儿跟随刘俊峰生活，自己租房另住。

很快，迟芯就陷入捉襟见肘的尴尬中，她不得不和黎怀建出去打些零工。黎怀建原以为出国就是跟着享福，现在怨言开始增多。在迟芯看来，眼前的窘迫都是迟婉造成的，禁不住对妹妹产生恨意。

根据迟芯交代，得以还原惨案当天的经过——

7月21日，迟芯回国办理留职延期手续。在迟婉租住地，她让妹妹和刘俊峰和好时，两人发生争吵。迟婉指责说："姐，你眼里只有钱，根本就不管我的死活。事到如今，你还逼我委曲求全，你心里到底还有没有咱们姐妹之情啊？"这时，父母也来电责备了迟芯。迟芯恼羞成怒，对妹妹说："当年你向我做过承诺，如今你说不管就不管，还有没有点责任心？刘俊峰是有小三，你只要忍忍，一切都还会像以前一样！"

迟婉心里流血，当即回敬迟芯说："姐，说到底，你太自私了！这些年我在你们身上少说也花了近两百万元。如今你们还要把我当作提款机来用，不顾我的死活，你良心何在？既然你无情我也无义，咱们现在清算一下，请你把我花在你们身上的钱都还给我，然后咱们一刀两断！"见妹妹撕破了脸，在受到父母指责后，迟芯有些气急败坏地说："小婉，你像疯子一样。要钱没有，要命一条！"迟婉不依不饶地说："现在没钱也没关系，请给我写欠条，不还，我就起诉你！"

见妹妹坐在沙发上，真的在茶几抽屉里寻找纸和笔，迟芯恼羞成怒，起身拿起一根迟婉平时锻炼用的跳绳，绕到迟婉身后冲动地勒住了她的脖子。迟婉一边挣扎，一边大喊，迟芯怕被邻居听见，死命地勒紧了绳子。十几分钟后，迟婉没了声息。勒死妹妹后，迟芯脑里完全一片空白，她忽然意识到了什么——她认真收拾了现场，用妹妹的手机给刘俊峰发去一条"我跟你一起去死"的短信，并将手机迅速关机。企图制造迟婉和刘俊峰闹离婚杀人假象来遮掩犯罪事实，她好安然脱身出国……

刘俊峰收到迟婉发来的短信后，当成是她说的气话就没在意。7月25日，因忙着陪王倩，几天没回家的他又接到前岳母的紧急电话。刘俊峰急忙打电话给迟芯，迟芯说这几天忙着卖房子，没和迟婉联系。他赶到迟婉的租住处，用房东的备用钥匙打开房门后，他才发现惨剧。他情急之下报警，才出现了文章开头一幕……

再说迟芯回到新加坡后，脑海里经常回放勒死妹妹的场景，心里无比悔恨与自责。情绪反常，她经常与黎怀建争吵，黎怀建无奈提出分手回国。煎熬中，迟芯想过回国自首，但她始终放不下儿子和移民梦，以为此案可以瞒天过海，并下定决心在新加坡度过后半生——她通过婚介又找了一名60岁的新加坡籍华人，并计划由此解决移民问题。为了彻底割裂与国内的联系，2017年初，迟芯又通过微信委托国内房屋中介卖房，不料恰恰给了警方一个破案良机。

讯问时，迟芯痛哭："我不是故意要杀死妹妹的，只是当时我们都在气头上。我对不起她，对不起父母，是我的贪婪和自私毁了我们一家……"警方提取了迟芯的指纹，正好和迟婉手机上所留的陌生指纹吻合。

案情真相大白后，刘俊峰备感歉疚与自责。他的行为得不到女儿的原谅，女儿拒不和他说话。而远在新加坡的王泉得知母亲被抓的消息后，感觉整个天空坍塌。他向学校提出了休学申请，用余下的生活费买了一张回国的机票。母亲在看守所里，他无法探望，在新加坡的学业也难以为继，他来到劳务市场靠打零工维持生活。而迟芯的父母得知噩耗后，卧床不起，精神几近崩溃。

2017年2月10日，迟芯被公安局刑事拘留。

依靠有钱的妹妹、妹夫，姐姐的人生得以一帆风顺，这本无可厚非。然而，一场变故改写了一切。因妹妹离婚，姐姐的幸福靠山由此坍塌。按照人之常情，姐姐此时应该知恩图报，反过来帮助妹妹渡过难关，孰料姐姐竟然迁怒于妹妹，导致矛盾爆发，惨案发生。

掩卷思来，原因不外乎"啃妹"，并形成一种"乐此不疲"的顽疾——在富裕妹妹的大包大揽之下，姐姐过惯了衣来伸手的日子，并将索取视为一种理所当然。而一旦这种寄生平衡被打破，难免招怨惹恨，甚至引发人伦之灾！

亲情，是最为坚实的后方与依靠，这并不意味着可以放弃自食其力，去坐享其成或坐吃山空。对受惠者来说，它可以利用，但不能贪婪，更要从中懂得感恩；对施惠者来说，也不应因血脉关系而施爱无度。要知道，人的欲望是个无底黑洞，一旦放纵成灾，它不仅会吞没感情，更可能吞噬生命。愿此类惨剧不再发生！

双重背叛

结婚前夕，她遭遇了未婚夫和闺蜜的双重背叛。选择原谅之后，她却无法抵御心魔对理智的侵蚀，走上了一条危险的不归路……

2015年3月28日夜，一场意外的杀戮发生。而这场悲剧，竟然是一次车祸的连锁反应……

草原欢爱车祸泄密

吴志明是北京一家广告公司的副总经理，他和未婚妻李梓怡已相恋4年，婚礼定在2014年10月18日举行。随着婚期的一天天临近，吴志明却越来越心神不定，因为他对李梓怡的闺蜜赵晓雯有一种特别的情愫。

27岁的李梓怡和赵晓雯都是长春人，两人是高中同学，又都在北京上的大学。同在异乡为异客的两人，彼此关照，情同姐妹。大学毕业后，李梓怡在北京牙科医院当牙医，而赵晓雯在幼儿园当了一名舞蹈老师。

2010年7月，李梓怡在医院接诊了智齿发炎的吴志明。时年29岁的吴志明出生于北京昌平，从北京商学院毕业后，进入海淀区的一家广告公司工作。由于工作能力突出，他成为公司里最年轻的副总。吴志明对李梓怡一见倾心，发起了热烈的追求，很快两人陷入甜蜜的热恋之中。

赵晓雯比李梓怡长得更漂亮，可她却在情海中浮浮沉沉，陆续处了几个男友都没能修成正果。李梓怡很心疼闺蜜，空闲时经常陪伴她。一来二去，吴志明和赵晓雯也熟识了。

李梓怡温柔内敛，赵晓雯热情奔放，两个女人一个像冰，一个像火，各有千秋。渐渐地，吴志明被热情美丽的赵晓雯深深地吸引了，而赵晓雯也对英俊儒雅的吴志明产生了好感。这么优秀的男人，为什么不属于自己呢？赵晓雯看着对闺蜜温柔呵护的吴志明，心中满是酸楚。

在吴志明和李梓怡定下婚期当晚，赵晓雯忍不住跑到酒吧借酒消愁。喝得酩酊大醉的她，哭着拨通吴志明的手机说："志明，我在后海酒吧，想见你一面，你能过来一趟吗？"当时，吴志明正在和同事聚会。接到赵晓雯的电话，他马上开车直奔后海，找到了喝得摇摇晃晃的赵晓雯。吴志明把她搀扶上了车，一路上赵晓雯哭着倾诉自己对吴志明的爱意，吴志明心中泛起阵阵涟漪。

这次表白之后，赵晓雯觉得非常尴尬，小心翼翼地与吴志明保持距离。而吴志明却开始魂不守舍。随着婚期的来临，他总觉得有一丝遗憾。

2014 年 9 月末，他鼓足勇气约赵晓雯同去坝上草原看秋色。赵晓雯仅犹豫了几分钟，便答应了。吴志明第一次向李梓怡撒了谎，称自己和几个男同学去坝上草原聚会。他怀着兴奋的心情带着赵晓雯从北京出发，与赵晓雯一路欣赏美丽的风景。在坝上草原迷人的秋色中，他为她拍了很多漂亮的照片。赵晓雯的专业是民族舞，跳起蒙古舞来举手投足间尽显风情。到了晚上，按捺已久的两人终于冲破防线……

在坝上草原的这 3 天里，吴志明每天都主动给李梓怡打电话。他隐瞒了和赵晓雯同行的事实，还叮嘱未婚妻要多注意身体。李梓怡完全被未婚夫和闺蜜蒙在了鼓里。

10月1日上午10点多，吴志明开车载着赵晓雯返回北京。眼看就要到达高速路北京出口，吴志明因连日过度劳累，无法正常判断路况。在下陡坡时，他驾驶的路虎越野车翻了，两人当场被甩出车外两米多远，因失血过多昏迷不醒。路人发现后，马上拨打了120和报警电话。半个小时后，两人被送到距离最近的北京306医院抢救。医生经过检查后确诊，吴志明脑部受到轻微撞击，右腿骨折；而赵晓雯脾肾出血，腰椎断裂需要做手术。民警从吴志明手机通讯录中，找到了标记"老婆"的李梓怡手机号，通知了她。

李梓怡听说吴志明出了车祸，立即赶到医院。到了急诊手术室，她才知道，原来和男友一起出车祸的，竟然还有她的闺蜜赵晓雯！这个消息有如晴天霹雳，让她顿时心乱如麻！吴志明告诉自己，他和同学一起去草原自驾游，可赵晓雯怎么会在他的车上？难道这3天时间，他们一直都在一起？

她越想心里越乱，一遍遍告诉自己不可能，不是这样的。可残酷的事实摆在她面前，这两个她生命中最亲近、最信任的人，同时背叛了她！她不顾别人的眼光，蹲在医院的走廊上，放声痛哭……

宽容背后心在滴血

时间不容李梓怡百转千回，当医生催李梓怡去缴费时，她帮吴志明缴了1万元。得知医院联系不上赵晓雯的家人，她又主动为赵晓雯交了1万元押金。李梓怡焦灼地等在手术室外，一个多小时后，吴志明从手术室里被推了出来。医生说他骨折复位手术成功，只是暂时不能下地活动，需要有人照顾。吴志明清醒过来后，看到李梓怡坐在旁边，心虚地不敢抬头看她。在李梓怡的不断追问下，吴志明哽咽着坦白了一切。

由于躺在床上不能动弹，他小心翼翼地问李梓怡："晓雯伤得怎么样？求你去看她一下。"李梓怡愤怒地转身离开，吴志明急忙伸出手想拽她，结果摔倒在地，手上的针也被扯掉了。李梓怡只得叫护士一起将他扶起，心情复杂地留在了医院里。

赵晓雯的腰椎被植入了固定钢钉，至少需要一年才能恢复。医生找不到她的家属，就到吴志明的病房里询问其家属情况。李梓怡沉默了很久，对医生说："她家属没来，我先照顾她吧。"医生把她带到赵晓雯的病床前，告诉了她很多护理事项就走了。

赵晓雯清醒后，看到李梓怡在身边照顾她，顿时羞愧不已，语无伦次地向她连声道歉："梓怡，我对不起你，我一时昏了头……"李梓怡尽量压抑着情绪，对她说："我照顾你，是因为咱俩曾经是最好的朋友，我不忍心看你变得这么惨。"看着李梓怡在两个病房间来回奔波忙碌，吴志明羞愧难当。一天夜里，他拉着李梓怡的手，流着泪说："以后我会好好地赎罪，只求你能忘了这件事！"李梓怡满心疲惫地挣开他的手，没有说话。

由于分身乏术，再加上被未婚夫和闺蜜双双背叛，心理压力过大，李梓怡体力严重透支，整个人迅速憔悴消瘦。吴志明见状，只好打电话让父亲来医院照顾他。赵晓雯也给远在长春的父母打了电话，将出事的经过告诉他们。赵家父母千里迢迢地赶到北京的医院，看到原本健康的女儿躺在床上生活不能自理，情绪十分激动。老两口找到吴志明的病房，除了要求他承担全部医疗费用外，还要他赔偿50万元。吴志明当即反驳说："50万元太多了，我现在正在筹备婚礼，手里没有这么多钱。"赵晓雯的父亲听到这话，气得冲上前就要揍他："你都快要结婚了，还勾引我女儿，你还是不是人？晓雯现在丢了工作，今后还不知能恢复成什么样！你毁了她一生，还跟我讨价还价！"

李梓怡担心赵晓雯父母再这样闹下去，会导致丑闻迅速传播，主动找赵晓雯长谈。赵晓雯内心有愧，也知道他们刚在北京购置了新房，一下拿不出 50 万元。她做通父母的工作，双方最终达成协议，由吴志明和李梓怡一次性支付赵晓雯父母 25 万元。

事情总算平息，但李梓怡却不知道要怎么面对 10 月 18 日的婚礼。这个背叛了自己的男人，还怎么和他共度一生？可是，虽然结婚证还没有去领，但亲朋好友都已经通知，婚宴也早早预订。李梓怡的父母已提前订好票，计划带 20 多个亲属来北京参加婚礼。如果不举行婚礼，肯定会在亲友圈里掀起轩然大波！她要怎么向父母和亲友交代？权衡再三，李梓怡最终选择原谅吴志明，继续筹备婚礼。吴父也苦口婆心地劝儿子："像梓怡这么大度的媳妇上哪儿找去，以后你一定要好好珍惜，不能再做对不起她的事情！"吴志明含着眼泪连连点头，表示一定痛改前非。

10 月 18 日，吴志明拄着拐杖和李梓怡在蓝天酒店举行了婚礼。因腿部行动不便，所有结婚仪式全部从简。新婚之夜，李梓怡的脸上丝毫没有当新娘的喜悦，两人也没有任何亲密举动。吴志明不敢勉强妻子，只希望时间能冲淡她心底的怨恨。在李梓怡的悉心照顾下，他的腿渐渐好转，但两个人的关系还是维持着不冷不热的状态。

11 月末，郁郁寡欢的李梓怡提出想离开北京，回老家长春生活，以此摆脱那件事给她心理上带来的阴影。吴志明是土生土长的北京人，要他抛弃事业，离开孤独的老父亲，确实困难。可如果他不跟妻子去长春，那早晚会离婚。思来想去，他决定用实际行动来挽救他们的婚姻，尽力抚平妻子那颗受伤的心。

心魔难消坠入深渊

2015 年 1 月，吴志明不顾老父和亲友相劝，卖掉北京的房子，辞职和李梓怡一起来到长春定居。他们拿出卖房款中的 75 万元，在市里买了一套 100 平方米两室一厅的新房，简单装修后入住。虽然腿伤还没痊愈，但他每天坚持买菜做饭，希望能够求得妻子的原谅。

李梓怡回到长春后，在熟人的介绍下，很快在私立口腔医院找到一份牙医的工作，月薪 4000 元，还有提成。周围有亲人、同学，李梓怡的心情好了很多，性格也比在北京时活泼了。可每次过夫妻生活时，李梓怡的脑子里就会浮现丈夫和闺蜜偷欢的情景，无论怎么擦都擦不掉，一想就恶心，根本没有心情和吴志明亲热。她坦诚地对他说："我和你结婚，只是为了给父母亲友一个交代，没办法和你过夫妻生活……"吴志明郁闷不已，本不会抽烟的他，到长春后学会了抽闷烟。

吴志明原本在北京广告公司担任副总，可来到长春后，应聘了几家企业都不太理想，一直处于待业状态。面对他萎靡不振的样子，李梓怡常对他冷言冷语。工作受挫，家庭没有温暖，身在异乡的他常有一种"虎落平阳"的失意和悲哀，十分后悔当初草率地离开北京。

2015 年 2 月下旬，李梓怡参加高中同学会。聚会时，有个在企业担任副处长的男同学孙广鑫，向她倾诉了当年对她的暗恋。虽然时隔多年，他依然记得两人相处时的很多小细节，这让情感受创的李梓怡大受感动。

当初，因为吴志明的背叛，李梓怡只在北京简单办了婚礼，没有通知亲属以外的人。回到长春后，她也羞于对同学和熟人说起自己的婚姻，处于一种"隐婚"的状态。孙广鑫不知她已经结婚，那次聚会后，经常给她打电话、发微信，向她发起了爱情攻势。李梓怡与他微信互动也十分频繁，还发了不少暧昧的图片给他。渐渐地，吴志明发现妻子像变了一个人：她经常到阳台接电话，或者躲在他看不到的地方发微信，每天很晚才上床休息。但由于有错在先，吴志明从没有正面问起她，一直隐忍不发。夫妻俩的交流越来越少，家里的气氛降到了冰点。

3月28日深夜，吴志明一觉醒来，发现李梓怡还在玩微信。他装作熟睡的样子，趁她起身去上卫生间时，匆忙拿起她的手机扫了一眼屏幕，发现李梓怡在和孙广鑫用微信聊天。孙广鑫写道："这么多年，我心里一直有你。如果你能嫁给我，我会将你永远捧在手心。"李梓怡回复说："我对你的印象也一直很好，让我再考虑考虑吧。"

吴志明看到这两条微信，气不打一处来！他继续往上翻信息，发现李梓怡和孙广鑫在微信里聊得热火朝天，暧昧非常。原来，妻子对自己不理不睬，却把温情都给了这个男人！吴志明的内心顿时溢满了屈辱和醋意。

等李梓怡从卫生间出来，吴志明气愤地举着手机问她："这下，你和我扯平了，你该满意了吧？"李梓怡恼羞成怒，不仅大方地承认有一个男同学追求自己，还无情地揭丈夫的疮疤："你有什么资格管我？我就是要当着你的面红杏出墙，让你也尝尝被人背叛的滋味。你让我生不如死，我也要折磨你，不让你好过！"

看着李梓怡扭曲的脸，吴志明彻底被激怒了："你既然同意原谅我，就不该再用这种方式折磨我！如今我为了你背井离乡，工作没了，房子也卖了，你还公然和别的男人谈情说爱，还把我当成你的爱人吗？"说着，他的声音哽咽了。李梓怡依然不为所动："我爱的那个人早就死了。你看你现在混得这副窝囊样子，像一条落水狗！"

吴志明一听这话，顿时怒不可遏："既然你根本就不是真心跟我过，那咱们离婚，各走各路！""想离婚，让你回到北京去找赵晓雯？你做梦，我不会这么轻易地成全你们！我就是要这样让你每天都被折磨着！"李梓怡愤恨地说。

听了这话，吴志明彻底失去了理智，他扑上去一下子把李梓怡压在身下，使尽全身力气掐住她的脖子，边掐边说："我要和你同归于尽！"李梓怡拼命地反抗，可惜她柔弱的身体根本抵抗不了已经发狂的吴志明。10多分钟后，清醒过来的吴志明松开双手，发现她已经停止了呼吸，那双曾打动他的大眼睛一动不动地瞪着他。他恐慌地俯下身，对李梓怡实施人工呼吸，可已无济于事。

吴志明意识到自己杀了人，想到要逃命。他拿了身份证、钱，收拾了几件衣服，乘动车返回北京。回北京后，他把多年的积蓄都取出来存在一张卡里，回去看望父亲时，将存折和密码都交给他，并说自己要出差很久，让父亲照顾好自己。他不敢坐飞机和火车，最后选择坐客车来到黑龙江黑河市，在郊外一家旅馆藏身。3月31日晚，李梓怡的母亲联系不上女儿，就到她的新房来找她。敲门没人应，她用备用钥匙将门打开，没想到李梓怡躺在床上，已经死亡。李梓怡的母亲哭着打110报警，警方迅速赶到现场，进行细致勘查，现场门窗完好，没有被抢劫的迹象，而吴志明却突然失踪。询问李母和其他闻讯赶来的亲戚后，警方确定吴志明具有重大犯罪嫌疑。

4月5日，警方将吴志明抓捕归案。

心理学家狄奥多·芮克有一句名言：恨是爱的强烈反弹。在爱中，其实藏有许多与爱相反的特质，诸如：嫉妒、敌意、占有、毁灭。当爱不复得时，爱中的恨意取而代之。所以，爱恨不过是一线之隔。当爱情不如自己所想，宁可玉石俱焚，折磨对方一生，才能偿还自己当初所付出的爱情头期款。所以，车祸之后，李梓怡的"爱"变质成追讨，吴志明的"爱"则是赎罪。时光更迭，两人的角色互换，直至酿成悲剧。爱情大多是移情反应，说是爱别人，其实是把自己内心的需要投射到他人身上，期待获取满足的过程。所谓对他人的付出，其实是指向自己的，所以人们对"爱"会有过高的期望，会有冲动的举动，一旦丧失，如坠深渊。

卖房避税

为了省下 10 万元契税，她和购房者假结婚。然而，她万万没想到，这个逃税之举，竟然给男友惹来了意外横祸……

创业艰难卖房救急

2014 年 10 月 25 日，张苗苗来到新房取东西，拿钥匙开门时，突然发现门锁被人换了。她正着急，门突然开了，李勇从里面探出身来。她吓了一跳，质问道："你怎么住在我家，还把门锁换了？你这是违法的！"

"这房子现在是我的，我住进来有什么不对？再说，你是我老婆，你要是愿意，也可以搬来和我一起住呀……"李勇嬉皮笑脸地说。

"你真不要脸！快跟我去办离婚手续，把剩下的钱给我！"张苗苗气急败坏地骂道。"哼，你要是乖一点儿，我还可以考虑，这么凶，门儿都没有！"说完这句话，李勇还作势要抱张苗苗，吓得她赶紧转身跑了……

26 岁的张苗苗大学毕业，是长春市一家外贸公司的行政秘书。男友王殿民和她是高中同学，是圈内小有名气的摄影师。因为没有自己的工作室，他只能四处给别人打工，收入很不稳定。

张苗苗的父母5年前离异，她和母亲刘玉晶相依为命。热恋时，张苗苗兴冲冲地把王殿民带回家，刘玉晶却觉得他没有稳定工作，没车没房，家在城郊，父母又都是普通工人……条件太差，坚决不同意这门婚事。为了让准丈母娘接受自己，王殿民急于干出一番事业，证明自己的能力。

2014年8月，王殿民决定开一家有特色的婚纱摄影店。他先向家人筹集了15万元，又找好友王刚帮忙。王刚家庭经济条件好，也准备投资做点生意，两人一拍即合。经过多方考察，王殿民在商贸城楼上选了两间门面房，只要按影棚标准装修并购买摄影器材，再招聘两个化妆师和造型师，婚纱摄影店就可以开业了。可是，他刚交完10万元定金，王刚却因移民加拿大的手续办下来，临时撤资，之前承诺的70万元无法兑现，这让王殿民措手不及。

王殿民和房东及装修公司都已签订合同，如果后续资金跟不上，那他就是单方面毁约，不仅一切辛苦都白费，10万元定金也打了水漂儿。这下子，王殿民连跳楼的心都有了。

看到男友焦头烂额，张苗苗也心急如焚，她把全部积蓄和向朋友借的钱加起来凑5万元送过去。王殿民感动得一把抱住她，歉疚地说："苗苗，是我没用，本想做出点儿成绩让你妈看看，结果非但没做成，还拖累了你。"张苗苗温柔地安抚他说："谁创业不遇到点困难？只要我们齐心协力，一定能渡过难关的！"说是这样说，可眼下的困境怎么解决呢？两间门市房一年房租是20万元，王殿民手里只有10万元，加上张苗苗拿来的5万元和预付款勉强够付房租。可装修和买器材的钱怎么办？

随后，张苗苗和王殿民想到了贷款，跑了几家银行咨询，但结果都不理想：一是银行审核严格，审批周期长；二是可贷的数额小，根本无法解决迫在眉睫的资金问题。王殿民开始心灰意冷，天天借酒消愁，常常喝得酩酊大醉。

有一天晚上，王殿民又喝醉了。这个一向坚强的男人，竟然趴在张苗苗怀里哭了。看见这一幕，张苗苗心疼不已，突然想起父亲留给她的一套房子。这套房子是父亲 3 年前为她买的婚房，房产证上写的是张苗苗的名字。房子有 115 平方米，是两室两厅的学区房，精装修。因为嫌房子距离单位太远，张苗苗一直跟母亲住在一起。这套房子大半时间都空着，她只是节假日才过去住一下。对王殿民一往情深的张苗苗决定，卖掉婚房帮男友创业！

卖房避税意外频出

2014 年 9 月中旬，张苗苗瞒着母亲和男友，偷偷跑到房屋中介处咨询。在中介的大力推荐下，陆续有很多前来看房的人，但都因为各种原因不了了之。距离男友交钱的日期越来越近，张苗苗也越来越着急。

就在这时，中介又给她介绍了经常来看房的客户李勇。李勇看房后对她的房子地点及格局都很满意。张苗苗提出以 95 万元的价格出售，李勇还价 85 万元，两人在价格上没有谈拢。房子又没卖出去，张苗苗不禁有些沮丧。

可是，张苗苗从房屋中介处出来，却看到李勇正站在不远处等她。李勇主动上前和她商量："我相中你这套房子了，价钱咱们可以再商量。我最多拿出 90 万元，你也让一下，怎么样？"张苗苗感觉这个价位也可以接受，房价本身涨了不少，现在又是急需用钱的时候，就同意了。

李勇建议说："中介费用太贵，如果咱俩达成一致意见，就不通过中介私下交易，这样可以省下一大笔费用。"张苗苗见他说得有理，爽快地同意了。

李勇又问："房产证上是你的名字吗？""房产证上是我的名，我爸买给我的，3年前已经变更到我的名下。"张苗苗回答说。李勇试探地问："那你爱人同意你卖房吗？""我一个人，没结婚，可以自己做主。"李勇放了心，提出去房子里看一下，张苗苗同意了。

带李勇看房的时候，张苗苗接到闺蜜邓媛的电话。当着李勇的面，张苗苗告诉邓媛自己正带人看房，并告诉她自己瞒着母亲和男友卖房的事，叮嘱邓媛为她保密。

看完房子后，李勇感到很满意，但提出过户费他不负责。张苗苗回家一算，当年买房花了60万元，现在市价大约100万元。这套房子过户到她的名下不够5年，按照国五条规定，除5%的营业税、2%的契税外，卖方还得缴纳20%的个人所得税。这样算下来，光税费都得近10万元！ 10万元，都够王殿民的工作室装修的！她找到李勇，要求他承担5%的营业税，李勇不同意："这些本来就该卖方出的，而且，我自己还得交1.5%的契税呢！"

见张苗苗很懊恼，李勇说："我有个办法可以省钱。你是单身，我也是单身，咱俩可以假结婚。先办个结婚证，你将房子过户给我，然后再离婚。夫妻之间过户是不需要交税的，这样10万元就省下来了。"一听说要和李勇"结婚"，张苗苗本能地觉得有些不靠谱，当即拒绝了。可是，一想到10万元的税费，她越想越觉得不甘心。

随着交款日期的一天天逼近，王殿民已经急得如同热锅上的蚂蚁，可又无计可施。张苗苗无奈之下，又想起了李勇的提议。她上网查看后，发现确实有人钻法律的空子，通过假结婚来逃税。只是办两个证就可以省下

10 万元，事后和王殿民说明情况，他一定可以理解自己……思来想去，她最终同意了李勇的要求。

2014 年 9 月 25 日，张苗苗背着王殿民，和李勇签下协议。李勇支付张苗苗 10 万元首付款后，两人去民政局悄悄领了结婚证。之后，他们拿着结婚证将房产过户到李勇名下。整个过程，张苗苗都瞒着男友和母亲。

7 个工作日后，变更后的房产证下来，张苗苗和李勇一起去取。按照协议，张苗苗向李勇索要售房尾款，并和他办理离婚。可是，李勇却以家里老人突然生病为由先行打车离开，约张苗苗第二天再去办。张苗苗没有多想，可是，到了第二天，李勇的电话一直打不通。后来，两人又陆续约了几次时间，李勇总是找理由推脱，一直没有将尾款打到张苗苗账户上，更没有跟她去办理离婚！这下，张苗苗急了！

原来，33 岁的李勇是吉林省松原市人，高中学历。5 年前，他跟朋友合伙做防盗门生意，亏得一塌糊涂，妻子也跟他离了婚，3 岁的女儿归了前妻。这几年，他跟朋友搞装潢赚了些钱，就想买套房子将女儿接过来。看房时，他听到张苗苗和闺蜜邓媛打电话的内容。见张苗苗单纯美丽，又是背着家里卖房子，就动了歪心。

更换完房产证后，李勇心想：不用花钱就有房子住，干吗还要买房子？如今两人都已经结婚了，他想办法把生米煮成熟饭，将来有机会，再把女儿接过来，日子不就十全十美了嘛！于是，他找了个开锁的师傅，拿着房产证，谎称自己家钥匙丢失，让师傅帮他换锁。换锁后，他就堂而皇之地搬进新房住了。

直到这时，张苗苗才意识到自己上当受骗了！从那之后，她多次打电话让李勇兑现承诺，他都找各种理由拖延。而王殿民发现，女友最近常神神秘秘地打电话，整天魂不守舍，问她怎么了，她又支支吾吾，就怀疑她外面有人了。

一天，张苗苗打完电话后又出门了，王殿民跟踪她来到市中心花园的偏僻处。听到她和李勇的争吵，再也忍不住，冲出来质问李勇。男友的突然出现，把张苗苗吓了一大跳。事到如今，瞒也瞒不住，她哭着将满肚子的委屈倒给了他。

见张苗苗扑在王殿民怀里痛哭，李勇悻悻地说："你现在可是我的合法老婆，竟然当着我的面，趴在别人身上哭，小心我去告你！"王殿民气得火冒三丈，当即打了他一拳，打得李勇的嘴角出了血。

王殿民让李勇马上跟张苗苗离婚，李勇却提出条件："当着我的面就给我戴绿帽子，这样的女人不要也罢！离婚可以，但我要分一半的房产！"王殿民威胁他要报警，李勇笑着说："你报啊！我可是领了结婚证的！我倒要看看，警察是抓你还是抓我！"张苗苗怕警察追究王殿民将李勇打伤的事，更担心她跟李勇的事儿传开了丢人，就阻止了男友，匆匆拉着他离开了。回家路上，王殿民越想越生气，发誓要让李勇付出代价。

血色火并新政出台

第二天，王殿民带着张苗苗找律师咨询，但律师告诉他们，领了结婚证就是合法夫妻，从法律上来讲，婚姻不存在真与假之说，因此法律对李勇没有任何制约。从律师事务所出来，王殿民忍不住埋怨张苗苗说："你怎么能做这样的傻事呢？"张苗苗悔恨不已地说："都怪我涉世不深，盲目轻信别人！"两人对此一筹莫展。

与此同时，李勇却更加嚣张。2014年11月20日，他拎着礼物来到张苗苗母亲刘玉晶家。他曾经听张苗苗提过，她住在福安社区。这是一个老社区，街坊邻里都比较熟，所以，他没费多大劲就打听到了刘玉晶家的地址。

刘玉晶一开门，李勇就热情地冲着她叫"妈"，把刘玉晶弄得丈二和尚摸不着头脑。李勇拿出结婚证给她看，自我介绍说："妈，我叫李勇，是苗苗的新婚丈夫！"刘玉晶莫名其妙，立即打电话，将女儿喊回来问个清楚。

张苗苗万万没想到，李勇居然找到她家里！她火急火燎地赶回家，刘玉晶开门后拽着女儿问："你快告诉我，这到底是怎么回事？这男的和你是什么关系？""妈，我为了卖房子避税和他假结婚。这件事我自己处理，你放心吧。""什么，你把你爸给你买的婚房卖了，竟然还假结婚？他都来咱家管我叫妈了，你这是要把我气死吗？！"刘晶晶气得差点儿晕过去。

张苗苗生气地要赶李勇出去，母子俩跟李勇在门口闹成一团，邻居纷纷出来看热闹。刘玉晶一气之下，心脏病发作住进了医院。

王殿民闻讯连忙赶到医院，却被清醒过来的刘玉晶骂得狗血淋头。她抓起杯子朝他砸去："都是因为你！否则，我们家苗苗也不会做出这样的事！你赶紧给我滚，滚得越远越好！"王殿民灰溜溜地走了，心中对李勇更是恨得咬牙切齿。

刘玉晶找了个见不得人的女婿，这件事很快就在小区里传开了。刘玉晶颜面扫地，整天唉声叹气。可李勇非但没有收敛，还对张苗苗展开了爱情攻势。张苗苗一躲他，他就以房子为要挟，要求张苗苗随叫随到。

2015年3月1日晚上，李勇打电话给张苗苗说："老妹，今晚我有几个朋友要一起吃饭，你过来给我长长面子。你要是把我哄好了，我就陪你去办手续，房款也一分钱不少给你。"张苗苗信以为真，陪李勇和他的朋友李大海、张骏喝酒。席上，两人都夸李勇有本事，才几天时间，就有了这么漂亮的老婆，还有了大房子。兴奋的李勇喝得酩酊大醉，还在朋友的起哄下，搂着张苗苗动手动脚。张苗苗吓得瑟瑟发抖，躲进洗手间，打电话让王殿民来接她脱身。

王殿民接到电话后气血上涌。当晚 9 点左右，他打车来到饭店。临出门前，想到李勇他们人多势众，怕自己吃亏，随手带了一把水果刀防身。王殿民到饭店后，马上将张苗苗带走，李勇和李大海、张骏追了出来。李大海带着几分醉意，对李勇说："看，你老婆跟别的男人走了，你要被戴绿帽子了。"李勇醉醺醺地喊："没事，一双破鞋随便穿！"

王殿民见李勇这么侮辱自己的女朋友，气得冲上前打了他一拳，将他打了一个趔趄。李勇喊道："你竟然还敢打我，都是你，如果没有你，我早就抱得美人归了！来，兄弟们，给我打！"三人一拥而上，将王殿民围在中间拳打脚踢。

愤恨之下，王殿民掏出随身携带的匕首，猛地扎向李勇！李勇本能地反抗，可却无法阻挡。很快，李勇就浑身是血地倒在地上。混乱中，李大海和张骏去扶李勇，王殿民趁机打车带着张苗苗离开现场。

案发后，警方接到群众报案，立即赶到现场进行勘查，并协助 120 将李勇送至医院抢救。当晚 12 点左右，李勇因肝脏破裂出血过多，抢救无效死亡。3 月 2 日上午，在张苗苗的陪同下，王殿民来到公安局主动投案自首。次日，他被警方刑事拘留，李大海和张骏也被治安拘留。张苗苗本想卖房帮男友创业，没想到却亲手将他送进监狱，痛悔不已，天天以泪洗面！

2015 年 3 月 30 日，财政部发布新政：自 3 月 31 日起，个人将购买 2 年以上（含 2 年）的普通住房对外销售的，免征营业税。张苗苗听到这个消息更是悔恨交加：如果她不是急于免税，想省下一笔钱，或许一切就不会发生……

张苗苗是个对男友情真意切的好女孩。她本想助男友创业，结果却将他送进监狱，原因有三：一是她涉世未深，对社会的艰险和人心的叵测估计不足，轻信他人，没有防范意识；二是缺乏基本的法律和商业常识，对假结婚和场外交易可能带来的风险和损失毫无认识；三是她占小便宜吃大亏，正是出于省钱的心理，才会被李勇利用，一步步走进陷阱并被其拿住。以上三条，但凡有一条不满足，血案可能就不会发生。

相对于张苗苗，李勇似乎占了"大便宜"，可是，与生命相比较，他的结局也未能逃脱"占小便宜吃大亏"的定律。试问，用一条命换他所欠的80万房款是占便宜还是吃亏呢？花10万元，只住几天新房就一命呜呼，值吗？可惜，他连回答和后悔的机会都没给自己留下。一桩好的生意必须是双方受益，如果你过分倾轧别人至绝境，激起仇恨和遭到报复几乎是必然的。可惜，人在贪婪的占便宜心理和狂妄、侥幸心理的作用下，往往会失去对这一基本常识的预见。

风流保姆

苏巧玲是个好保姆，她能干、精明，一来就解决了女编剧张海佳的燃眉之急。

然而，苏巧玲又不安分，风流成性，来张家不久，就背着丈夫有了情人。一边是人品，一边是职品，张海佳会继续留下这个风流女人吗？

她的选择又给自己带来什么隐患？

为找保姆费尽周折

1984 年出生的张海佳是吉林省蛟河市人，2003 年考入沈阳艺术学院，和家在长春市的同学陈洪波相爱。2007 年 7 月，两人毕业都进入沈阳市电视台不同栏目做编导。积累一定经验后，2010 年初，两人双双辞职，回家乡开了一家名叫昊天的文化公司，接拍一些广告宣传片、纪录片、栏目剧等业务。

公司是在双方父母的资助下开起来的，开张之初，知名度低，业务量少，除去日常开支，每月都入不敷出。当时，公司只雇了三名员工，陈洪波除了揽业务，还身兼摄影、导演、场记等数职，而张海佳则负责统筹，写脚本、剪辑、编辑等诸多日常管理工作。由于他们注重策划、创意和拍摄质量，片子拍出来让客户很满意，慢慢有了知名度，业务量也逐渐攀升。2011年，公司已经小有规模，员工增加到了十几个，还买了一辆商务车和两辆轿车。

就在夫妇俩准备进一步放手一搏时，2011年下半年，张海佳怀孕了，两人决定把孩子生下来。2012年3月，张海佳生下女儿桃桃。公司刚刚开始壮大，张海佳整个怀孕期间都没有休息过，直到临产前几天才停止了工作。孩子出生后，正值类似的公司频开，竞争激烈，陈洪波亲自去全省各地出差揽业务，公司没人管理，他曾先后雇过几个总监，暂时接替张海佳的工作。无奈，都很不顺。张海佳在女儿半岁时，一狠心给孩子断了奶，让妈妈照看孩子，上班了。

然而，在孩子8个月大时，张海佳的父亲得了肺癌，在长春治疗半年后，母亲陪他回老家去了。陈洪波的父母都已80多岁，需要人照顾，没法照顾孩子。张海佳最迫切的是找个可靠能干的保姆，解燃眉之急。

劳务市场的保姆不可靠，一个编剧朋友向张海佳推荐了保姆李梅。李梅50岁，和张海佳是同乡，离异，唯一的女儿已结婚，干净利索。张海佳试用了几天后，把她留了下来。然而，几天后，张海佳发现孩子晚上老是闹腾不止，她问李梅白天的睡眠情况，李梅回答说正常。张海佳把工作带回家观察孩子，孩子睡眠马上正常了。联想起有保姆白天给孩子喂安眠药的新闻，张海佳把担心跟丈夫说了，两人把李梅辞退了。

此后，张海佳陆续找了几个保姆，都不称心。孩子经手几个保姆后，作息和习惯都被搞坏了，晚上总是哭闹，让张海佳十分烦心，工作也不安心。

个性要强的她，被各种奇葩保姆折磨得没了脾气，曾一再对陈洪波说："找个好保姆比找个老公难太多了。谁能给我介绍个好保姆，我感激她一辈子。"妻子焦躁，陈洪波也很无奈。

2013 年 5 月，陈洪波的一个亲戚把邻居家的保姆苏巧玲推荐了过来。苏巧玲时年 27 岁，家在外地，干净利索，笑吟吟的一张脸。她已在陈洪波亲戚的邻居家做了 3 年，雇主最近出国，这才换了东家。她家务活做得井井有条，语言表达能力强，教育孩子很有一套。按照约定，她吃住在张海佳家，但 8 点下班后，只要看到张海佳没忙完，她就主动承揽起哄孩子睡觉的活儿。听到女儿卧室里传出苏巧玲悦耳的睡前故事，张海佳欣慰不已：终于找到一个好保姆了！而桃桃也很喜欢苏巧玲，对她很依赖，一刻见不到她就到处找："玲姨，我要找玲姨。"

好不容易找个好保姆，张海佳对苏巧玲也十分关照。第一个月发工资时就多发给了她二百元奖金，第二个月又给她买了一套时尚的裙子。苏巧玲穿上后，高兴地一把拥住张海佳："姐，这是我最漂亮的一身衣服，以后我一定好好干，把桃桃带好，让你省心。"

从那以后，苏巧玲对桃桃更尽心了。苏巧玲高中毕业，还进修过幼儿教育，针对桃桃爱动活泼的个性，她每天都陪着孩子去公园里和别的小朋友互动，回到家，等孩子睡醒了，再为孩子播放精心挑选的儿歌、一些简单的英文歌曲。在她的用心照管下，桃桃一岁半时，就能朗诵不少古诗，一些简单的英文对话也说得不错。看着女儿被照顾得妥当，教育上也没落下，张海佳特别高兴。

2013 年 12 月 26 日，是苏巧玲的生日，张海佳送给了她一条价值 1500 多元的彩金项链。陈洪波问她为什么这样，她满不在乎："我们俩这么忙，苏巧玲就像孩子的另一个妈，只要她对孩子好，这点东西算什么？"她告诉丈夫，通过这些物质奖励，想长时间让苏巧玲在这个家里待下去。

纵容保姆不设底线

在苏巧玲的帮助下，张海佳的工作很快理顺了。2014 年初，她又聘请了一个助理。终于能轻松一些了，她把更多的精力放在了孩子身上。每晚 7 点，她准时回到家带孩子。她还对苏巧玲说："巧玲，你丈夫不在身边，这里就是你的家。下班后不要闷在家里，出去跳跳舞。"苏巧玲十分感激："佳佳姐，你对人太好了。"

苏巧玲长得不错，有些风韵。她的丈夫杨鑫比她大一岁，两人有一个 3 岁女儿，在老家由杨鑫的父母带着。杨鑫在建筑公司双阳区的项目部打工，平时就住在工地，每隔半个月，赶过来看望妻子一次，两人会在张海佳附近的便宜宾馆里相聚一宿，第二天再离开。苏巧玲一直盼望丈夫能租套房子，安个家，他总是说："租房多贵啊！租了房我也不能天天回来，等咱们再攒几年，直接在长春买套房子，就能有个自己的家了。"

丈夫的木讷和抠门，早就令苏巧玲不满意了。张海佳所在的小区西门新开了一家山东烧饼店，老板吴强比苏巧玲大一岁，老婆在老家二胎待产。很快，两人熟悉了起来。苏巧玲经常对吴强嘘寒问暖，和他开一些过火的玩笑。一来二去，两人好上了。吴强不时买一些衣服和小首饰送给苏巧玲，她下班后，就跑到店里来帮忙，顺便约会。

这样，苏巧玲回家的时间越来越晚，有时半夜才回家，还和吴强煲电话粥。时间一长，张海佳觉得不对劲了，跟邻居们一打听，知道了保姆的猫腻。

这下，张海佳郁闷了。她对丈夫说："虽然苏巧玲十分能干，即便半夜回来，也没耽误过家里的事儿，但保姆惹了风流债，总让人心里不踏实。"于是，她几次敲打苏巧玲，让她注意。苏巧玲总是装糊涂，我行我素，没办法，张海佳和丈夫商量，把苏巧玲辞退了。

苏巧玲一走，家里就乱了套。桃桃找不到"玲姨"，每天都哭闹。张海佳又托朋友介绍了几个保姆，桃桃却根本不认。没办法，张海佳只有放下手头的工作，一边带孩子一边寻找合适的保姆。

几番折腾，一个月下来，桃桃就感冒发烧了4次。看到孩子脸瘦了一圈，张海佳十分心疼，又和丈夫商量："要不再把苏巧玲找回来？世界上没有十全十美的人。她跟烧饼店老板，是私事。只要她做好分内的工作，别的事我们也管不着。"陈洪波连番质疑："保姆水性杨花，会不会是一颗定时炸弹？"张海佳急躁不已："那你说怎么办？我在家带孩子，公司你一个人玩得转吗？"现实的无奈，让陈洪波只好同意了。

张海佳随即给苏巧玲打去了电话。哪知，她并不答应："我想歇一阵子。"张海佳连忙又哄又求："桃桃只认你，你不回来她都想你想得生病了。我给你涨五百元工资！"好话说尽，苏巧玲这才答应了。

去而复返，苏巧玲做事，依旧无可挑剔。然而，她和吴强之间却更加肆无忌惮。下班后，几乎天天去约会，甚至有两次，晚上都不回来。有邻居还告诉张海佳，有时苏巧玲白天也带着桃桃去饶饼店里玩。

就让张海佳十分担心，但又不好明说。就在她束手无策时，2014年5月的一个周末，杨鑫照例来和妻子到一家小旅馆团聚。苏巧玲在洗澡时，电话响了。杨鑫怕有急事，摁了接听键。对方正是吴强，只听他问："你今天过不过来？"原来，苏巧玲和吴强干柴烈火，一天不见都难受。前一天，她不确定丈夫会不会来，就和吴强约好，他打电话过来，如果她接就说明丈夫没来，她不接就是来了。没想到，杨鑫替妻子接了电话。他一听对方暧昧的语气，起了疑心，一再质问怎么回事。苏巧玲解释说是烧饼店的老板，自己每天下班后去给东家取烧饼。杨鑫是个火爆脾气，他怀疑妻子有了私情，要求她马上辞职回老家。苏巧玲坚决不肯："桃桃需要我，我不能不仗义，说走就走。"

"再待下去，我老婆就没了。"杨鑫个性执拗，一根筋，也寸步不让。两人争执了半夜，苏巧玲用尽办法，也没让丈夫回心转意。第二天，她回到了张海佳家，低头恳请张海佳："我不想回老家。你帮一下我的忙，只要能留下来，以后我和他一刀两断。"这正是张海佳最想要的结果。答应苏巧玲之前，她和丈夫商量后强调："我可以违心地给你作证。但你必须说到做到，否则，我就太对不起老实人了。"

苏巧玲发着誓答应着。于是，在她的陪同下，张海佳和杨鑫见了一面，她态度诚恳："巧玲在我这里做得很好，每天吃住在我家，下班后还负责哄桃桃睡觉，你没什么不放心的。她那天是去帮我家取烧饼。"

张海佳的话，由不得杨鑫不信。然而，那个电话始终让他放心不下。于是，他换到了离妻子只有五公里的一个工地，还在张家隔壁的小区租了一间地下室，每天下班就过来接苏巧玲下班，一起回家住。

有了丈夫的监管，苏巧玲和吴强断了联系。张海佳十分高兴，她一再对丈夫说："巧玲改了这个毛病，就是世界上最好的保姆。"

据案发后，张海佳的闺蜜吴桐说，2014 年 7 月的一个周末，张海佳曾找她倾诉：苏巧玲太水性杨花。她刚和吴强分手时，有个把月的时间，每天都垂头丧气的。但很快，她的脸又重现了笑容。我怕她和吴强复合了，警告过她。吴巧玲回答我：才不会，他一听我丈夫找我算账，吓得连面都不敢露了，窝囊废！可你知道我发现了什么吗？昨天，我看到我家司机蒋林和苏巧玲在亲吻！这个女人，怎么能这样风流啊？

　　吴桐问张海佳怎么办，她半天没有说话。蒋林是陈洪波的远房表哥，在老家有妻女。以前，陈洪波外出拍片，他负责开车和杂务。最近公司又请了一个司机，他转而接送张海佳，苏巧玲带桃桃外出，也由他负责。蒋林四十岁，高大威猛，苏巧玲一见他就有好感。有一次，蒋林拉她和孩子去公园玩，他将桃桃举放在双肩上，边走边逗。苏巧玲用火辣辣的眼神盯着他："像不像一家三口？"蒋林心猿意马地说："真这样就好了。"如此几次，在苏巧玲的主动下，两人苟且在了一起。蒋林平时住在公司，已和苏巧玲开过几回房了。

花言巧语制造冤案

　　这中间的经过，张海佳当然无从得知，她只是依照女人的直觉，断定两人有了猫腻。鉴于蒋林和丈夫的关系，张海佳没有贸然向陈洪波透露。2014年8月底的一天，张海佳干脆质问苏巧玲，是不是又和蒋林好上了？苏巧玲十分坦然："对，是这么回事。可这又不影响我照顾桃桃。要是你看不惯，我走好了。"

　　"这样放肆而坦然的偷情者，我真是闻所未闻。"事后，张海佳对吴桐说起时，还气不打一处来。规劝苏巧玲不成，她又掉头去找蒋林。蒋林十分惶恐，一再请求张海佳不要告诉陈洪波，更不要让妻女知晓。

　　案发后，他对警方说，他当时向张海佳做了保证，一定尽快和苏巧玲斩断关系。见蒋林这个态度，张海佳多少松了一口气，当时公司刚好接了一个外地的业务，需要到那边拍摄两个月的微电影，于是，她让蒋林主动要求去给剧组开车，把两个人分开了。哪知，蒋林前脚刚走，苏巧玲马上嚷着要辞职，回老家去。"这个女人是恃'孩'而骄，简直可恶至极。"张海佳无可奈何，只得又找了一个理由，把蒋林弄了回来。

苏巧玲见情人回来，欣喜若狂。在她的软缠硬磨下，原本下决心要分手的蒋林再度动摇，两人又纠缠在了一起。张海佳的心又悬了起来，她一再对吴桐说："过去她和外面的人胡来，我不怕。现在，她公然在我家偷情，万一被她丈夫发现，后患无穷呀。"吴桐也觉得苏巧玲太荒唐，劝张海佳赶紧物色新保姆："这样的女人，再能干也不能留了。"将其尽快辞退了事。

这边，张海佳苦苦寻觅着能取代苏巧玲的保姆，她母亲得知女儿的处境，也承诺再等丈夫身体好一点，就回长春帮女儿。那边，杨鑫已经再度察觉到了妻子的反常：每次他想亲热，她总是找理由推脱。

这次，杨鑫决定查个水落石出。2014 年 10 月 26 日，苏巧玲休假在家，一大早，杨鑫就告诉她："我下午回老家，后天回来。"实际上，他就藏在家附近监视妻子。中午 11 点半左右，苏巧玲出了门，随即走向了离家一站地的快捷酒店。

看准妻子进入的房间，杨鑫在十分钟后，敲起了房门，自称是服务员。房间里的两人已经开始缠绵，蒋林呵斥几声，敲门声依旧响个不停。他愤怒地穿上裤子，把房门打开了。刚一露头，杨鑫就一拳头打在蒋林的脸上："臭不要脸的！"蒋林被打得晕头转向，明白是苏巧玲的丈夫找上门来了，他拼命挣脱，连上衣都顾不上穿就跑了。杨鑫冲进屋，掀开被子，看到妻子全身赤裸，顿时急红了眼，拿起台灯向她砸去，"不要脸，背着我偷人，看我不打死你……"

几下下去，苏巧玲被打蒙了，头上鲜血直流，而杨鑫越打越愤怒，丝毫没有住手的意思。眼看自己要送命了，情急之下，苏巧玲慌不择言："别打了。饶了我，我是被张海佳算计的，是她害了我。”

　　见丈夫住了手，苏巧玲再度撒起了谎："都是张海佳。我早就想跟你回家，她为了把我留下来，在我的饮料里放了安眠药，趁我熟睡让蒋林强奸了我。他们还拍了我的裸照，蒋林是个无赖，我不敢不听他的！”

　　"真是这样？""我要是撒谎，出门让车撞死。你想想，上次你带我走，张海佳是怎么说的？"据案发后，苏巧玲对警方供述：她编造的谎言根本经不起推敲，但当时杨鑫眼露凶光，一副要打死她的架势，她为了活命，顾不上许多了，只想逃过一劫再说。杨鑫原本就是一个简单粗暴的莽夫，已被捉奸场面气昏了头，一听妻子的话，更是怒不可遏，彻底失去了理智，大吼："张海佳，我饶不了你！”

　　12点半左右，杨鑫在路边小店买了一把水果刀，打车直奔张海佳住的小区。正是周末，张海佳看到门外是杨鑫，毫不防备地打开门："你怎么来了？今天巧玲休息。"杨鑫冲到了她跟前："你为什么让我戴绿帽子？"张海佳误以为苏巧玲东窗事发，急忙辩解："这是巧玲自己的事，跟我没关系。"杨鑫一听她果然知情，更相信了妻子的话，他怒火中烧，拿起水果刀捅向了张海佳的胸口："我让你害我，让你害巧玲！”

　　张海佳被连捅了十几刀，倒在了血泊中。杨鑫这才扔下刀，连门也没关，就逃跑了。在里屋玩耍的桃桃来到母亲身边，看母亲不"理"她，放声大哭起来。邻居听到哭声，赶过来急忙报了警。民警迅速赶到，将张海佳送至医院抢救。张海佳因身中数刀，其中一刀刺中心脏，失血过多，入院后抢救无效，第二天死亡。

　　警方通过调取小区监控录像，将杨鑫确定为重大嫌疑人，对其展开抓捕工作。第二天下午，躲藏在亲戚家的杨鑫被警方抓获。审讯时，警方将苏巧玲的供述转述给杨鑫，他意识到错杀了人，追悔莫及。而苏巧玲对办案警官连连忏悔："都是我不守妇道，害了张姐……"蒋林得知孽情惹祸，在陈洪波面前长跪不起，陈洪波欲哭无泪，妻子死得太冤了。

　　当今社会，随着人们生活水平的提高，找保姆成了很多家庭的需要。供与需的反差，令找保姆难成了一个社会性难题。受浮躁和虚荣风气的影响，有些务工者又不甘心去做一个好保姆。然而，不管何时，不管社会如何发展，品行都是衡量一个从业者的前提条件。张海佳为了留住所谓的"好保姆"，忽视了她的品德，纵容孽情，结果酿成悲剧，枉送了性命。令人警醒。

单 亲 妈 妈

挑学生做女婿，送别墅做婚房，以爱的名义，单亲妈妈为女儿打造了一个最安全的婚姻。然而，她情妇身份的曝光，却把女儿和女婿一起卷进惊涛骇浪……

精挑细选靠谱女婿

张小凡是一所大学的副教授。时年52岁的她，是一位单亲妈妈。早年因感情不和与前夫吴志刚离婚，独自带着女儿张彤彤一起生活。美丽可爱的女儿，是她的精神支柱。

2011年，22岁的张彤彤大学毕业，应聘到长春一家物流公司做秘书。正当张小凡一心为女儿物色男友时，张彤彤却背着妈妈和陈兴强陷入热恋。陈兴强是长春一家外贸服装店的市场部经理，比张彤彤大16岁，离异。他对张彤彤呵护备至，这让从小缺失父爱的张彤彤特别有安全感。

但是，陈兴强显然不是张小凡心中的乘龙快婿。得知消息后，她气得几天吃不下饭，马上和女儿摊牌，明确反对两人谈恋爱。张彤彤据理力争:"妈,岁数大的人成熟稳重,而且他很会照顾人。跟他在一起,我被宠得跟公主一样,好不容易找到这种幸福的感觉,您就成全我一次吧。"

"你看他岁数那么大,都快能当你爸了,还离过婚有孩子,生活经历那么复杂,将来把你卖了,你还帮人数钱呢。热恋期,谁都会装的,将来你会吃尽苦头。你要是跟他谈恋爱,我就从这楼上跳下去!"张小凡发狠道。

见母亲以死相逼,张彤彤只好黯然与陈兴强分手,之后很长一段时间,她都郁郁寡欢。为了避免半路再杀出程咬金来,张小凡决定在身边找个知根知底的老实男孩,给女儿做男朋友。

转眼到了教师节,很多学生给张小凡发短信问好。当收到学生冯明峰的短信祝福时,张小凡不由心中一动:这不就是自己想要的女婿嘛!冯明峰是湖南长沙人,父母都是市郊的农民,家境贫寒但学业优秀,为人朴实本分。研究生毕业后,他一直从事专业课题研究,和张小凡在一个单位工作。张小凡认为,冯明峰这样踏实沉稳的男人,才是女儿最好的归宿。

确定冯明峰没有女友后,张小凡开始积极地撮合他和女儿。冯明峰对漂亮、时尚的张彤彤一见钟情,可张彤彤对不善言辞的冯明峰并不来电。虽然两人的交往始终不冷不热,但因为不忍心让母亲失望,孝顺的张彤彤还是违心地答应与冯明峰结婚。

见女儿终于有了安稳的归宿,张小凡欣喜若狂!她主动找到冯明峰,催促他和彤彤早点结婚。冯明峰面露难色:"张老师,不是我不想结婚。现在房子太贵,我手里的积蓄连交首付都不够,实在没条件和彤彤谈婚论嫁。"

张小凡略一沉吟,说:"只要你们同意结婚,房子的事我想办法解决!"工作这些年,张小凡手中有20多万元积蓄,够付婚房的首付。但她不想日后女儿背负沉重的房贷，为了钱让婚姻出现危机。一番思量后，张小凡决定找陈波帮忙。

获赠别墅私情败露

张小凡的父母早逝，没有兄弟姐妹。她平生最信赖的人，是和她从小一起青梅竹马长大的初恋男友陈波。当年，陈波中学毕业后，被父母送去锦州部队当兵，一对恋人失去了联系。后来，两人分别成家，张小凡嫁给吴志刚，生了女儿彤彤；而陈波娶了战友的妹妹林洁英，生了一对双胞胎儿子。两个人重逢后，一直保持联系。

张小凡离婚后，一个人生活十分艰难。每次遇到困难时，陈波总是及时出手相助。陈波转业后，成立了一家集成汽车配件公司，专门生产汽车配件。生意做得风生水起，身家上千万元。

张彤彤11岁那年，在游乐场游玩时，不慎从高空坠地，危在旦夕。送至医院的急诊室后，张小凡心急如焚。情急之下，她打电话向陈波求援。陈波二话没说，马上开车到医院。当他在急诊室里出现时，一直处于高度紧张的张小凡竟然昏倒在他的怀里。看着张小凡憔悴而忧伤的样子，陈波发誓再也不让心爱的女人受苦！

经过医生的全力抢救和陈波几天几夜看护，张彤彤终于转危为安。半是感激半是爱意，女儿出院后，张小凡特意选了当年定情的日子，把陈波约到宾馆，用自己的方式进行回报。从那以后，张小凡成了陈波的地下情人。陈波没有女儿，就将彤彤视若己出，认彤彤为干女儿。

接到张小凡的电话后，陈波当即慷慨地表示："这有什么为难的，房子我给她买。"

"怎么能让你破费呢？"张小凡为难地说。

"你跟我这么多年不求名分，彤彤又是我的干女儿。女儿要结婚，我当然得送份大礼。房子的事你就不用操心了，包在我身上！"陈波豪爽地许诺。

陈波选了一套200多平米的联排别墅送给张彤彤。小区景色优美，别墅宽敞明亮，门前还有个小花园。整套别墅打折后要305万元，陈波从公司账户转账，一次性付清全款，户主写的是张小凡的名字。见情人如此慷慨，张小凡感动不已。

一个月后，当张小凡把女儿和冯明峰带到联排别墅前，两个人都惊讶不已！张彤彤更是一把抱住母亲，激动得手舞足蹈。

为了不让未来女婿看出端倪，张小凡故意哭穷："我的积蓄全都用来买房子了，剩下装修的钱，你们自己负责吧。"看准岳母出手这么大方，冯明峰拿出8万多元积蓄，还向亲友们借了20万元装修。

2011年5月，张彤彤和冯明峰在别墅举办了别开生面的草坪婚礼，引来亲朋好友艳羡的目光。冯明峰父母一看到这么豪华的婚房，乐得合不拢嘴，一再嘱咐冯明峰要好好对待彤彤。冯明峰老家来了20多个亲戚，他们回到老家后，四处夸耀冯明峰有出息，有个好工作，娶了个漂亮媳妇，还买了别墅。2012年4月，夫妇俩生下了儿子冯帅。

张小凡对女儿的幸福生活非常满意，对情人陈波更是感激不已。陈波的一对双胞胎儿子在澳大利亚留学，妻子林洁英也出国陪读，夫妻俩长期两地分居。有时，张小凡就留在陈波家里，帮他打理家务。虽然他们平时注意保密，可有好几次，张小凡打扮得漂漂亮亮出门时，都在学校撞见了冯明峰。虽然岳母总说和朋友出游，但心思细腻的冯明峰，还是渐渐对她产生了怀疑。

2013 年春季的一天，冯明峰看到打扮漂亮的岳母上了陈波的路虎车。他悄悄打车跟在后面，发现他们开车进了一栋豪华别墅。冯明峰躲在别墅院外一直没走，等里面的灯全都灭了岳母也没有出来，他在外面一直等到天亮，直到第二天早上七点，两人才亲密地走出来。

发现岳母竟然和陈波叔叔有私情后，冯明峰跑去售房处打听，原来自己住的别墅也是陈波买来送给岳母的。自己一直敬重的岳母竟然是个情妇，婚房也是情人送的，冯明峰觉得自己的整个世界都坍塌了！而自己所以为的幸福生活，不过是一个虚幻的泡影。自此之后，他对张小凡再也没有了尊敬之情。以前，他将张彤彤视为公主，可当发现其母亲是小三后，连带对她的印象也大打折扣，不再包容忍让。两人开始经常争吵，婚姻中的不和谐音符频频出现。

繁华过后血泪收场

让冯明峰夫妇始料未及的一幕出现了：2013 年 10 月 29 日，陈波因公司涉嫌非法集资，被公安机关刑事拘留。办案机关在核对他的个人收入及支出后，发现张小凡的别墅，是他用公司账户的钱买的，随即将张小凡带到公安局了解情况。

11 月 3 日，对张小凡进行询问后，公安局以涉嫌包庇罪将张小凡刑事拘留。一周后，由于张小凡对陈波的非法集资案件没有介入，办案民警通知张彤彤到公安局，为母亲办理取保候审手续。几天的看守所在押经历，如同噩梦一样。当张小凡看到女儿时，不禁抱着女儿失声痛哭！回到家后，张小凡闭门不出。很快，她的头发变得花白，人也急剧消瘦。

然而，麻烦事接踵而至。由于购买别墅的资金，是陈波非法集资的，属于非法所得，所以这套别墅很快被查封了。11 月 20 日，办案民警通知张彤彤和冯明峰限期搬离。住了两年多的别墅说没就没了……面对这个残酷的事实，冯明峰和张彤彤当时就傻了。张彤彤哭着追问张小凡："妈，为什么我们的别墅会被查封，您是把它拿给陈叔抵债了吗？"

到了这般田地，张小凡只得如实相告："房子是你陈叔用公司的钱买的。现在他出事，所有财产都得追回，是妈妈对不起你们……""他为什么送我们这么昂贵的别墅？你是不是跟他有什么关系？"张彤彤追问道。

一旁的冯明峰冷笑着说："咱妈是陈波的情人，所以他才送别墅给她。这事儿，我年初就发现了，碍于情面一直没揭穿，没想到这么快就出事了。"冯明峰的话彻底摧毁了张小凡在彤彤心目中的慈母形象。

张小凡让女儿一家三口暂时搬回她家，便于互相照顾，结果被夫妻俩坚决拒绝。学校本来就不大，张小凡当情妇和别墅被查封的事，闹得满城风雨。在同一单位工作的冯明峰也沦为大家的笑柄。婚房竟然是靠岳母当情妇赚回来的，太丢人了！冯明峰当初有多风光，现在就有多难堪。冯明峰在老家一直是当地孩子的榜样。冯家虽然贫穷，但把名声看得特别重。消息传回家乡后，冯明峰的父母都不敢出门。

当初，冯明峰借了 20 万元装修别墅。现在别墅没了，可装修欠下的债还得还。张小凡出事后，亲戚们怕冯明峰还不起钱，纷纷跑到学校找他讨债。弄得冯明峰除了上班，天天躲在租住的小屋里不敢出门，心情更加压抑。

自从别墅被查封后，冯明峰夫妇就租住在一个 60 平米的旧房里，月租 1000 元。这个简陋的环境与别墅天壤之别，儿子因为不适应新家，经常在睡梦中惊醒，把冯明峰夫妇折腾得烦躁不安。

更雪上加霜的是，由于张小凡闹出的绯闻对学校影响太差，身为她女婿的冯明峰也受到牵连。单位领导把原本让他负责的一个重要课题给了别人。这让冯明峰深信，自己在学校的前途已经被丈母娘毁了！因为这事，他跟妻子又一次吵得不可开交。

当初，张小凡因为涉嫌包庇罪暂时取保候审，等到法院审判时，有可能会被判刑。所以，张彤彤想找人做做工作，和冯明峰提及此事后，他却一口回绝："我不认识这样的人。再说，我也不可能因为这种事去求人，我丢不起这个脸。你妈既然做了错事，就该接受教训！"

冯明峰的绝情让张彤彤感到非常寒心。万般无奈，她只好找初恋情人陈兴强求助。陈兴强很快找到一个律师朋友，协助张小凡处理此事。陈兴强的雪中送炭让张彤彤十分感动。她不禁暗暗后悔：如果当年嫁给陈兴强，以他的经济实力，自己根本不需要准备婚房，那就不会要陈波送的别墅，全家也不会落到这种尴尬的境地了……

当张彤彤看见了一丝希望时，冯明峰的人生却已经跌到低谷。名誉受损、工作不顺、感情不和，他极力想摆脱这种境遇。在和张彤彤又一次激烈地争吵后，冯明峰一气之下离家出走。

两天后，张彤彤带着儿子在学校宿舍找到他。帅帅一看到爸爸，高兴地往他怀里扑。没想到，冯明峰将儿子推到一旁，直截了当地说："这日子过不下去了，离婚吧！"帅帅被爸爸推开后"哇哇"大哭。张彤彤抱着儿子质问丈夫："你还是男人吗？遇到点儿挫折就抛妻弃子，我妈当初真是看走了眼！"

冯明峰的火一下子被点着了："你还敢在我面前提你妈，你听听外面人都怎么说她的！"

"她就是有再多的不是，也是我亲妈！她所做的一切都是为了我们，那套别墅也是给咱俩住的！"事发后，张彤彤一下就长大了。丈夫满心羞耻，可看着母亲迅速衰老，她却开始体谅母亲的难处。和丈夫吵完架，她忍不住带着孩子跑到母亲那里哭诉。张小凡觉得女婿提出离婚只是一时气话。她不想让女儿像她一样成为艰辛的单亲妈妈，决定亲自出马再劝劝女婿。

2014年1月17日，张小凡找到冯明峰。可还没等她说两句，就被冯明峰顶了回来："你一个教授跑去当别人情妇，害我们房子被收，装修的钱打了水漂，我的事业也毁了，现在还要拴着我不放！我们冯家虽然穷，但从不做丢人的事……"张小凡气急："你忍心扔下彤彤和帅帅不管，就算你将来过了好日子，能安心吗？离婚的事，你想都别想，只要我在一天，就不会让你们离婚的！"

"你现在还有什么资格对我指手画脚？"冯明峰的恶言恶语把张小凡气得心脏病发作，当场倒在地上。

将母亲送到医院抢救后，张彤彤气急败坏地回到出租房。她指着丈夫骂道："冯明峰，你不过就是一个吃软饭的，当年如果不是我妈硬逼我嫁给你，我能看上你这样的软骨头。跟你还不如跟陈兴强，至少能在危难之时出手相助，像个男人！可你呢？出了事后什么都不做，对我们冷言冷语，还打算抛妻弃子，你这样的窝囊废，我早就受够了！"

张彤彤的话让冯明峰感到无比愤怒和耻辱："你这个贱人，背着我和陈兴强旧情复燃了？你妈就不是个好东西，如今你又给我戴绿帽子，你们母女真是一路货色，看我不掐死你！"

冯明峰把这段时间以来的愤怒、压抑全都宣泄出来，使尽浑身力气掐张彤彤的脖子。张彤彤拼命反抗，可因为力量相差悬殊，渐渐没了动静。冯明峰仿佛变成一个恶魔，双眼赤红，面孔狰狞……5分钟后，等冯明峰清醒过来放手时，张彤彤已经停止了呼吸。

　　惊慌失措的冯明峰赶紧打 120 急救电话，可张彤彤再也没能醒过来。只有一岁半的小帅拽着张彤彤已经冰冷的胳膊，不停地哭喊着"妈妈"。冯明峰木木地抱着哭闹的孩子，悔恨不已，打 110 电话自首。随即，民警迅速赶到，将他带回公安局，等待他的将是法律的严惩。

　　医院里的张小凡，闻听女儿被女婿掐死的消息，再次昏过去。她含辛茹苦抚养女儿这么多年，倾其所有为女儿打造幸福婚姻，却因为自己婚外情收获的不义之财，埋下祸患；而她精挑细选的靠谱女婿，不仅在关键时刻翻脸无情，最终还让女儿丢了性命，真是可悲可叹！

手 机 泄 密

曾经有一段时间，iPhone 和 iPad 是高端时尚品的代名词，被果粉们疯狂追逐。2014 年，最新的 iPhone 6 因为价格昂贵，甚至被网友们戏称为"肾 6"。然而，iPhone 手机先进便捷的"云同步"功能，却暗藏危机。当欲望与高科技碰撞，便生出罪恶来……

想要晋升投其所好

2014 年 8 月，长春天乐商贸公司发布公告，称将在 11 月 2 日公开竞聘销售总监职位。已经 32 岁的郑作强激动万分，这个机会，他已经苦苦等待多年。

郑作强和妻子胡心莹是大学同学，毕业后，他到天乐商贸公司工作。胡心莹是民营医院的妇产科大夫，收入是他的 3 倍。最初，夫妻俩的感情很融洽，随着时间推移，在日渐寡淡的婚姻里，他在家里越来越没有地位，常被妻子颐指气使。自尊心强的他一直期待扬眉吐气的那一天。然而，工作 6 年，他一直停留在销售经理职位，没有晋升。而想要顺利升职，他的顶头上司郭成山这一关必须得过。

今年 36 岁的郭成山出生于吉林省通化市。大学毕业后，进入天乐商贸公司做销售员。2008 年，他与大学英语教师赵雪茹结婚，次年生下了儿子。通过 10 多年的努力，他升任为商贸公司的副总，主管市场运营销售，在公司里很有威望。而赵雪茹在学校也是业务骨干，2013 年末，她争取到去英国进修两年的机会。2014 年初，赵雪茹如愿以偿去英国伦敦进修。儿子平时交由姥姥照顾。郭成山不忙的时候，去岳母家吃饭、看儿子。

为了能和上司郭成山搞好关系，郑作强想尽办法投其所好。细心的他觉察出，郭成山在妻子出国后很寂寞，而且对 28 岁的未婚女同事方婷有好感，他就主动掏钱举办小聚会，给郭成山创造和方婷接触的机会。郭成山业余喜欢打羽毛球，郑作强就在周末张罗几个同事陪他一起玩……这些周到的安排，让郭成山对郑作强刮目相看，渐渐将他视为知己，两人无话不谈。

9 月底，郑作强又组织郭成山和几个同事到 KTV 唱歌。期间，郭成山接了个电话后，手机便自动关机了。他对一旁的郑作强抱怨说："我的手机电池电量消耗得太快了，真烦！最近新出的 iPhone6 不错，屏幕大，而且还是超薄型。可惜这款手机太紧俏了，在国内根本买不到。"

言者无意，听者有心。郑作强第二天就去苹果专营店购买 iPhone6。但是，销售人员告诉他，iPhone6 需要预定，得等一两个月时间才能拿货。还有不到 1 个月的时间就要竞聘了，那时候再送手机，黄花菜都凉了！郑作强只好四处想办法，找最近出国或去香港旅游的朋友帮忙。国庆期间，他听说一个哥们儿要去香港旅游，连忙拜托对方帮自己带回一部价值 8088 港币的金色高配版 iPhone6。iPhone6 因为价格昂贵，被网友们戏称为"肾6"，意思是学生党想买它得卖掉一个肾！虽然郑作强花了一个月的工资，但他安慰自己：舍不得孩子，套不着狼！

10月8日早上，郭成山刚走进办公室，郑作强就闪了进去，送上了这份"厚礼"。郑作强诚恳地说："郭总，这是我托朋友在香港买回来的iPhone6，国内现在买不到，请您一定收下！"郭成山一再推辞，郑作强说："您平日对我关照和帮助太多了，送部手机纯属感谢，没有别的意思。"

在郑作强的坚持下，郭成山最终收下手机。他拿着新手机摆弄了几下后，发现自己不太会使用，便让郑作强帮忙下载微信、QQ等几个常用软件。苹果手机下载软件时，都需要用苹果账号登录，郑作强顺手用自己的苹果手机账号下载了这些软件。郭成山接过新手机后，翻来覆去地摩挲着，爱不释手。当晚，他还在朋友圈里晒了真机实物照，引来朋友们纷纷点赞。

上传视频害人害己

从那以后，郭成山果然对郑作强处处关照，郑作强因此对竞聘信心倍增。竞聘前一周，郭成山特意将郑作强叫到办公室，将考试出题的大致范围告诉他，并让他先准备笔试，郑作强心中暗喜。

几天后，郑作强打开自己苹果手机里的云同步功能，想将手机里的邮件备份到iPad里。谁知，刚开启iCloud（云同步）5分钟，他的手机里便突然多了几张郭成山和家人的照片。他百思不解，上网查询了缘由才得知：只要两部手机使用过同一苹果账号登陆，其中一部打开云同步功能后，另一部手机里的照片、视频、通话记录、邮件等，都会自动同步到打开了云同步功能的手机上。

郑作强想起给郭成山送手机那天，他用自己的苹果账号帮郭成山下载软件，且事后也没退出账号，恍然大悟。他随即删除了郭成山和他家人的照片。可没过一会儿，郭成山的照片不断地更新到他手机上。郑作强哭笑不得，本来要告诉郭成山重新注册一个账号，可转念一想，如果就这么冒昧地告诉他实情，郭成山会不会怀疑自己这些天偷窥了他的隐私？如果他因为手机对自己产生嫌隙，那这部手机岂不是白送了。

想来想去，郑作强决定隐瞒。既然自己能随时监控到上司的举动，而对方又被蒙在鼓里，何乐而不为呢？从那之后，每晚翻看郭成山更新的照片、视频、备忘录等，成了郑作强最大的消遣，他享受到一种偷窥的刺激，甚至还有居高临下的快感。

10月22日，郑作强的手机里，多了一封加密邮件。他打开一看，发现是郭成山发给财务主管吴佳的邮件。郭成山让吴佳往他的私人账号上转一笔20万的现金，并让她找熟人开一张办公用品的发票抵账，回来找他签字报销。邮件结尾，郭成山还特意写上了"看后删除"几个字。这封邮件分明就是郭成山私吞公款的证据啊！郑作强看了之后，既兴奋又紧张，赶紧把这封邮件保存下来。

10月25日晚上，郑作强发现，自己的苹果手机里多了一段视频。他打开一看，竟是一段激情视频：虽然录像不是十分清晰，可依然能看出男主角是郭成山，而女主角竟是同事方婷。两人抱在一起，疯狂地激情缠绵……这个意外的发现让郑作强无比震惊：原来郭成山与方婷早已不是他想象中的暧昧关系，而是成了情人！根据视频显示的时间，两人是趁着午休到酒店开房。这段视频，也被郑作强小心翼翼地保存了下来。

11月2日，公司开始竞聘。在15个参与竞聘的中层干部中，郑作强以笔试第一名的成绩成功进入面试，而方婷是第三名。看到笔试成绩后，郑作强忍不住兴奋地冲进郭成山的办公室，向他报告这个好消息。郭成山对他表示祝贺，并表态说面试时一定会全力以赴地帮他。但他也提醒郑作强，面试不是由他一个人说了算，还得靠他自己好好发挥。

然而，郑作强已经被胜利冲昏了头脑，以为销售总监的职位尽在自己囊中！加上郭成山提醒他时面带微笑，语气也不那么严肃，他以为所谓的面试不过是走个过场而已。所以，他没有像笔试时那样认真准备。

面试当天，郑作强随便穿了一件衣服就进场了。可没想到，公司老总非常重视这次面试，聘请行业里的资深考官坐成一排，认真地给每一个竞聘者打分。看见这个阵势，郑作强顿时慌了手脚。轮到他回答问题时，不仅没有抓住重点，而且还出现多次失误，导致除了郭成山以外的评委，都给他打出了低分。最后，方婷获得了这个职位，爆出了竞聘的大冷门。

面试结果出来后，同事们都用同情的目光看着郑作强。郭成山还专门到他的座位上安慰他，但郑作强却异常沉默。苦苦等待了6年的升职机会，就这样和自己擦肩而过，他根本无法接受！他更不愿意承认，面试失败是因为自己的大意轻敌。为了让自己好过一点儿，他本能地将自己落选的原因归咎于郭成山——因为郭成山和方婷是情人关系，所以郭成山明着帮他，暗里却在帮方婷，导致他成了大家的笑柄！

郑作强越想越偏激，气愤之下决定报复郭成山和方婷。11月5日，他用匿名买的手机号码，将郭成山和方婷的激情视频，发给公司的领导和中层干部。这段火爆的偷情视频很快在公司内部竞相传看，成了最热门的饭后八卦。郭成山看到视频后，脸色铁青地找到方婷质问："这段私密视频只有你我知道，为什么会流传出去？"方婷委屈地辩解："那段视频是我用你的手机录的，我们俩看完后，我就当着你的面删了！我也不知道怎么会流传出去。现在受伤害最大的是我，大家都骂我是可耻的'小三儿'，说我能当总监是因为被潜规则了，所有同事都对我指指点点……"说到伤心处，方婷痛哭不止，郭成山也不忍再追究指责。

由于事情闹得沸沸扬扬，为了避嫌，在郭成山的建议下，方婷主动让出了已经到手的总监职位，仍回到原岗位工作。见销售部门出了这么多乱子，公司老总十分恼火。他通过猎头公司，从别的公司挖了一名经验丰富的经理担任销售总监。至此，郑作强当销售总监的梦彻底破碎了。

一蹶不振举刀相向

一个月后，郭成山为了表达对方婷的歉意，同时也为了避开风波，利用出差机会，悄悄带方婷到湖南凤凰古城散心。在如诗如画的美景前，两人在夜晚的桥头和古楼边合了几张影。出于谨慎，晚上他们回到酒店，将照片存到笔记本电脑后，就将手机里的照片全部删除了。可等他们回到公司后却发现，两人的照片再次被发到领导和同事们的邮箱里，又在公司里引起了轩然大波！

这一次，郭成山终于意识到自己被"跟踪定位"了。通过多次与方婷探讨分析，两人认为问题一定出在郑作强送的苹果手机上。郭成山到苹果公司的维修地点，咨询了维修人员。对方告诉郭成山，只要使用同一个苹果账号登录，即使郭成山手机里的邮件、照片等都被删除了，但另一部手机只要开启了云同步功能，仍会将他删除的这些东西备份保存。为了彻底解决这个问题，维修人员当场帮郭成山注册了一个新的苹果账号，避免被继续同步的风险。

当晚，郭成山无比气愤地找到郑作强质问："我的照片、视频被散布，是不是你搞的鬼？"郑作强坚称不是自己发的，郭成山也拿不出足够的证据，便找个理由到人事部告了一状。人事部通过研究，将郑作强降为普通销售员。

　　眼见自己送出昂贵的手机不仅没得到回报，反而被降职降薪，郑作强心里极度失衡。接到降职通知的第二天，他冲进郭成山办公室说："你这么对我，那我也不客气了！你手机里的那些视频和照片就是我发出去的，我还要将这些都发给你老婆和儿子看，让他们知道你乱搞女下属，还帮着她升职！还有，我手里有你挪用公款的证明，我要举报你，让你坐牢！"

　　看到郑作强情绪激动，郭成山也缓和了态度，安抚郑作强说："我早就提醒过你，面试不是我一个人说了算。方婷竞聘成功，完全是由于她准备充分，跟我没有多大关系。事已至此，我也不再和你计较。那些视频和邮件你就删了吧，不要再继续扩散。我给你两万元做补偿，咱们从此两清！"但郑作强不肯罢休："你把我职位和薪水都降了，区区两万元就能补偿吗？你必须给我恢复原职，而且在原来的基础上加薪！"郭成山坚决地说："这不可能，你的职位已经有人补上了，实在不行你就另谋高就，公司也不再耽误你。"

　　郑作强向公司举报郭成山贪污，但因为他只有一封邮件，证据不足，公司没有对郭成山进行处理。他还曾试图把郭成山和方婷偷情的视频，发给郭成山的妻子赵雪茹。可是对方远在英国，他根本联系不上。看见自己掌握的把柄毫无价值，拿郭成山一点儿办法都没有，他更加愤怒，不断威胁郭成山。

　　不堪纠缠的郭成山在多次警告无效后，让人事主管将郑作强开除。失去工作的郑作强隔三差五就到公司闹事，均被保安驱逐。他天天打电话威胁郭成山，郭成山一接他的电话就立即挂断，让他恼怒不已，只能借酒消愁，天天喝得烂醉如泥。

　　妻子胡心莹看到丈夫一蹶不振，又经常喝得烂醉，不时与他争吵。

2015 年 3 月 7 日，郑作强在酒醉后，失手打了妻子。已怀孕 4 个月的胡心莹躲避时，撞到客厅的玻璃茶几上，当即腹痛难忍。郑作强急忙叫救护车，将妻子送至医院救治。然而，胡心莹还是不幸地失去了孩子。闻讯赶来的岳父母气得对郑作强连打带踢，逼着他签署离婚协议。郑作强悔恨交加，死都不肯离婚。为了逃避岳父母的责骂和逼迫，他连着几天都在外面喝酒游荡，累了就在洗浴中心过夜。

　　回想这几个月来自己的遭遇，郑作强将一切的不幸都归咎于郭成山。他认为自己费尽心机地讨好他，却被他耍了一把！如果不是郭成山搞鬼，自己就不会竞聘失败，不会发布激情视频，不会失去工作，不会和妻子吵架，让妻子痛失腹中胎儿……他发誓要报复郭成山，让他以命偿"命"。

　　郑作强找到郭成山所住的小区，起早贪黑地守候在那里。有几次他想动手，但时机都不成熟，周围人来人往。3 月 12 日早上 7 点，郑作强戴着口罩再次来到小区。半个小时后，他看见郭成山从楼道口走了出来，向小区停车场方向走去。他马上跟在郭成山后面，找准时机疯狂地扑上去，拿出随身携带的弹簧刀刺向郭成山！郭成山本能地反抗，但无济于事，很快就被郑作强捅了 5 刀，挣扎几下就倒在了血泊中。

　　一个业主看到这一幕后，立刻打电话报警，而郑作强在人群聚集前夺路逃走，简单收拾东西逃往辽源的亲属家。警方接警后，迅速赶到现场进行勘查。9 点左右，郭成山被送往医院后停止了呼吸。民警经过排查小区监控，确认郑作强有重大作案嫌疑。

　　3 月 15 日，警方在外地抓获了郑作强，等待他的是法律的严惩。

　　郑作强显然不是一个无恶不作的坏蛋。一开始，他只不过是想升职加薪而已，这是个人人都有的愿望。问题缘于他的送礼和讨好。这些投入将原来的愿望成倍放大不说，最糟糕的是，让他在心理上将实现的责任从自我身上悄然转嫁到了上司郭成山头上。一旦升职希望落空，讨好就变成了屈辱。按郑作强的逻辑，这笔账自然也要算在郭成山身上。于是，他开始威胁、报复，局面逐渐失控。一个个接连出现的恶果非但没令他停止、反省，而且像助燃剂一样，让他的怒火越烧越旺，在自己错误的归因逻辑里越陷越深，直至杀人害己。

郭成山犯的错误则是没料到当人行贿和讨好时，心态都如赌徒一样期望着高回报。他接受对方的贿赂，就意味着承诺和责任。虽然他自己可能认为这只不过是个小礼物而已。然而，如果没能帮其实现愿望，激发的忌恨和报复可能会出乎意料的骇人。

隐身男友

汪娟和前夫离婚后，单位调来一位新同事，竟是她青梅竹马的初恋情人陈世元，两人旧情复燃。可是，汪娟上初中的儿子成绩下滑，儿子强烈希望父母复合。为让儿子冲刺中考，她违心答应儿子，并让陈世元暂时隐身"下线"，和前夫假复合，营造恩爱氛围。

2017年2月14日情人节，儿子私自在汪娟的微信朋友圈里，发了一张父母的"恩爱合影"，一场意料不到的悲剧随之发生……

离婚过后儿子心伤

2015年，汪娟想不到，单位调来的新同事竟会是陈世元。而此时，她跟丈夫李建波离婚已一年。

汪娟，39岁，和陈世元从小就是同学，青梅竹马。上高三后，两人偷偷早恋。汪娟父母是机关干部，陈世元父母是工人，汪娟父母对女儿早恋非常恼火，他们通过老师干涉，将两人拆散，还不放心，轮流对女儿早送晚接。在"白色恐怖"和学习压力下，汪娟只得和陈世元斩断恋情。高考之后，他们各自去外地上了大学，从此再无联系。

2000 年，汪娟大学毕业在长春科研单位从事财务工作。工作一年后，与在医药公司工作的李建波相恋结婚，2002 年生下儿子李明凡。初为人母的汪娟给儿子买最贵的奶粉，科学喂养，因育儿观念不同，她和婆婆闹得很不愉快。

李建波工作忙，经常出差，很少顾家，汪娟一度患上抑郁症。李建波不仅不安慰，还和一个女同事关系暧昧，两人经常互发手机信息，被汪娟无意间发现，信任危机导致情感崩塌。夫妻俩陷入长时间的冷战。

2014 年秋，汪娟和李建波协议离婚，儿子跟了汪娟，李建波搬进公司宿舍。

汪娟把全部身心都投入到刚上初一的儿子身上。可她却经常看见儿子坐在房间的角落里，摆弄爸爸给他买的玩具。每个周末，李建波接他出去玩回来时，他都要替爸爸说上许多好话。

就在汪娟离婚一年多后，陈世元突然从北京科研所调到汪娟的单位。当年，陈世元大学毕业后去了北京，他结婚没有几年，妻子便因患乳腺癌去世，他没有孩子，也一直没有再婚。2015 年春节后，陈世元因工作需要被调回来，竟与汪娟成了同事。虽然高中毕业一别已有十七八年，但当陈世元看到风采依旧的汪娟时，恍如回到了从前……

汪娟和陈世元都没有束缚。一个多月后，两人重新找回了年少时的激情。有了感情的滋润，离婚后抑郁不振的汪娟状态明显好转，脸上又出现了美丽的笑容……李明凡悄悄地注意到母亲的变化，并发现陈世元的存在。他一直暗暗希望并找机会让父母复合，自然不能接受母亲有新恋情的事实，变得越发沉闷、郁郁寡欢。

2016 年下半年，刚上初三的李明凡学习成绩不断下滑，而且性格变得越发叛逆。一天，他和同学发生口角，竟和同学动起手来，把同学的鼻子打出了血，自己脸上也挂了彩。汪娟被李明凡的班主任叫到学校，她接受了老师的批评，又向儿子的同学和家长赔礼道歉。她既生气又担心，领着脸上带伤的儿子回到家后，一边心疼地给他擦拭伤口，一边和儿子谈心，希望他专心学习把成绩赶上去，以后不要打架生事。

"妈妈，你和爸爸离婚后，我感觉生活一下变得阴暗了。今天，那个同学嘲笑我没有爹管教，所以我才跟他打起来的。你和爸爸复婚吧，这样我就有一个完整的家了。"儿子的话刺痛了汪娟，但她不可能和李建波复婚，她摇头说："你知道妈妈以前过得并不好。"李明凡质问她："你是不是和那个陈世元谈恋爱了？你不想管我，就顾着自己开心。"说着，他流泪了。汪娟的心就像被刀剐了一样。

这段时间，汪娟因为和陈世元在一起相处的时间较多，确实忽视了儿子情绪的变化，导致儿子在外打架。她自责并反思，觉得这样下去，只会毁了儿子！

正牌男友隐身下线

汪娟在和儿子谈心后，感到婚姻的变故确实给儿子带来了巨大影响，自己的新恋情如果再这样持续，她只能眼睁睁地看着儿子学习成绩往下滑落，她痛心又不安。汪娟违心地对儿子说："妈妈和陈世元叔叔原来是同学，现在一起工作相处得很好，并没有你想象的事，不会影响到你的生活。"李明凡根本不相信母亲的话，他私自去找父亲，要父亲主动跟母亲复合。

李建波离婚后，过了一段没有约束的"自由生活"，但随着时间的推移，一个人过日子很孤独，滋味十分难受。他怕儿子长大后，会怪罪他不负责任，不认他这个亲爸。他也受不了父母的唠叨，他只要回家，全家人都数落他的过错，说汪娟如何贤惠顾家，一个女人带着孩子有多么不容易，都希望他复婚。

李建波对汪娟心怀愧疚，又担心儿子的学习，还受着父母的压力，就想不如干脆跟汪娟复婚。他就主动找到汪娟，表示为了儿子考虑，希望能够复合。汪娟对他已经没有爱，不想迁就着过日子，她不肯同意。

李明凡得知母亲的态度，情绪波动更大，学习一蹶不振，汪娟连续多次被班主任找到学校谈话。李明凡所在学校是区属重点中学，他原来的成绩一直在班里位列前三，在整个年级排在二十名左右，如果能保持这个成绩，一般都能考上省重点高中。可如今，他的成绩直线下滑，已经跌出班里二十名开外，这样跌下去考普高都成问题。

汪娟原来一直以儿子为骄傲，离婚后，她更是把全部精力都倾注在儿子身上，儿子是她的全部寄托。如今，儿子成绩却一掉再掉，她脱不了干系。她觉得比起和陈世元的感情来，还是儿子的学业和中考更重要。他们都已被耽误了十七八年，也不在这一时。于是，在李建波再次找她争取复合时，汪娟提出在儿子的中考冲刺阶段，两人假装和好如初，给儿子营造温馨的家庭氛围，让他专心学习，全力备考。

李建波一听汪娟提出"假复合"，欣然同意。他知道两人毕竟离了婚，想重新回到从前的生活，肯定需要一个过程。他听儿子说了汪娟和陈世元的关系，如果他不及时行动，可能就永远没有机会了。而在"假复合"的日子里，只要自己表现得好，加上有儿子的黏合作用，就有可能变成真复合。

汪娟和陈世元进行了一次长谈，说因为离婚已经给儿子造成了心理阴影，如果他们俩继续交往，会影响儿子的学业和前途。她提出让陈世元暂时隐身"下线"，等儿子中考之后，他俩再续前缘。陈世元心有不甘，但汪娟态度很坚决，中考确实也是一件不得不考虑的大事，他只好接受这个现实。

李建波很快搬回家中，与汪娟及儿子同住。他晚上住书房，但父子俩似乎已经感到很满足，经常有说有笑地聊天。李明凡每晚放学后，和同学到学校附近的自习室学习，汪娟就提前做好晚饭，和李建波一起去自习室给儿子送饭，等到下了自习，再接儿子一起回家。每逢周末休息时，他们就陪儿子去看场电影，或是逛逛公园，为儿子放松放松，减轻他的精神压力。李明凡看到父母经常陪着自己，心情变好。老师和同学热心帮助他把学习赶上来，他的成绩很快回升。

汪娟全身心地投入到儿子身上，每天忙着和前夫在孩子面前"秀恩爱"，和陈世元只剩下工作上的联系。陈世元对此非常失落，尽管汪娟一再解释说自己暂时和前夫住在一起，是为了哄儿子开心，但陈世元却越来越怀疑她和前夫会破镜重圆。同事们知道汪娟一家三口又住到一起后，纷纷劝说陈世元不要太执迷不悟，毕竟一日夫妻百日恩，更何况儿子都这么大了，那感情不是说断就断的。陈世元的心情越来越焦虑，受情绪的影响，他在工作中连续出错，被领导多次当众批评，这让他更加恼火。

2017年春节放假前，陈世元请求汪娟跟他回家过年，说自己已经跟父母说了他们俩的事，父母都非常高兴，说这是前世修来的缘分，转来转去有情人终成眷属，是人间乐事，都盼着他俩回家过年。父母还说，希望他俩早一天举办婚礼，再给他们生个大胖孙子。汪娟听了，心不在焉地说："今年春节，我还得跟他们父子俩在一起过，要不然我儿子会怀疑，现在已到关键时刻，绝不能让他的情绪和成绩出现反复，等到他中考结束，我第一时间考虑咱俩的事。"

陈世元无可奈何，情绪已是极度压抑。

亲密合影酿成悲剧

在万家团圆的大年夜，陈世元形单影只，一个人回家陪父母过年。父母的期盼落了空，唉声叹气，陈世元无言以对。除夕，零点钟声响了，他实在忍不住思念，给汪娟打电话，看她没接，就给她发了微信。

半小时后，汪娟回微信说刚才在煮饺子，不方便接他电话，等过完年再联系。陈世元越想越难受，就又给汪娟打电话，汪娟怕儿子听见把电话挂断，借口下楼扔垃圾时，才给陈世元回电话。陈世元生气地质问汪娟："大过年的，你对我不理不睬，你知道我有多想你吗？你是不是已经忘了咱俩的约定？"

汪娟急忙解释："我这都是为了儿子。你要相信我，我和李建波住在一起，只是给孩子看的，我跟他从来没有过身体接触。你放心，我心里现在除了儿子只有你！中考在 6 月末，咱们再忍 4 个月。"汪娟温柔的表白，暂时平息了陈世元心中的怨气。

2017 年 2 月 14 日情人节到了。当晚，李明凡要父母带他一起去西餐厅吃牛排，在温馨浪漫的气氛中，他提出要用妈妈的手机，给爸妈拍一张合影。为了不让儿子产生怀疑，汪娟和李建波只好按照儿子的意思，头挨头并且相拥着拍了一张亲密的照片。

让汪娟没有想到的是，儿子竟直接把这张照片发送到了她的朋友圈里，还加了一个"幸福情人节"的标题。汪娟担心让同事们看到，更怕陈世元看到后会对误解她和前夫的关系，发出去四个小时后，她赶紧删除了这条朋友圈。然而，一直关注汪娟的陈世元在第一时间看到了这张照片，他觉得汪娟是在欺骗自己，竟在情人节公开发布和前夫的恩爱合影，让自己这个众所周知的"正牌男友"，成为同事们的笑柄。

案发后，据陈世元向警方交代：2月15日晚，陈世元冲动地找到汪娟的办公室，当时她正在单位加班，他质问汪娟是不是跟李建波在一起了，那么他们的关系又算什么！汪娟向他解释了那张照片的来龙去脉，说都是儿子自作主张，她说自己已经删除了，让他不要在意，这不过是哄孩子高兴而已。

陈世元根本不相信汪娟的辩解。在争执中，陈世元口不择言："你这样做是在玩弄我的感情！你吃着盆里的，还看着锅里的，你太丑陋了！"汪娟听了这番话很愤怒，她指着他喊道："当年，我爸妈不让我跟你处看来是对的，我幸亏没嫁给你这样心理阴暗、猜疑心强的人，你给我滚出去！"

陈世元听到这些话如雷轰顶，被自己的心上人如此奚落和伤害，他血直往脑子里涌："我不想活了，你也别想好过！"他顺手从汪娟办公桌上的笔筒里抽出一把细长的剪刀，汪娟见状转身就往门口跑，陈世元追上去，一把刺向汪娟的后背，汪娟挣扎，他将汪娟扑倒在地，连续在她身上刺了十多刀，然后顺着楼梯跑出了办公楼。

保安听到楼上有喊叫声，忙上楼查看，发现汪娟倒在办公室门口的血泊中，立即打110报警。在附近巡逻的民警迅速赶到现场，将汪娟送往医院。经过7个小时的抢救，汪娟终因失血过多，脏器衰竭而死。

当晚，失魂落魄的陈世元逃离现场后，不知汪娟能否活命，悔恨自己一时冲动，害了初恋情人。他思前想后，觉得自己罪不可赦，无路可逃，随后到公安局投案自首。

李建波听到汪娟被陈世元刺死的消息后，十分震惊和伤痛。后来，他在接受询问时，含着眼泪向警方证实：汪娟和他是假复合，一切都是演给儿子看的，汪娟一直没有跟他同床……

　　无论多少呼喊和泪水，都唤不回妈妈的生命。当李明凡知道父母是为了自己假复合后，他更是伤心欲绝，后悔没经妈妈同意，就把那张照片发到了她的微信朋友圈里。他一想到妈妈就哭，再也无心学习，中考考得很差，只好听从爸爸的建议，复读一年。失去妈妈的痛苦和阴影，将伴随他的一生。

　　汪娟为不影响儿子的学习，决定在儿子中考前与前夫假复合，这个行为极易让人产生怀疑和误解，更何况前夫与她的想法并不一致。与其不断地去圆一个又一个谎言，还不如对孩子真实地说明父母不能复合的原因，一时的伤害总好过揭穿真相所带来的长痛。与恋人之间也是一样，出现误会后要及时沟通，而不是置之不理任其发展，导致后果难以预料。其次，汪娟还有另一种更妥当的选择，那就是暂时放下新的感情，等儿子最紧张的考试阶段过去，同时儿子也过了情感缓冲期后，她再跟初恋情人正大光明地开始谈婚论嫁，那样的话对方就不会有被"雪藏"的痛苦，或许能避免惨剧的发生。

微 信 追 踪

恋爱时，大多数人都嫌时间过得太快，恨不得能天天厮守。但有的人忙于工作，疲于奋斗，连陪伴恋人都要花钱买别人的时间……爱是无法替代的，爱也是要用时间来体验的，可惜这个道理，他领悟得太晚。

情侣生隙网店解忧

2010年7月，22岁的秦皇岛女孩陈月涵大学毕业后，随男友石国庆来到长春，应聘到环保公司工作，学经济的石国庆则进入一所大型证券公司当分析师。两人租了一间公寓同居，日子过得温馨而甜蜜。

由于石国庆的工作能力突出，公司对他很看重，很快将他升职为高级分析师。此后，石国庆经常要到全国各地培训讲课，一年中有一大半时间都不能回家。而陈月涵在长春没有亲属和朋友，连个陪她说话的人都没有。周末看见别人都成双成对，自己却形单影只，她的内心十分寂寞。

2012年8月2日是陈月涵的生日。她提前半个月告诉石国庆，要举办一个小型的生日聚会，请几个要好的同事，一起狂欢一下。石国庆本来爽快地答应了，满怀愧疚的他，也想借着这个机会，好好陪陪女友。然而，到了陈月涵生日那天，石国庆却因为工作安排不开，没有返回长春。当天，陈月涵的同事们都来为她庆祝，只有石国庆没有出席。同事们纷纷问她，是不是两人的感情出现了问题。这让陈月涵很尴尬，感到非常丢面子！

想到因为石国庆平时不在家，连换灯泡、通下水道这些事情，都是她一手包办，被同事戏称为"女汉子"，她心里更是一阵阵发酸。石国庆在她的生日聚会上缺席，成了压垮骆驼的最后一根稻草，她的忍耐达到了极限！

生日聚会结束后，陈月涵愤怒地给石国庆打电话，下了最后通牒："在你心里，是我重要还是工作重要？如果你还坚持这么卖命工作，咱俩就分手吧！"

石国庆既不愿意分手，但也舍不得这份年薪30万元的高薪工作。他耐心地向她解释："我是个男人，手里搬着砖，就无法抱住你；抱住了你，就没法搬砖。希望你能理解我的苦衷！等我赚的钱足够买房后，我就辞职，换个轻松的工作好好陪你……"可不管石国庆怎么安慰解释，陈月涵都不依不饶。她气鼓鼓地说："你就跟工作过吧！有种，就别再回来找我！"经历这次风波后，两人虽然没有分手，但是感情却降了温。

2013年春节前夕，陈月涵要买回秦皇岛老家的火车票。她没有时间去火车站排队，在网上抢票也抢不到，这让她的心情焦躁不已。想到男友在外地，什么忙都帮不上，她又打电话向石国庆发了火："别人的男朋友都能帮女朋友抢票，我是什么事都指望不上你！"接到电话后，石国庆也一筹莫展。突然，他想起朋友曾经提过，淘宝上有专门出售业余时间的店铺，可以帮人代办很多事情。

于是，石国庆在淘宝上找到一家名叫"私人订制"的卖业余时间的小店。小店地点就在长春，宣称能帮忙跑腿买票，代送鲜花和礼物，看望病人甚至商务谈判等等，好评率高达95%。抱着试试看的心态，石国庆让店主王莎帮忙买两张到秦皇岛的火车票。

王莎接单后，连续两天和店员们挂在网上抢票，终于秒杀到两张别人刚退的火车票。石国庆欣喜不已地用支付宝付了车票钱，还有80元的"时间"费。他对王莎表示感谢，并给了全五星好评。陈月涵收到回家的车票后，感到男友特别给力，两人此前的不愉快也烟消云散。

有了这次成功经验，石国庆觉得可以通过"买时间"这个办法，帮助女友解决生活难题，既能减少她的怨言，又能修补两人的感情裂缝，真是一举两得！此后，石国庆便成了这家"私人订制"网店的老顾客。

2013年4月，陈月涵在出入境管理处办理的护照下来了，可她白天忙得不可开交，下了班人家也关门了。石国庆得知这一情况后，又找到"私人订制"店铺，让王莎到陈月涵处取相关证件，然后再去代取护照。当天下午，陈月涵的护照就取到了，王莎很负责任地将护照给陈月涵亲自送了过去。陈月涵顺利拿到护照，心情愉悦，而石国庆照例给了该网店一个好评。

从那以后，石国庆每次出差时，周末都委托王莎给女友买电影票或者其他礼物送去，给她些小惊喜。石国庆偶尔还委托王莎去旅行社，选择离长春近的旅游线路，让女友参团去周边旅游，这样，她就不会感觉那么寂寞了。在王莎的安排下，陈月涵跟着旅游团去了美丽的长白山、三角龙湾等景点，在山水中感受世外桃源，怡养性情，心情开朗很多，不再没事就找石国庆吵架，两个人的感情又融洽起来。

女友移情强行挽留

王莎本来是一个研究生，因为空余时间比较多，所以才开了这家网店。2014 年 1 月，王莎研究生毕业，开始忙于工作，业余时间越来越少，就将小店转交给表弟徐瑾打理。

徐瑾出生于 1989 年，是一名兼职的平面设计师，业余时间较多。2 月 14 日情人节那天，石国庆又通过网店下了一个订单，请店主帮他给女朋友送礼物。接到订单后，徐瑾带着一个一米多高的泰迪熊玩偶和一束蓝色妖姬鲜花，来到陈月涵的单位门外守候。陈月涵和同事们结伴下班往外走时，英俊帅气的徐瑾彬彬有礼地走到她面前，把礼物送给她。这个媲美偶像剧的浪漫情景让陈月涵的同事们艳羡不已！她们纷纷起哄，把两人围在中间。陈月涵不仅虚荣心得到极大满足，对帅气的徐瑾更是心生好感。

从那之后，陈月涵也经常跑到"私人订制"的网店下单"买时间"，让徐瑾帮自己办事。有一次，陈月涵的母亲哮喘病发作，需要买一种特效药医治。这种药很难买，一到药店就被抢购一空。陈月涵心急如焚，连忙委托徐瑾帮忙找这种药。徐瑾跑遍很多大型连锁药店都没有买到，后来他委托一个药店老板朋友帮他在外地调来这种哮喘特效药，并帮陈月涵快递到秦皇岛。陈月涵母亲吃到特效药后，病情明显有所好转。

周到贴心的徐瑾，解决了陈月涵生活中的很多棘手事。此后，每当陈月涵遇到困难或者无聊时，第一个想到的不再是男友石国庆，而是与自己同一个城市的徐瑾。而徐瑾对漂亮可人的陈月涵也动了心，只要接到她的订单，总会全力以赴。4 月，陈月涵打算和闺蜜去大连旅行，可闺蜜临时放了鸽子。陈月涵很伤心，打电话和石国庆倾诉了一番。可石国庆草草安慰了她一句后，就说自己工作忙，让她把机票退了。失望之极，陈月涵给徐瑾打了电话，徐瑾温柔地说："我愿意舍命陪君子，和你一起去大连玩！"这让陈月涵惊喜万分。这次旅行，让两人的感情急速升温，在浪漫的海边，两人忘情地牵手拥吻。

回到长春后，陈月涵觉得自己已经离不开徐瑾了。她觉得徐瑾对她非常在乎，愿意花时间来陪伴她，而石国庆却为了赚钱早已失去了当初的耐心和疼爱，连一点儿时间都不愿意给她，还谈什么爱？

而徐瑾也悄然发动了感情攻势。在家人的帮助下，他在长春买了一套60平方米的住房，虽然不大，但布置得十分温馨，这也成了两人约会的最佳地点。一次，两人缠绵后，徐瑾搂着陈月涵说："我这什么都准备好了，就缺个女主人，你什么时候答应嫁给我？""你等我。"徐瑾的求婚，终于让陈月涵下定决心，与男友分手。

"五一"过后，陈月涵主动向石国庆提出分手。石国庆虽然感觉到陈月涵最近不像以前那样缠他，对他有些疏远，但没想到她会提出分手。当石国庆得知女友竟然爱上"私人订制"的店主徐瑾后，他更是气恼不已，后悔自己引狼入室！

他大声地质问陈月涵："我在外赚钱都是为了咱们的将来，你怎么就耐不住寂寞？"陈月涵说："真爱是在于点点滴滴的陪伴，这是花多少钱都买不到的！可惜，你到现在都没有领悟到这一点。"石国庆苦苦哀求女友不要分手，承诺一定会弥补这些日子的亏欠。为了表示自己悔改的决心，他竟然辞掉了高薪的工作。然而，陈月涵心意已决，每天都回味着与徐瑾相处的甜蜜时光。

石国庆在陈月涵处碰了钉子，开始借酒消愁，经常喝得酩酊大醉。女朋友分手，高薪工作也没了，石国庆觉得自己是赔了夫人又折兵，而始作俑者就是徐瑾！

他找到徐瑾谈判，警告他："如果你再骚扰陈月涵，我就把你在上班时间开网店，勾引别人女友的事情告诉你单位！而且，我会给你的网店打100个差评，让你再也接不到活儿……"在石国庆的骚扰下，徐瑾无论是在单位还是在网上，都无法正常工作，情绪十分低落。陈月涵觉得是自己连累了徐瑾，决定忍痛与他暂时停止联系，先稳住石国庆再说。

微信追踪闹市喋血

8月30日上午，石国庆怕夜长梦多，强烈要求陈月涵陪他回吉林老家，见他父母，商谈双方结婚事宜。可无论怎么哀求，心里惦记徐瑾的陈月涵都不同意。

石国庆从手机里调出陈月涵的裸照，威胁她说："咱们在一起这么久了，我在你身上投入了这么多，你如果敢背叛我，我就把这些裸照发到微信朋友圈里，彻底把你名声搞臭，看看以后谁还敢娶你！"陈月涵又惊又怒，同时对石国庆彻底绝望了，她想不到交往多年的男友竟然是这种人！万般无奈之下，她只好勉强同意和石国庆回父母家。

9月7日，在吉林市石国庆家中，陈月涵无奈地敷衍着两位老人，对他们提及的结婚相关事宜显得漠不关心。趁二老不注意，陈月涵忍不住给徐瑾发微信，倾诉自己的思念之情。石国庆看到父母和陈月涵谈正事，她却一副心不在焉的样子，十分生气，转到她身后，将手机夺过来一看，发现她竟然还在和徐瑾发微信调情！石国庆看到后大怒，当即扇了她一耳光，然后不顾家人阻拦，拿着陈月涵的手机，坐火车赶回长春。在火车上，石国庆以陈月涵的口吻与徐瑾聊天。得知两人已经发生过亲密关系后，他更加怒不可遏！

石国庆回到长春后，用陈月涵的手机微信，向徐瑾的微信发起"共享实时位置"。徐瑾还以为是陈月涵和他聊天呢，加入了共享实时位置，微信马上进行自动定位，此时徐瑾所在位置就显示出来：一家网红火锅店。

当晚7点多，石国庆在该火锅店找到了正在就餐的徐瑾。石国庆进入饭店，一把将徐瑾拉到门口，上去就照他脸上打了一拳："你怎么这么不要脸。陈月涵是我的未婚妻，我们马上就要结婚了，你还敢勾引她，我要让你长点儿记性！"

徐瑾不服气地说："你们不是还没结婚吗？只要没登记，月涵就有选择的自由和权利，你无权干涉她的决定！"

石国庆火更大了，威胁道："我们已经决定两个月后结婚，这次回吉林就是和父母商量结婚的事。过去的事，我可以既往不咎，但以后你们不能再有任何来往，否则你一定会付出血的代价！"

徐瑾生气地回答："陈月涵早就不爱你了，我和她才是两情相悦！强扭的瓜不甜，你越是这样，我们越是看不起你。"

石国庆闻听此言，越发生气。给自己戴绿帽子的第三者竟然如此嚣张，实在让人忍无可忍！失去理智的他，用随身携带的水果刀向徐瑾胸部刺去。徐瑾慌乱中反抗，却无法抵抗石国庆凶猛的攻击，身上一连被刺中数刀，血肉模糊地倒在地上。石国庆一见大事不好，急忙逃跑。

路人看到徐瑾被刺后，急忙拨打120急救中心和110电话。警方接警后迅速赶到现场，协助120急救人员将徐瑾送至人民医院，并且对此案展开侦破工作。警方经过调取店内监控和徐瑾的手机使用情况，迅速将石国庆锁定为犯罪嫌疑人。

　　9月8日，侦查员在吉林市石国庆的亲属家，将其抓捕归案。徐瑾经检查，胸部刀刺伤，心脏损伤，胸腹联合伤。经过医院紧急抢救，虽然脱离生命危险，却可能留下很多后遗症。陈月涵得知石国庆将徐瑾刺成重伤后，悔恨不已，认为是自己处理感情不当，结果毁了两个男人。

黄昏恋情

多年磕磕绊绊，为岳婿关系埋下隐患，而岳父破碎的黄昏恋，引爆了这颗定时炸弹……

2015年5月25日傍晚，某市一个高档小区发生惨案：大学退休教授王志强举起菜刀，疯狂砍人。一个有文化和涵养的老人，为什么会突然变得如此疯狂？随着犯罪嫌疑人的落网，幕后真相渐渐浮出了水面……

岳父车震女婿摆平

2012年5月，在办完女儿的终身大事后，王志强感到轻松不少，随后，他办理了退休手续。

王志强1952年出生，在大学任教多年，45岁时被评为教授职称。正当春风得意之时，2000年冬天，他的妻子柳晶突然中风瘫痪在床，生活不能自理。王志强每天给妻子喂饭、擦身、穿衣，像照顾孩子一样伺候妻子10年，生活十分艰辛。

王媛大学毕业后进入医药公司工作。2011年末，医药公司的副总陈立波对她产生了感情。陈立波比王媛大 15 岁，离异，有个 5 岁的女儿由前妻抚养。王志强不满意陈立波的条件，多次要求女儿和陈立波分手，但王媛态度坚决，甚至以绝食和脱离父女关系胁迫王志强同意她和陈立波结婚。王志强只好退而求其次，要求陈立波必须买一套四室两厅的新房，装修好后他和妻子搬去同住，陈立波答应了他的这个要求。

2012 年 5 月 18 日，陈立波和王媛举行了婚礼。由于陈立波是再婚，婚礼没有大操大办，只是举行了一个仪式，亲友来得也很少。王志强一直期盼女儿有个隆重风光的婚礼，没想到婚礼却办得如此潦草，他非常不满，整个婚礼中他都阴沉着脸。陈立波看在眼里，对岳父心生不满。

退休后，王志强一心陪伴和照顾老伴。其实，没人知道他心里有多苦。身为一个健康的男人，他有正常的生理需求。妻子瘫痪 10 年，他也拼命压抑了 10 年。每当夜深人静时，他只能用看书的方式压抑自己的需求。

2013 年 7 月的一天晚上，在老伴睡着后，心情郁闷的王志强去附近的舞厅跳舞，舒缓压力。中场时，一个风韵犹存的中年女人主动过来邀请王志强跳舞，两人配合得十分默契。对方似乎感受到他隐藏的欲望，主动说："我可以陪你，一次 300 元。"理智告诉王志强他遇到了"小姐"。他一直为人师表，这显然超出了他的道德和行为禁忌。可是，他已经 10 多年没有夫妻生活，生理和心理都几乎到了崩溃的边缘。最后，他点了点头说："你跟我走吧。"

王志强带着女人出了舞厅，坐上他的本田轿车。由于担心在闹市区被熟人撞见，他开车来到经济开发区一个在建的楼盘旁边，把车停到路边僻静处。然后，下车到后座上与她坐在一起，忐忑地从钱包里拿出 300 元递给她。对方主动抱住他，他再也控制不住欲望，把对方按在身下狂吻起来。

正当两人"车震"时,负责夜晚治安巡逻的民警路过此处,发现该车十分可疑,立即敲车窗让他们下车接受盘查。王志强吓得全身瘫倒在女人身上。他哆哆嗦嗦地套上短裤,打开车门就给警察跪下了:"我这是初犯,你们饶了我吧,不要告诉我家人,不然我的脸就丢尽了!"

民警对双方进行了简单的盘问,两人都不知道对方的名字和身份,并且都交代了嫖娼的事实。民警将两人带回派出所做笔录,王志强心里十分害怕,他怕被治安拘留,出去后没脸见人,不敢让女儿知道。情急之下,他只得硬着头皮打电话给女婿陈立波,让他马上找熟人帮助做做工作,从轻处罚。

陈立波接到岳父电话十分吃惊,立即赶到派出所,找到一个警察朋友和办案民警沟通。民警念及王志强是退休教授,年龄大,又是初犯,对他作出不予拘留、只处以 500 元罚款的决定。陈立波替岳父交完罚款后领他回家。此时,王志强不得不放下架子,恳求道:"我一时走火入魔,犯了不该犯的错误,给你添了麻烦。你回家后千万不要告诉你岳母和媛媛。若是让她们知道了,以后家里就没有安生日子了。"陈立波答应下来,并警告他:"爸,以后咱可别干这种丢人的事了,万一被拘留,不光您,连我们都没脸见人了。

这件事过后,王志强很长时间在家里都抬不起头来,遇到什么事和女婿意见相悖时,总觉得女婿是在用话点他,他就不再坚持自己的意见。

想要再婚矛盾激化

心怀愧疚的王志强小心翼翼,更细心地照顾老伴,无奈老伴患病 10

余年，生命本就极为脆弱。2014 年 2 月，老伴因心脏衰竭去世，王志强办完老伴后事，一心在家看着保姆带外孙，日子过得还算平静。

母亲去世后，王媛见父亲沉默孤独，经常独自发呆，就给他买了一部三星新款手机，教他用手机上网和微信聊天。王志强学会用微信后，加了很多昔日的同学、朋友，还专门建立了一个高中同学微信群。群里有 30 多个同学，这些同学大多已经退休，有的在家帮儿女看孩子，有的经常外出旅游，他们都十分怀念逝去的青春时光。在大家的提议下，他们约定 5 月末举行同学聚会。

5 月 26 日，有 22 人参加了同学聚会。王志强惊喜地见到了他高中时的初恋情人刘静。30 年未见，刘静依然端庄大方，让王志强恍然有一种时光倒流的感觉。聚餐时，他趁着酒劲坐到刘静旁边，询问她的生活近况。原来，刘静大学毕业后当了一名小学教师。10 年前，因感情不和离婚，女儿在北京工作，还没结婚。几年前，她就办理了退休手续，如今一个人生活，生活颇为清静。

王志强也对刘静说了自己的近况。两人都从对方脸上看出一丝孤独，王志强更是触动了青春时的情怀。趁半醉之机，他向刘静表达了昔日未了的感情，刘静明白他的心意，但没有贸然答应。

同学聚会后，王志强和刘静不断在微信里互动，刘静每天发在朋友圈的日常生活和感悟都很有正能量，越发吸引王志强。两人都过着孤单的生活，王志强动了情，想和刘静在一起安度晚年。

一个月后，王志强对女儿女婿说出门散心，坐车去了敦化，找到刘静家。他的出现让刘静十分惊喜。敦化山清水秀，他晚上在宾馆住，白天和刘静四处转悠，这对昔日的初恋情人，都经历过很多生活的沧桑，如今有这样的机会相处，他们自然十分珍惜，两人的感情也不断升温。

悄悄相处了半年，王志强开始为自己和刘静的未来做打算。他清算了一下多年的积蓄，发现因为老伴生病多年，自己的积蓄总共只有30多万元。他和刘静商量，准备先在市里买一套50平方米的小房子住，省得他们俩总在两城之间来回跑，十分辛苦。11月18日，他们通过房地产中介，选中一套46平方米的二手房，收拾好后就让刘静搬来居住。

对于父亲处对象、买房的事，王媛一概不知。她发现父亲最近特别忙，经常不在家，就连他最喜欢的外孙女都很少带，十分疑惑。一天晚上，她见父亲很晚才回来，忍不住问："爸，你最近在忙什么？怎么我在家都很少看到你。"王志强索性趁这个机会向女儿摊牌："我最近处了一个对象，她是我高中时的初恋，离婚10年了，住在敦化。平时来咱们城市没地方住，我买了房子让她住，省得她来回跑。"

王媛吃惊不已。"爸，你这么大的事情都不告诉我们一声。""我想是用自己手里的钱买房子，不拖累你们，就没告诉你。""那你处对象的事呢？"王志强尴尬道："这不是告诉你了吗。"王媛问了问对方的情况，回屋时告诉了丈夫。陈立波笑着说："又是黄昏恋，又是初恋情人，爸倒是挺会生活啊。"王媛听出了丈夫话中的讥讽。

一个周末的晚上，王志强将刘静带回家，准备让她和女儿女婿见个面，一起吃个饭，将事情彻底公开。陈立波和王媛看到家里突然来了个陌生人，当时就愣住了。王志强尴尬地说："你们别愣着，这就是我和你们说的刘阿姨，我带她来认认门，以后咱们就是一家人了，你们多熟悉熟悉。"陈立波和王媛面面相觑。

吃饭时，王志强对女儿、女婿说："我和你刘姨打算过几天就领证，结婚后我们先搬出去住。如果你们需要我们帮着照顾孩子，我们随时可以搬回来。"

　　陈立波当时没表态，简单吃了口饭后，面无表情地离开饭桌，进了卧室。王媛随后进卧室，对他说："我爸才 60 多岁，自妈去世后，他每天心情都不好，如今多个人照顾他也没什么不好。我看刘阿姨人不错，当年两人还是初恋，有感情基础，咱们就同意了吧。"

　　陈立波立即表示反对："还没结婚呢，咱爸就花钱给她买房子，结婚后麻烦事会更多。爸要找个伴儿，我也不反对，但别领结婚证。领证她就是咱们的继母，将来就要赡养她。孩子还小，单位、家里事情一大堆，照顾咱爸一个人已经很不容易，哪有精力再管别人的事？再说这个刘阿姨，也不了解底细，有多少再婚后又离婚的要分家产，你想过这些吗？"

　　王媛一听，也动摇了。王志强得知女婿反对他再婚，对女婿说："再婚是我自己的事，别说你是我女婿，就是女儿也无权干涉我的婚姻自由。就允许你们夫妻有伴儿，也不想想我一个人过日子有多苦。"

　　陈立波说："您苦什么，家里有吃有住，还有孙女、保姆陪着你，妈刚去世没多久，您能不能让我们省点心！"翁婿之间意见相左，言语不合，加上之前就互有成见，两人为此多次发生争吵，矛盾不断激化。王媛夹在父亲和丈夫之间左右为难，不知如何是好。

退休教授手刃女婿

　　2015 年 5 月 10 日，王志强不顾女婿阻挠和反对，将刘静带回家中，再次与他们正式商谈结婚事宜。陈立波见岳父不听自己劝阻，特别生气，他告诉王媛，一定要采取行动，阻止岳父再娶。王媛并不知道他要采取什么行动，以为不过是一般的劝说和反对而已。

　　陈立波让王媛要到刘静的电话。5 月 12 日，陈立波约刘静出来到茶馆见面，对刘静说："阿姨，自私点说，我们不希望您和我岳父结婚。你们虽是高中同学，但很多年没有联系，您并不了解我岳父。这么多年因为我岳母瘫痪在床，他性情改变了很多，做事不靠谱。他要和您结婚也是一时性起，过不多久肯定就会出问题。我劝您还是回敦化，再找个合适的吧。"

刘静早有准备："我和你岳父虽然很长时间不在一起，但自从我们联系后感觉很合得来，我们岁数也不小了，就想找个伴儿度过余生。他的品性我还是了解的，是一个可以托付的人。你也知道，我们这岁数找个合适的伴儿不容易，如今我再也不想错过了。其实，我自己有退休工资，不会给你们添太多麻烦。"

陈立波碰了个软钉子，决定拿出"杀手锏"："阿姨，我岳父现在并不是你表面看到的那样。我和王媛结婚一年后，有一次他和'小姐'在车震时被警察抓住，当时还是我找人好说歹说，交了500元罚款，到公安局把他领了回来……我劝您还是好好想一想，他这样的品行您能不能接受？我们不想你们合来分去，给儿女们带来麻烦。"

陈立波将岳父以前嫖娼的丑事添油加醋地告诉了刘静。刘静本能地不相信："不可能，志强不是那样的人！"陈立波说："真的，不信你可以到公安局查。"

这件事让刘静感到震撼！她一辈子都做教师，思想比较传统。在她心中，王志强是个忠厚老实、有责任心的好男人，没想到他会在自己的老伴卧床时，做了这种事。几十年未见，看来王志强早已判若两人。再说，女婿能不顾脸面揭出岳父当年的丑事，这个家关系不睦到了何种程度，自己要是踏入这样一个家，以后会有多少难处。

她把陈立波的话记在心里，准备试探真伪。一次，王志强对她举止亲密，刘静推开他说："如果以后我生病了，很长一段时间卧床不起，你会不会在外面去找小姐？""怎么会呢？"王志强一边否认，一边脸色铁青。

刘静从他脸上的表情变化，断定陈立波没有撒谎，失望不已。王志强心中有愧，决定对她坦白一切："我压抑了10多年后去了舞场，没想到碰到一个'小姐'，我没能禁得住诱惑，而且还被抓了……"他越说越激动："究竟是谁告诉你这件事的？"刘静情绪很低落："谁告诉我的并不重要，重要的这是事实。"

两人不欢而散。此后，王志强多次打电话、发短信、微信，向已搬回敦化的刘静承认错误，请求她原谅，竭力想挽回她的心，刘静不为所动。在王志强的逼问下，刘静告诉他，是陈立波告诉了她这件事，提醒他以后要跟女婿之间处好关系，因为这个只比他小十多岁的女婿看上去很不简单，颇有心计。

王志强没想到女婿竟用这种卑鄙的方式，阻挠自己的黄昏恋！5月25日傍晚，他回家看到女婿后立即质问道："我有权利选择结不结婚，你作为女婿凭什么干涉，为什么要把那件事告诉刘静？"

陈立波知道是刘静告诉了岳父，干脆说："你找'小姐'车震的事做都做了，还怕我说吗？你是我岳父，你再婚会涉及到很多事情，直接关系到我和媛媛的家庭稳定，我不能袖手旁观，当然要管！"

这时，王媛在卧室听到他们吵架的声音，冲出来问丈夫："是谁找'小姐'车震，到底是怎么回事？"陈立波说："是谁？就是你爸啊！妈还在世时，他嫖娼车震被抓，是我到派出所把他接回来的。这么多年，我都没告诉你。现在他要再婚，我出于好心才告诉了刘阿姨。"王媛听到这个事实后惊呆了。父亲在她心中形象一直很高大，没想到他竟会做这样的丑事。

王媛眼睛红红地问："爸，立波说的是真的吗？您做过这样的事情？"女婿竟当着女儿的面，揭露了已过去多年的丑事，让他无地自容；而被女婿亲手葬送了幸福的黄昏恋，更让他对这个女婿充满了仇恨！

在那一刻，他把所有的愤怒都集中到了女婿身上！他转身进了厨房，拿出菜刀疯狂地砍向陈立波。陈立波竭力躲闪，还是没能抵挡住他疯狂的菜刀。王志强向陈立波身上连续砍了十几刀，陈立波当场血流如注，倒在地上。王志强看见女婿倒在地上后，才一下子清醒过来，夺门就逃。

王媛眼睁睁地看着父亲用刀砍丈夫，跪下来抱着丈夫的头，哭天抢地地呼唤，已无济于事。直到保姆带孩子从外面玩回来，发现眼前的惨况，赶紧打了110和120。警方接到报警后立即赶到现场，医生发现陈立波因失血过多已经死亡。

警方迅速对王志强展开抓捕。5月29日，已逃到外地的王志强在一家酒店被警察抓获，他对犯罪事实供认不讳。刘静听说这一惨剧后，对自己断然提出分手、并告诉王志强分手的原因悔恨不已。

无 性 婚 姻

2016 年 8 月 25 日凌晨，某市一家私企副总、52 岁的舒明安，在自家居住的小区楼下被人持刀杀害。36 小时后，28 岁的犯罪嫌疑人邹志在网吧被抓获归案！让人大跌眼镜的是，舒明安的儿媳张晓洁同时也被警方刑事拘留。

邹志只是个出租车司机，与舒明安平素并没有往来，而且两人身份相差悬殊，他为什么会残忍杀害对方，还把舒明安的儿媳也牵涉进来？根据警方抽丝剥茧般的深入调查，惊人的隐情浮出水面——

新婚丈夫突遭车祸

2012 年 3 月 18 日，张晓洁惊闻丈夫出了车祸，开车赶到医院，和公公婆婆一起守在急救室外，唯恐这个幸福的家在一夜间坍塌……

25 岁的张晓洁，大学毕业后在雅思培训学校任英语教师。2010 年秋，经同事介绍，她与在外贸公司工作的舒成峰相爱。她长相漂亮妩媚，知书识礼，舒成峰非常喜欢她，而舒成峰不仅人长得帅气，家世更让人羡慕，他父亲舒明安在一家通讯公司担任副总，母亲在工商银行工作，家境十分优越。

2011年10月，张晓洁和舒成峰结婚。她住着140平方米的新房，上下班有车代步。公公婆婆抱孙心切，小两口正准备怀孕时，哪知一场祸事降临！

2012年3月17日，舒成峰和同事开车到三角龙湾国家森林公园自驾游，旅途第二天下起大雨，舒成峰将车开至山路转弯时没看清前方路线，右侧轮胎侧滑撞在旁边的大树上，当即昏迷不醒，同事打120，他被送进市人民医院。他身体多处受伤。一周后，张晓洁和公公婆婆将他转院继续治疗，医生说车祸造成舒成峰男性功能重度障碍，构成六级伤残。舒明安夫妇一夜间白头，张晓洁忍痛安抚公公婆婆："爸、妈，成峰对我很好，他出了事，我不会扔下他不管。"婆婆说："只要你不离开成峰，我们对你一定像亲闺女一样。"

舒成峰不知实情。出院逐渐康复后，他想和妻子亲热，费了很大周折都无法成功，他内心惶恐和内疚。舒明安唯恐张晓洁会离开舒家，在金钱上处处补偿她，主动为她父母买了一套二手楼房，但在过户时，房主名字却写的是舒明安，他对妻子说："落我们的名，这样才对晓洁有制约。"

舒成峰出院一段时间后，单位有意要送张晓洁去新加坡参加短期特色外语培训班，但需要她自己负担6万元左右费用。舒成峰不想让她去，公公婆婆却十分大度，一边劝说儿子，一边提出帮助她支付这笔费用。张晓洁去新加坡培训了20天，回来向公公婆婆承诺永远不会离开成峰。

几个月后，舒成峰在多次尝试都不成功后，悄悄到医院去做了专门检查，医生告知他真相，他绝望地躺在车子里放声大哭。回到家，他躺在床上不吃不喝。张晓洁给他做了面条求他吃饭，安慰他："人生在世，除了性，还有很多别的事可做……"舒成峰歉疚地抱着妻子痛哭。张晓洁心疼又无奈。

舒成峰因为痛苦、自卑，脾气变得异常暴躁，不是发脾气，就是摔东西泄愤，再也没了夫妻往日的恩爱甜蜜，张晓洁开始和他分房而居，脸上的笑容越来越少。她回去看望父母，父母见她脸色不好，甚至脸上还能见到泪痕，问她是不是和丈夫吵架了。她总是说："他们家对我很好，你们不用担心。"

舒明安夫妇和张晓洁商量领养一个孩子，并到民政局等相关部门办理了申请领养手续。舒成峰大发脾气："你们考虑过我的感受吗？"张晓洁小心地劝慰他："这是爸妈的心愿，你要体谅。咱们早点领养个孩子，养大了，跟亲生的也差不多。再说咱们老不生孩子，别人不还是一样说？"舒成峰来了火："我就知道你看不起我。"他一再拒绝领养孩子，并用冷言冷语伤害张晓洁，张晓洁更是痛苦。

2015 年初，张晓洁回老家参加高中同学聚会，得知初恋男友邹志至今未婚，现在当出租车司机。当年，她和比自己小一岁的邹志是同桌，两人上高中时早恋。高考中，邹志考了个三本，他没去读，打零工帮张晓洁交学费。张晓洁毕业工作后带邹志回家，父母强烈反对，两人迫不得已分手。张晓洁攒够钱后，把学费还给了邹志，却一直心存愧疚。

张晓洁回来后，立刻约邹志见面、吃饭，邹志说："我把出租车收拾得很干净，就盼望着哪一天碰巧能拉上你，不能在一起，见一面也是好的。可惜城市这么大，这么多年我都没看到过你一次。"张晓洁眼眶湿润："你怎么一直单身？"邹志说："我想找一个跟你一样的人，可惜遇不到……"张晓洁怦然心动，久违的情感强烈地冲撞着她。

私设公堂儿媳流产

一天晚上，舒成峰心情不好，争执中张晓洁辩解了几句，舒成峰让她滚出去！她哭着拿起外套和手包，当即冲出家门。在寒冷的夜晚，她走到大桥后，恨不得一头跳下去。彷徨无措时，她拿起手机，下意识地给邹志打电话，邹志听到她情绪不对，马上开车前来接她。看到她站在桥头，邹志下车后一下抱住了她。她哭着说："你差一点儿就再也见不到我了……"

邹志把她拉到一家餐厅，她要了一瓶酒，很快就喝多了，半醉半醒间，她向邹志哭诉了一切，邹志既震惊又心疼，抓着她的手表白："晓洁，离婚吧，嫁给我，我一直等着这一天！我虽然没有舒家有钱，但我肯定会对你好，不会让你受任何委屈。"张晓洁哭得一塌糊涂。当晚，喝得酩酊大醉的她没有回家，和邹志住进一家宾馆……

自此，张晓洁与邹志一次次外出约会，却又下不了离婚的决心。她不忍心有负于舒家，也舍不得富裕和优裕的生活，而且邹志的经济实在太差，至今都是租房居住，这让她内心非常矛盾和犹豫。

2016年初，张晓洁发现自己怀孕了，不知道该怎么办，邹志却大喜过望，想借这个孩子促使她离婚，坚决不许她打掉这个孩子。张晓洁拖了三个月后，肚子渐渐显怀，纸里终于包不住火了。舒成峰疯狂地砸东西，气得离家出走，音信皆无。张晓洁找不到他，只好把怀孕的事告诉了公公婆婆。

舒明安了解内情后十分气愤，在家里审问张晓洁，张晓洁一心想留下这个孩子，坦白了她和初恋男友的关系："让我留下这个孩子吧！我和那人一刀两断，守着成峰过一辈子……"

舒明安暴跳如雷："你是拿这个孩子要挟我们吗？你枉费我们一家对你

这么好。""那我一辈子都不能当妈妈吗？那我就只有和成峰离婚了……"张晓洁哭着说。

"成峰目前还下落不明，你就提出离婚，你这是把他往绝路上逼啊！"舒明安气得抓住张晓洁的衣领，使劲推了她几把，她一时没有站稳，肚子撞到茶几上。舒明安还不解气，又用脚用力踹了她几下，张晓洁被打后腹痛难忍，当夜下身流血不止。

舒明安夫妇赶紧把她送到离家最近的医院，经检查发现她已经流产，只好帮她做了善后处理。张晓洁做了流产手术后，天天以泪洗面，却不敢告诉邹志，也不敢出去见面。舒成峰终于回家，听了张晓洁的坦白后，他仍恼怒地打了她一巴掌："你这等于是在拿刀子捅我啊！"

张晓洁哭道："是我对不起你！可是，你有痛苦可以向我发泄，那我有痛苦向谁发泄？难道我后半辈子就这样过吗？我们离婚吧！""休想，我就是拖也要把你拖死！"两人又激烈争吵，舒成峰对张晓洁拳打脚踢。张晓洁带着浑身伤痕，找公公婆婆哭诉。舒明安不仅丝毫不同情，还冷言冷语地敲打她："成峰打你不对，可也是你咎由自取。"她心凉透了。

此后，张晓洁只能低声下气地求舒成峰，他总算同意离婚，但在谈及财产分割时，舒成峰表示他们住的房子、开的车子，都是他父母给买的，财产分割得他们一家说了算。还有张晓洁父母住的房子，房主是他父亲，也得和他父母商量再定。

张晓洁回家探望父母，一想到她离婚后，房子有可能被索回，让年迈的父母居无定所，她就犹豫不决。而不知情的母亲，还一再对她说："你公公婆婆对你、对我们家这么好，你要早点为人家生个孩子。"

张晓洁只能把泪水默默地吞进肚里。张晓洁给邹志打电话说，离婚的事等安抚好舒成峰再说。邹志问她孩子还好吗，为什么她老不出来见面。

张晓洁瞬间崩溃："孩子没了……"得知孩子是被舒明安打流产，邹志在电话里哭："这样的家你还能待得下去吗？赶紧离婚！"他觉得舒明安是他们感情最大的障碍，心中对他恨得咬牙切齿。

张晓洁身体养好后，和邹志重新联系上，邹志就不再让她回家了，给她租了一处离单位近的房子，逼着她和舒成峰早日离婚，跟自己结婚！他对张晓洁说："那个家对你就是个牢笼，你早一天逃出来，就能早一天得到幸福！"张晓洁抱着他痛哭。

惨案发生儿媳帮凶

此后，张晓洁多次向舒成峰提出办理离婚手续，但两人每次约定好商谈离婚事宜，都被舒明安以各种借口搅乱，他甚至将两人的证件都没收了。

邹志得知都是舒明安从中作梗，心里十分痛恨。他向张晓洁问清舒明安的体貌特征，所住小区的具体楼栋号，还有舒明安开的轿车型号和车牌，决定为他们的幸福"清障"！但对张晓洁只说要"教训"舒明安，张晓洁心里非常忐忑和害怕，一再叮嘱邹志："你打他几下，教训他一下就行了，下手可别太重了，毕竟她还是我公公，如果出了大事一定会查到我头上。"邹志假意答应。

案发后，据邹志和张晓洁向警方交代：2016年8月24日午夜，邹志拉着张晓洁，找到舒明安的车。邹志把出租车横在舒明安车的右前方，然后根据张晓洁说的号码，给舒明安打手机，说自己开车不小心碰到了他的车，让他下来处理一下。

舒明安在睡梦中接到电话后，迷迷糊糊地拿着车钥匙下楼，守在楼下车旁边的邹志，突然从身上掏出一把尖刀，向舒明安背部和左胸部连刺几刀后，赶紧上了自己的出租车，张晓洁早在车里吓蒙了："你怎么下手这么重？"邹志说："他伤害了你肚子里的孩子，我索性把他杀了算了，省得以后他还百般阻挠你离婚。"张晓洁战战兢兢地说："要是被人发现了怎么办？""刚才我看了，我捅他的地方没有安摄像头，旁边也没人看见。"说着他驾车就跑。

25日0时20分，小区内一个晚归的邻居发现路上躺着一个人，浑身是血，马上打110报警。刑警和法医经过现场勘查后，发现舒明安因为心脏被刀刺中失血过多，已经死亡。警方经调查走访，很快确定舒明安的身份，经向舒家人询问情况，并调取舒明安的通话记录，还有张晓洁和邹志在几家宾馆和酒店的开房记录及案发地周边的视频录像，锁定了邹志为嫌疑人。

25日一早，张晓洁接到丈夫电话，她知道大事不好。她赶回家，假意安抚婆婆和丈夫。26日中午，民警将在网吧上网的邹志抓获，并将其刑事拘留，张晓洁也遮掩不住她犯下的罪过，由于她事先得知邹志要教训舒明安，却没加阻止，也被警方刑事拘留。张晓洁父母得知女儿成了杀人帮凶，震惊中非常痛苦，他们悄然搬出舒家的房子，回到了农村老家。而邹志和张晓洁都受到了法律严惩。

团 长 之 争

赵慧钟情广场舞，还当了舞蹈团团长，退休生活一下子光亮起来，连抑郁症也好了。可她的位置很快被杨玉洁取代。杨玉洁比赵慧年轻、有活力，赵慧的情绪一落千丈。儿媳李丽敏为帮婆婆"东山再起"，潜入广场舞团，上演了一出"无间道"……

广场舞队风波乍现

2014年，赵慧带领的广场舞队，有了一个响亮的名字：天心团，意思是天天开心。团员们自发推举赵慧为团长，已经62岁的赵慧信心倍增……

赵慧1952年出生在吉林省吉林市，病退前在吉林市一家外贸公司担任工会主席。2000年冬，老伴突发心脏病去世，她每天以泪洗面，情绪很差。

赵慧的儿子名叫吴志强，大学毕业后在长春一家事业单位工作，儿媳李丽敏是公务员，有一儿子。小两口带母亲去医院，医生诊断赵慧有抑郁症倾向，他们便让母亲办了病退手续，搬到长春和他们一起生活。赵慧忙家务，接送4岁、上幼儿园的孙子聪聪，因为注意力分散，心情慢慢好了不少。

一转眼，赵慧在儿子家待了十多年。2012年，聪聪考上长春市一所寄宿式高中，她也60岁了，感到孤独，整天在屋里呆坐瞎想，抑郁症状又出现了。李丽敏又心疼又着急。此时，广场舞十分流行，她劝婆婆："妈，跳广场舞既能健身，又能结交一些老年朋友。你一定要参加。"赵慧动了心。

李丽敏家小区外的广场上每天晚上都有一些中老年人跳广场舞。一天晚饭后，李丽敏陪婆婆来到广场。赵慧跟在队伍后面跳，一会儿就找到了感觉。几天后，赵慧还能自编动作，许多人围过来模仿。

每天晚上跳广场舞，赵慧精神越来越好。2014年，大妈们一致推举赵慧当广场舞队队长，她给广场舞队起了名字：天心团，意谓天天开心。大家都以她这个团长为中心，让她很有存在感。李丽敏笑着跟婆婆打趣："妈，你现在又是领导了。"赵慧嘴里说："这算哪门子的领导？"脸上却笑得很开心。

赵慧腰不酸背不痛了，性格变得开朗乐观，穿着打扮也时尚了起来。2015年初，天心团常代表社区参加各种比赛，还获得了一些奖项。名气大了，有些商家就主动给他们投资，让他们在演出时冠上商家的名字，还邀请他们去各个社区演出。

为了扩大天心团的影响，李丽敏帮婆婆注册了微信，教她上传图片和拍摄小视频等，还帮她建了广场舞微信群、QQ群。赵慧每天在群里发布最新舞蹈视频，召集各种活动，忙得不亦乐乎。李丽敏笑婆婆："妈，你越活越年轻了！"赵慧不无得意。

2015 年 4 月，一个金融投资公司瞄准天心团，以 20% 的高息回报，在团员中宣传并进行融资，很多团员都要把存款拿出来理财。赵慧在李丽敏提醒下阻止了。三个月后，这家投资公司人去楼空，被警方调查，大家佩服赵慧有先见之明，赵慧威信更高了。

2015 年底，一个叫杨玉洁的女出租车司机加入天心团。杨玉洁 40 多岁，风韵犹存，头脑灵活，对新事物接受得快，广场舞跳得花样百出，而且嘴甜勤快，经常无偿帮老人们做点儿事，风头很快盖过了赵慧，很多团员主动拥簇她为副团长。不少人甚至觉得她比赵慧年纪轻、有活力，更适合做团长。

2016 年初，一个保健公司邀请天心团参加演出，说好每人给 300 元演出费。没想到演出完毕，却仅给每人发了一个水杯。由于活动是赵慧出面谈的，67 岁的吴姓大姐愤然道："说好的辛苦费为什么不给？"赵慧解释："只有个口头协议，他们赖账我也没办法。""你是团长，这种情况为什么没提前预料到？是不是拿了对方的好处？"赵慧遭人误解，非常生气。更让她气恼的是，杨玉洁居然也帮着质疑她的人说话。赵慧既生气又失落。

从那之后，一些团员在杨玉洁的鼓动下，因为跳舞站位、请假等问题，频频向赵慧发难。以前，赵慧会留下一部分钱作活动基金，由她管理。现在，几个团员骨干提出让她公开账目，把钱分给大家。

赵慧认为这都是杨玉洁在背后"搞鬼"，赌气地在群里说："既然有人不相信我，那我不干了！"原以为肯定会有人劝阻她，没想到几个反对她的骨干当即表态：杨玉洁年轻，开出租车前做过财务，更适合为大家跑腿儿做事。他们给赵慧象征性地封了一个"荣誉顾问"，就安抚她"退位"了。

儿媳介入东山再起

赵慧气得吃不下饭睡不着觉，也不去参加天心团的活动，整天待在家里生闷气。吴志强之前没把母亲当广场舞"团长"太当回事儿，现在劝母亲："妈，你去跳广场舞，就是图个开心，其他什么都不要管，多好！"赵慧叹了口气说："唉，你不懂……"

赵慧并不在乎这个"官"，她在乎的是那种存在感。她自觉已被排斥出舞蹈团，觉得很丢面子，竟病倒了。家里的生活节奏完全被打乱，李丽敏着急了。她在单位是正科级干部，正值提拔副处长的关键时期，对单位里各种明争暗斗心如明镜。她认为既然婆婆看重这个团长之名，那就得去争！

李丽敏决定亲自出马，帮婆婆夺回团长的位置。团里的人不知道她是赵慧的儿媳，她低调地去参加天心团的活动，只用了一星期左右时间，精明的李丽敏就把情况摸清楚了，帮婆婆找到了对策。

原来，李丽敏在团员中打听到，46岁的杨玉洁是榆树市人，两年前离婚，女儿判归前夫。她白天开出租车，晚上跳广场舞。李丽敏决定帮杨玉洁介绍对象，曲线救国。赵慧问："这能成吗？"李丽敏撇撇嘴说："她才40多岁，有了男朋友，哪里还有心思跳广场舞。"赵慧若有所思地点点头。

李丽敏开始四处物色合适的人选。两个月中，她先后给杨玉洁介绍了好几个对象，杨玉洁都不感兴趣。这时，李丽敏娘家一个远房表哥张彬进入她的视线。45岁的张彬已在长春待了十几年，离异无孩，靠推销保险为生，长相一般，但表达能力超强。

李丽敏找到表哥，说了事情的前因后果，给了他2000元，让他多请杨玉洁出来吃饭、约会，把她搞定。面对这天上掉下来的好事，张彬当即同意。

李丽敏对表哥做了一番包装后，吹成"绩优股"，介绍给杨玉洁。为了增加可信度，李丽敏公开她是赵慧的儿媳，赵慧也回归天心团。杨玉洁以为李丽敏给自己介绍对象，是想在感情上笼络自己，十分受用。此后，她对赵慧也客气了许多。

张彬凭着花言巧语，很快赢得杨玉洁的芳心，两人进展神速，张彬偶尔还在杨玉洁家中留宿。张彬向李丽敏汇报战果，李丽敏对他说："杨玉洁虽然离过婚，但她条件不错，如果你真能和她修成正果，也是一件一举两得的好事。"张彬频频点头。

果然，恋爱后，杨玉洁参加广场舞的次数明显减少，对团里的活动也不那么热心了。赵慧见时机成熟，放下身段，帮助团里陆续接到一些活动和商演的机会。她吸取原来的教训，不仅每次演出前签订书面协议，且公开账目。经过这些改变，很多团员又开始倾向于让她回来当团长。然而，鉴于拥护杨玉洁的人依旧很多，团员们分成两派，大家主张选举，票多者胜出，选举时间暂定为当年年底。

虽然大事不会马上就成，但只要杨玉洁经常"缺席"，团长的位置就是自己的，赵慧心情大好。李丽敏十分得意，吴志强虽对内情不甚了解，但见母亲心情愉悦，也很高兴。

就在赵慧要一步步夺回失地时，杨玉洁和张彬的关系却出现了问题。随着两人的频繁接触，张彬的缺点慢慢暴露。他除了有一张能说会道的嘴外，平时好吃懒做，拉不到什么保险业务，挣不到钱，对两人的未来也没任何规划，这让杨玉洁很失望。

2016年9月的一天，两个中年男子竟然找到杨玉洁家，让张彬还钱！张彬解释说他要和别人做个高科技项目，缺点启动资金，所以才向好友借钱的。杨玉洁信以为真，当场帮他还了 5000 元。谁知，这样的事接连发生了几次，杨玉洁这才发现那不过是骗人的借口。她十分愤怒，果断地提出分手，并要他还钱。张彬坚决不同意分手！

2016 年 11 月，张彬和杨玉洁大吵一架后，被她赶出家门。张彬不甘心，去找李丽敏诉苦。李丽敏一听他这么不争气，就有些烦了，命令他说："你一定要想办法拖住杨玉洁。"张彬辩称杨玉洁太不好伺候了，他也没钱继续维系了。李丽敏当时正处在升职的关键时期，不想婆婆这边再出状况，因此，她一再要求张彬无论如何都要再和杨玉洁保持半年左右的恋爱关系。在她看来，只要杨玉洁在最近半年不常露面，婆婆就赢定了。然而，张彬却推三阻四，就是不肯答应。李丽敏心情烦躁，就随口告诉张彬："我不管你用什么办法，实在不行，你教训她一顿，让她跳不成舞，事成我不会亏待你。"说罢，李丽敏又拿给张彬 5000 元，张彬答应了。这一切，赵慧被蒙在鼓里，吴志强更是毫不知情。

陡变雇凶酿成悲剧

张彬又开始对杨玉洁百般纠缠。杨玉洁气愤地找到李丽敏，指责她为什么把张彬这样的"渣男"介绍给她。李丽敏一脸"委屈"地说："我也是想成人之美，你别误解我的好心。"

其实，张彬是自己舍不得放弃杨玉洁，他来跟李丽敏扯皮，只是为了多弄点儿钱。拿到钱后，他买花送衣服，千方百计讨好杨玉洁。无奈，她就是不肯再就范。为了躲避他，起初，杨玉洁就到广场来跳舞。张彬追了过来，没办法跳舞，她只有增加了出车时间躲他。李丽敏非常高兴，只要有张彬在，杨玉洁没法继续跳舞。

2016 年 11 月 25 日晚，张彬又来到杨玉洁家门口等她。杨玉洁毫不客气地对他说："你别再来缠我！"张彬厚着脸皮说："一日夫妻百日恩，你怎么翻脸就不认人呢？"杨玉洁怕邻居们听见了不好，无奈把他让进屋，关上门，两人随即发生争吵。

"我借给你的钱不要了，总行了吧？求求你不要再来纠缠我，跟你在一起，我会耗死的。你害得我连广场舞都不能跳了。"杨玉洁一脸嫌弃地说。提起广场舞，张彬就想到了表妹的嘱托，更不肯轻易放手，他觍着脸说："我舍不得你，这辈子都要赖着你。"说着，他就上来搂她，把她往卧室里抱。

杨玉洁愤怒地推开张彬，长指甲划破了他的脸："我真是瞎了眼，当初怎么能看上你这样的人渣！"张彬伸手往脸上一摸，摸了一手的血，气得给了杨玉洁一巴掌。杨玉洁气急败坏，拿起茶几上的水果刀，向他捅去。张彬夺过水果刀，杨玉洁去抢，争抢中张彬将刀捅进了杨玉洁的胸部，她挣扎了几下倒在地板上。

张彬看到卧在血泊中的杨玉洁，吓得急忙拨打了 120。120 救护车赶到后，把杨玉洁送到附近的医院抢救。惊惶中，他拨通李丽敏的手机，询问对策。李丽敏也吓得半死，叮嘱张彬一口咬定他是在和杨玉洁处对象的过程中，发生了争吵，导致过失伤人，和她没有任何关系。

11 月 26 日上午，杨玉洁经抢救无效死亡。张彬随即被警方抓捕归案。接受审讯时，他因对李丽敏心生怨恨，一口咬定是李丽敏指使他干的，并说他先后拿了李丽敏 7000 元。李丽敏随后被带到公安局接受询问。警方经深入调查后，还原了她给杨玉洁、张彬牵线当"红娘"的事实真相，虽然她本意是让张彬跟杨玉洁谈恋爱，让她没有精力再涉足广场舞，但是因为她最后一次给钱时，曾经交代张彬无论用什么手段都要拖住杨玉洁，其中有一句是"必要时可以教训一下她",因此无法免予刑事处罚。11 月 30 日,李丽敏因涉嫌伤害致死罪被刑拘。

案发后,吴志强才惊闻妻子瞒着自己,做了糊涂事,他怪自己太疏忽了。赵慧后悔自己因为要强,毁了儿子一家。她陷入精神崩溃的边缘,几次企图自杀,被儿子及时发现抢救过来。出了这样的悲剧,曾红火一时的天心团已经解散。

广场舞作为老年人退休后的精神寄托,它健康和正能量的一面有目共睹。一个纯粹为老人们健身、娱乐的公共场所,却最终因权力之争酿成了悲剧,让人意外,也发人深省。

赵慧曾担任工会主席,她在意广场舞团长这点儿权力,争得头破血流,不为名不为利,只为追求存在感,这从一个侧面反映了老人的孤独、寂寞,渴望承认的心态,让人心酸。儿媳李丽敏孝顺婆婆、安抚婆婆固然没错,但她将原本出世的"团长"世俗化,雇人出演"无间道",以不光彩的手段帮婆婆"夺权",就过火了。如果她能看到婆婆之所以在乎"团长"职位的本质,是退休后被边缘化的失落,和丈夫一起给予婆婆更多的关心和心灵抚慰,劝解婆婆以正确的心态参与广场舞,悲剧就不会发生。

一念之差

2014 年 4 月，东北女孩王佳得到情敌被判刑的消息。然而对于她来说，自己的人生早在结婚前夕就已毁灭，遭遇绑架、强奸、暴打……从天堂到地狱的辗转沉沦，全因为她的一念之差……

为找男友自开公司

2006 年，19 岁的王佳考入大学艺术系，与同学李铭泽相恋。2009 年夏天，王佳大学毕业，在长春市一所艺术学校任舞蹈老师，男友李铭泽在装饰公司做行政助理。这对相恋 3 年的小情侣，很自然地同居了。然而，一年后，李铭泽却突然提出分手。王佳哭着追问原因，李铭泽低着头，无奈地说："对不起，老板的女儿喜欢我。和她结婚，我就可以少奋斗 10年……"

4 年的深爱，在名利面前竟然不堪一击！这个世上还有爱情吗？王佳伤心不已，失魂落魄。在失恋的日子里，王佳只能拼命地逛商场，以此来填补情感的空虚。2010 年秋天的一个周末，王佳逛商场时看中了一件紫色貂皮大衣。试穿后，她一遍遍地揽镜自照，最后依依不舍地将大衣脱下还给导购。导购很不高兴，出言奚落道："没钱就别来这种地方！"王佳尴尬不已，恨不得找个地缝钻进去。

沮丧地回到家中，王佳站在镜子前审视自己：既然真爱难寻，索性嫁个高富帅，才对得起自己百里挑一的长相！于是，王佳花费近5万元做了数项整容术和处女膜修复术，并为自己添置了几件名牌时装。精心打扮、焕然一新的王佳开始频繁出没香格里拉等豪华大酒店"消费"，希望能钓到一个金龟婿。然而，半年多过去了，没有一个高富帅向她搭讪。不仅时间打了水漂儿，她的积蓄也所剩无几。

2011年春，王佳看电视相亲节目时，突然灵光一闪："干脆我自己成立一家婚介公司，这样既能赚钱，也方便自己物色金龟婿！"打定主意后，王佳马上辞了职，缠着父母要来20余万元。4月初，她开办了优优信息公司。

为了开拓市场，王佳招了几名"美女猎头"，负责上街寻找单身美女。她还在媒体上打广告，要求申请入会的单身男士出示财产证明，交纳5万元入会费。对有意入会的单身女性，进行相貌、身材、声音、气质等一系列面试后免费入会。很快，王佳的公司吸引了20多名未婚女孩入会。这些女孩的年龄都在20岁至30岁之间，她们的想法和王佳如出一辙：要嫁就嫁高富帅！

可是转眼半年过去了，优优公司才吸引3名年收入几十万元的离异中年男性入会。这3个男人，要么带着拖油瓶，要么举止粗俗，一个也没入王佳法眼。她琢磨了一番，觉得没招来高富帅，可能是女会员还不够漂亮。于是，她通过微博和微信的方式寻找美女，同时物色了5名相貌英俊、贪图享乐的低收入男子，自己掏腰包来包装他们。一切准备就绪后，

2011年冬天，王佳再次在媒体打出煽动力十足的广告："现有数位千万富翁委托本公司征婚。如果你是单身女性，美丽，无性经历，请不要错过一世良缘……"广告效果非常理想，一共有50多名女孩应征。

2011年11月20日，王佳在五星级酒店包下套房，装模作样地开始了面试。首先是对女宾海选。第一是形象关：通过交谈考察女宾形象、气质，由算命先生相面，看其是否旺夫；第二是心理关：通过玩塔罗牌，回答测试题等评估女宾心理状态；第三是生活关：通过叠衣服、整理行李箱等环节考察女宾生活能力；第四是情感关：由专家了解女宾情感经历；第五是健康关：由中医了解女宾的生理状况。两天后，有20名女性顺利过关。

王佳安排她们与5名男"婚托儿"单独见面，当然，没有一对成功。这场相亲会开始前，王佳特意邀请了几位记者，媒体报道后社会反响非常激烈。虽然众多人抨击此举是为富豪选妻，相亲会是金钱与肉欲的结合，但还是吸引来10多个高富帅入会。王佳顺势把男会员一年会费提到10万元，对女宾有特殊要求的男客户会费最高达20万元。到2012年2月，优优信息公司获利近120万元。拿到这笔巨款，王佳心里像做了贼似的，但她马上自我安慰说：会有越来越多的高富帅入会的，我会帮女宾们找到幸福，我也会找到如意郎君。

两女相争花样频出

2012年3月中旬，王佳终于邂逅了一个高富帅会员。他叫李劲，是一家房地产公司的老总，42岁，离异无孩。王佳怦然心动，马上在3月末组织了一次相亲会，专门为自己创造与李劲见面的机会。两人在酒店总统套房见面后，王佳成功与李劲牵手，两人开始交往。3月28日晚上，王佳在半推半就中与李劲发生了关系。顺利晋级女朋友的王佳，悄悄憧憬着男友向她求婚的那一天。

然而，计划不如变化快。4月22日晚，两人在宾馆亲热，王佳柔情蜜意地问李劲，他打算什么时候和她结婚。李劲坦率地告诉王佳："我暂时没打算结婚，入会就是想找个长期女伴。如果你以后愿意陪我，我每年给你20万元。两年后分手，我送你一辆'甲壳虫'轿车。如果你不愿再来往，我马上补偿你5万元。"王佳不敢相信自己的耳朵，歇斯底里地喊道："流氓，谁稀罕你的臭钱，滚！"李劲冷着脸推门而去。这次受挫，给了王佳很大打击。

然而，平复伤痛后，王佳却依然怀揣着寻找高富帅的心，只是谨慎多了。2012年7月中旬，她到一家美容医院，再次做了处女膜修复术。期间，遇到一个长相靓丽、身材魔鬼的女孩也来修复处女膜。交谈中，王佳得知女孩叫吴晴，28岁，单身，在一家商贸公司做销售。王佳热情地邀请吴晴入会，吴晴欣然同意。此后，吴晴每次都给相亲会增添不少人气，她俩也越来越投缘。

一次聊天中，吴晴向王佳哭诉，她22岁那年被混混周铤追求。周铤以爱为名骗她做了三陪女，让她卖身赚钱供他花。直到3年后周铤另结新欢，吴晴才幡然悔悟，洗心革面，此后一直从事正经工作。受到吴晴的感染，王佳也对她敞开心扉，讲了自己办公司的动机和被李劲欺骗的经历。

这次"交心"后，两个女人的感情更加融洽。然而，相处一段时间后，王佳发现吴晴并没有洗心革面，仍与一些社会混混来往。她担心吴晴会给公司声誉带来不好的影响，可又舍不得吴晴带来的"明星效应"。几经犹豫，王佳还是决定让吴晴做"婚托儿"。

2013 年 2 月初，从长沙来长春做通讯器材生意的 40 岁富商陈铜入会。王佳对他印象极好，觉得这个男人就是自己一直渴望的高富帅。鉴于李劲的惨痛教训，她偷偷雇私家侦探调查陈铜的经济情况和感情经历。陈铜连续见了几个女会员都没相中，要求退会。情急之下，王佳找到吴晴，没想到吴晴一口回绝了："我和一个白领已经恋爱一个多月了，不想再参加相亲了。"王佳笑了："太好了！你有男朋友，我就一点儿不担心你成为我情敌了。实话实说，陈铜是我看中的男人，你得帮帮我呀！只要你稳住陈铜不让他退会，我就给你 1 万元作为酬劳！"吴晴勉强同意了。果然，陈铜一见到吴晴，就对她的美貌赞叹不已，两个人开始交往。

3 月中旬，私家侦探向王佳证实，陈铜是个名副其实的高富帅。他的个人资产数千万元，而且热心公益。婚后，陈铜和妻子非常恩爱，但他的妻子于 2010 年去世。丧偶近 3 年，他才决定再婚。王佳不禁暗喜：十全十美的男人真被我淘到了！

3 月 27 日下午，她让下属把陈铜约到咖啡厅。一见面，陈铜惊讶地说："没想到相亲会所老板是个大美女！"王佳和陈铜聊得很投机，她放下矜持，直截了当地说："吴晴有男友了。我怕你退会，才拜托她留住你。我未婚，没有过情感经历，你觉得我怎么样？"陈铜大吃一惊，马上拨通吴晴的手机。电话那头，吴晴吞吞吐吐地承认自己已有男友。王佳趁热打铁："你和吴晴的这段恋爱本身就是假的，还不如趁早结束。咱俩相处一段时间，你再做决定，如何？"陈铜犹豫着点了头。

王佳很快发现，陈铜虽然答应与自己交往，却刻意与她保持距离。同时，他仍与吴晴有来往。陈铜长相不俗，而且很有风度，确实是难得一见的好男人。与他假装谈恋爱期间，吴晴其实已对他动了几分真情。但因与王佳有约在先，她不得不忍痛退出。但对嫁给陈铜心存一丝幻想，所以，仍与他保持来往，时常对他嘘寒问暖。5 月中旬，吴晴与白领男友分手。吴晴思忖，即使追不到陈铜，也可以借他的财力开美容院，于是她与陈铜的来往更多了，这让王佳的醋意陡升。虽然吴晴的欺骗让陈铜失望，然而，他对王佳也心存戒备。这个漂亮的女孩，创立婚介公司给自己找对象，还雇佣婚托欺骗自己，心机太深了。所以，他一直徘徊在两个女人之间游移不定。

就在王佳不知如何是好时，6 月 2 日，吴晴的前男友周铤意外来找她。原来，这些年周铤仍隔三差五地骚扰吴晴。最近，周铤偶然发现，吴晴和王佳像是在争同一个男人，就想从她俩身上发笔小财。周铤提出，只要王佳出两万元，他就帮忙搅黄吴晴和陈铜的关系。方寸大乱的王佳一口答应。周铤当即找到陈铜，添油加醋地讲了吴晴当过三陪女的事。陈铜果然与吴晴断绝来往，答应出钱与她合伙办美容院的事也就此告吹。

机关算尽情敌报复

此后，陈铜专心与王佳恋爱。6 月末的一天晚上，两人终于发生了亲密关系。几天后，陈铜向王佳求婚。7 月 2 日，两人领取了结婚证，并定于 9 月 18 日举行婚礼。王佳幸福得几乎晕眩，哪知一场噩梦正等着她。

原来 7 月初，周铤把王佳给的钱败光后，又跑去找吴晴，说是王佳唆使他败坏她的名声，陈铜才与她绝交。吴晴气得发疯，周铤趁机提出，只要吴晴给他 3 万元，他就帮她教训王佳，吴晴当即同意。得知王佳 9 月 18 日要和陈铜举行婚礼，吴晴更是妒忌得要发疯！

2013 年 8 月 10 日上午，吴晴趁陈铜出国不在长春的时候，给王佳打电话，说要给她介绍几名艺术学院的大学生美女入会，约她在酒店见面。

上午 10 时，王佳赶到酒店，吴晴又说那几名女孩把见面地点改在公园附近。王佳开车载着吴晴来到公园门前，停车等候时，周铤突然上车，冷着脸把王佳推到副驾驶位，抢过方向盘发动马达。王佳感觉不妙大喊呼救，周铤停车狠狠扇了她几巴掌，威胁她再喊叫，就破了她的相！周铤再次开车后，王佳不敢再吭声。

下午 5 点左右，周铤把车开到一个小区内，和吴晴一起押着王佳走进一幢废弃民宅。周铤把王佳双手反绑在椅子上，王佳苦苦哀求吴晴："咱俩是好姐妹，求求你放了我吧！"吴晴一听顿时火冒三丈："什么好姐妹？陈铜明明喜欢我，你却用尽卑鄙手段把他从我手里抢走，毁了我后半生的幸福！我绝不能轻饶你！"王佳指着周铤刚要说话，周铤打了她两拳，恶狠狠地说："闭嘴，小心我撕烂你的嘴！"

吴晴原本计划把王佳打一顿，羞辱一番就算了。谁料，周铤早就对王佳的美貌垂涎三尺，他赶走吴晴，留下单独收拾王佳。尽管吴晴叮嘱他千万别把事闹大，周铤还是不顾王佳的反抗将她强奸了。

11 日下午，吴晴想把王佳放走。周铤说他还没有玩尽兴，不肯放人。面对吴晴的反复劝说，周铤很快露出了流氓本相，对吴晴说："什么时候放她走是我说了算，你想摆脱干系也来不及了。你再给我两万元酬劳，明天我就得见到钱，否则，我让你吃不了兜着走！"吴晴无奈中只好答应。

被周铤非法囚禁的王佳，几乎每天都遭到周铤的强奸和暴打。她被折磨得大小便失禁，精神恍惚。8 月 12 日下午，吴晴又劝周铤放人。周铤竟当着王佳的面说，王佳出去肯定会报警，不如干脆杀人灭口。吴晴离开后越想越后怕，便乘车躲到沈阳亲戚家。当晚，王佳不停央求周铤，只要他不杀她，她把自己的存款都给他，并嫁给他……她的许诺，总算暂时打消了周铤杀人灭口的念头。

13 日晚上，周铤发泄兽欲后，打车去了市里。王佳拖着椅子挪到墙边，用墙角拼命磨断了捆绑的绳索。晚上 10 点左右，王佳逃出废弃房，借路人的手机报警。

8 月 14 日凌晨 3 点左右，公安民警将周铤抓获。14 日下午 2 点，警方赶到沈阳将吴晴抓获。同一天，吴晴和周铤被刑事拘留。10 月 27 日，两人被移交检察机关。

2014 年 4 月初，市法院开庭审理了此案，分别判处吴晴有期徒刑 10 年，周铤有期徒刑 15 年。

因为受惊过度，王佳逃脱当晚便被送进医院进行全面救治。陈铜到医院看望王佳两次，但他已详细了解了王佳办公司的整个经过，包括她两次做处女膜修复术的事实，还有为了离间他和吴晴采取的卑鄙手段。他不想再娶王佳为妻，单方面取消了婚礼，并且向法院递交了离婚申请。

经过治疗，王佳虽然身体有所好转，但是精神一直很不稳定，整个人憔悴不堪，经常又哭又闹。神志稍微清醒时，她就哭着喃喃自语："我现在才明白，感情的事不能强求，更不能用手段获取，只有顺其自然才可能得到纯真的爱情。"

现在社会上，有许多抱着和王佳同样想法的女孩，想要追求美好的生活固然没错，但以傍上高富帅为生活第一目标的人生就有所偏离。爱情应该是在自然而然中发生的，外在条件只是爱情的次要元素，真挚的感情才是爱情的首要因素。王佳急功近利走捷径，并用卑鄙手段谋爱，必然会自食苦果。

陌 路 夫 妻

张志刚和薛梅原本是一对恩爱夫妻，为分别帮天南海北的两个儿子带孩子，他们被分开了近十年。十年后，他们好不容易团聚了，却悲哀地发现，彼此变成最熟悉的陌生人。两个原本可以安享晚年的老人又开始相互磨合，剑拔弩张，夫妻关系紧张，跌至冰点。面对这难言的人间悲剧，他们的儿女纷纷介入。尤其是儿媳，以老人功劳论亲疏，终于致使事态朝不可控的方向发展⋯⋯

为儿解忧天各一方

今年 70 岁的张志刚和薛梅都是吉林省长春市人，张志刚是干部，薛梅是企业工人。两人育有两个儿子一个女儿，夫妇俩对孩子倾尽全力，3 个孩子也都很有出息，读的都是名牌大学。1994 年，大儿子张凯大学一毕业，就去了深圳发展，成为一家通讯公司的工程师。女儿张晓是家中老二，在一所职业学院当老师。最小的儿子张旋比哥哥小 8 岁，在机关单位做公务员。夫妇俩尽管生活平淡，但夫唱妇随，还算和谐恩爱。

2004 年，已 33 岁的张凯终于在父母的期盼中结婚了。第二年，张旋也成了家，而那时张志刚和薛梅都已退休，张晓 7 岁的女儿就是由他们带大。

2006 年初，两人搬进新家，正当他们打算颐养天年时，张旋媳妇生下了一个女儿。相隔半年后，张凯媳妇也生下一个男孩。好消息接踵而至，张志刚和薛梅却是喜忧参半：张凯的岳父早已去世，岳母在美国帮儿子带孩子，不可能回来帮衬女儿。而张旋的岳父母都在黑龙江鸡西农村，家里有地离不开人，加上还有一个刚念初中的儿子，也无法过来。

张凯妻子在月子中心坐完月子，他就不停地打电话督促父母过去帮忙。当时，他已是公司高管，收入不菲。妻子何晴是他的同事，收入也不错。由于对保姆不信任，加上两人都要出差，他们需要父母中的一个过去帮忙照看孩子。而张旋是普通公务员，妻子孟樱是教师，两人都是工薪族，经济上不允许，一时间也请不到合适保姆，也需要老人。手心手背都是肉，老两口商量来商量去，最终决定分居两地，分别帮儿子一把。张志刚去深圳，而薛梅则留在长春。

就这样，结婚几十年的老夫妻俩不得不劳燕分飞。起初，两人都很不习惯。结婚多年，他们家一直都是男主外女主内。薛梅操持家务，做得一手好家常菜。张志刚不下厨房，但负责采购，偶尔打打下手。他去深圳后，虽然大儿子家雇了保姆，但因为何晴产假到期后，工作非常忙，保姆主要负责照顾孩子，张志刚年近 60 岁，不得不学起厨艺。这让他叫苦不迭。

深圳夏天 40℃的高温，让他尤其烦躁。孙子宏宏一岁半时，有一次，儿子儿媳一起去美国出差。保姆感冒了，张志刚带着宏宏一起睡。晚上他忘了关空调，宏宏受凉感冒，持续发烧。张志刚拖了两天才和保姆抱着孩子去医院。结果，被确诊为严重呼吸道感染，炎症已经快把呼吸道封住，再晚点儿送来就会有生命危险。张志刚吓得差点瘫倒在地，他哽咽着给老伴打去电话："我混啊，差点把孙子给弄没了。"幸好宏宏很快康复，他这才心里好受些。

从那以后，张志刚摆正心态，尽心尽力地帮衬儿子。他不但把家务做得井井有条，教育孩子也很有一套。对此，何晴非常感激，经常去香港出差的她，给公公买回很多时髦衣服。她还每隔半年就订机票，让公公回长春一趟，和老伴团聚。何晴因心无旁骛，事业也蒸蒸日上，成为单位另一技术部门的负责人。

在长春的薛梅也成绩斐然：在她的操持下，小孙女薇薇多才多艺，乖巧聪明。有老人照应，张旋在仕途上步步高升，在单位成了中层领导，孟樱也连年被评为市级优秀教师。儿女们都有出息，就是做老人的最大心愿，老两口都觉得值了。

转眼3年过去，宏宏上了幼儿园，张志刚负责接送，薛梅在长春也是如此。等两个孩子进入小学，又需要有人监督写作业，陪送去上各种兴趣班，团聚一天天延期下来。在两个孩子念小学一年级时，张凯跳槽到另一家实力雄厚的通讯公司担任副总，年薪百万。同年，张旋升为副局长，前途无量。张志刚想回长春，张凯却始终不松口，一再说："爸，你再坚持两年，等宏宏念初中了，你就回长春和我妈团聚。"

团聚无望，老两口只能相互宽慰、打气，他们学会了独特相处之道。两人先是用QQ视频聊天，后来又用微信。身处深圳，张志刚的思想变得时尚又新潮。他把每次视频时老伴的截图做成音乐相册，发给薛梅，让她惊喜不已。因为大儿子每月都给他不菲的零花钱，他还学会了上淘宝网站，经常在网上买衣服和各种礼物寄给老伴。一对"牛郎织女"隔着岁月的伤痕，隔着距离，一改过去的平淡，恩爱起来。他们曾无数次制订各种计划，等孩子们不需要他们了，就一一实施。

恩爱夫妻今成陌路

这一天，比他们预料的，要来得早。但是，老两口却一点儿也高兴不起来。因为，张凯出问题了。

2016 年初，张凯跟情人、一个小他 15 岁的下属在酒店开房时，被何晴捉奸在床。拿到证据后，何晴提出了离婚。张凯苦苦哀求，想挽回婚姻，可何晴坚决不回头。因为是过错方，张凯基本上净身出户，房产、大部分存款和孩子都给了何晴。

儿子儿媳在离婚大战，张志刚焦虑万分。他曾一次次哀求何晴不要离婚，都没有作用。离婚后，何晴带着宏宏调去英国分公司工作。张志刚无计可施，悲愤不已。目送从小带大的孙子消失在机场通道上，他的心裂成碎片，忍不住号啕大哭。带着对大儿子的满腔愤恨和失望，他返回长春。唯一能慰藉他的，就是可以和老伴团聚了。

然而，短暂的喜悦过后，长期分开造成生活习惯、朋友圈，甚至个性都发生很大改变，居然彼此适应不了了。深圳天气湿热，家里饮食清淡，十年间，张志刚的口味已不知不觉发生了变化，侧重养生。薛梅仍然是东北老习惯，做菜又咸又辣，张志刚要求老伴改变一下，薛梅直接反驳："怎么这一回来就开始嫌弃我？"

两人吃不到一块去，张志刚就赌气去一些南方口味的饭馆吃。薛梅非常看不惯，等他吃完回来就吵他："你个死老头子，吃个饭还挑肥拣瘦，我看都是儿子把你惯的，等你手里那点钱花完了，看你拿什么下饭馆。"张志刚的手里有近二十万存款，都是这些年来大儿子两口子给的零花钱和红包。他原本想拿这笔钱，好好改善一下生活，弥补对老伴的愧疚。没想到，老伴根本不领情。起初，他还耐心说服老伴，可薛梅根本听不进去，张志刚也就不沟通了。

在深圳多年，张志刚思想和穿着变得十分新潮，对老伴过分节俭等生活习惯也看不惯。一次，张志刚发现薛梅穿的内裤已经破了，就给老伴买了几条品牌内裤，薛梅一看发票，一条内裤100多元，当即急了，非逼着老伴去退掉。两人为此一顿恶吵。张志刚十分不解："我以前在深圳，也常给你买好衣服，你不是穿得好好的？"薛梅连连反驳："以前我怕你不安心待在深圳，由着你。现在你回来了，还是消停一点儿吧。"

张志刚郁闷之极。他不明白：以前隔着距离，隔着网络，两人那么和谐；现在，那个温情脉脉的老伴哪里去了？他并没有意识到，过去因为分离，两个老人难得见一面，彼此忽略了很多东西。现在整整过去了十年，两个人都已经变了。再朝夕相处时，面对差异，应该付出更多的耐心好好磨合。可惜，张志刚没有再坚持沟通，而是赌气索性不搭理老伴，按自己的方式生活起来。

张志刚在深圳时，认识了邻居刘晶，现年52岁，也是吉林人，是一名舞蹈老师，退休后在深圳帮女儿带孩子。同为老乡，两人熟悉起来。刘晶是他们所在的小区广场舞领舞，后来她成了张志刚的舞蹈老师和舞伴，有事时两人互相照应，关系不错。

回来后，张志刚计划教会老伴跳舞，两人一起去活动。然而，薛梅根本不感兴趣。说服不了老伴，张志刚就每晚一个人去跳舞。凭借高超的国标、探戈舞技艺，他一下成为了小区广场舞领舞。

张志刚回来后，薛梅为方便照顾小儿子一家的生活，多数时间还是住在儿子家，周末才回来。有一次，她周末回来，临时来了兴致去广场散步，结果看见老伴搂着一个颇有姿色的中年女人跳舞。她顿时气坏了，二话不说就把他拽了出来。张志刚丢了面子，非常生气，两人矛盾升级。

微信聊天引爆燃点

2016 年 5 月的一天，是张志刚的生日。那天刚好是周末，一家人在餐厅吃饭。聚餐中间，张志刚起身去了卫生间。这时，他手机上的微信提示音响了，薛梅顺手拿起手机："是不是孙子来微信祝福爷爷生日快乐？"结果，留言者是一个风情万种的中年女人头像，留言也颇有些暧昧："生日快乐，今生有你，相隔天涯也温暖。"薛梅顿时拉下脸来，迅速翻看着老伴和对方的聊天记录。虽然未发现过火的话，但两个人最近每天都有联系。她的脸色更难看了，张志刚一回来，她就质问："这个女人是谁？你俩是什么关系？"

张志刚见老伴翻看自己的微信，冲过来就要抢回手机。他越是这样，薛梅越是疑心。她躲到女儿身后，又点开了那个女人的微信，发现对方的微信里有一张她和张志刚一起跳舞的亲昵照片。这下，薛梅更来气了："你这个老不正经的，你和这个女人到底是什么关系？"张志刚非常恼火，冲过去从薛梅手里将手机抢过来："你凭什么看我的微信？你知道不知道什么叫隐私？人家是个舞蹈家，不像你这么龌龊……"

一听老伴当着孩子们的面这样损自己，薛梅恼羞成怒："你一回来，就嫌我这不好那不好，原来是有小三了。这么大岁数，你要不要脸啊！"两人互不相让，话也越说越难听，一餐生日宴变成了闹剧。

至此，两人的矛盾真正惊动了儿女。张旋夫妇感激母亲带孩子、操持家这么多年，明显偏向母亲，责备父亲和人交往没有分寸，不顾及母亲的感受。尤其是孟樱对公公很不满，她认为他既然回来了，就应该帮婆婆一起带带孩子，做做家务。小两口把张志刚约到家里来，旁敲侧击要他踏实过日子，要对老母亲一心一意，一通教训。

张志刚被教训后也恼羞成怒："我和你妈之间的事儿，我们自己解决。不用你们管。"孟樱更不高兴了，言语中越发袒护薛梅："我妈老实，爸不能总欺负她。"张志刚这才意识到，自己和老伴为了孩子们分离两地，做出了这么大的牺牲。但是，在小儿媳心里，她感激的是婆婆。意识到再僵持下去，自己就会变成孤家寡人。张志刚妥协了，他主动向老伴道了歉。

张晓也跟父亲深入交谈一次，确定父亲和刘晶并无其他关系，劝母亲不要再胡乱猜忌，老两口好好过日子。在女儿的调和下，老两口总算和解了。张旋夫妇劝薛梅搬回家住，他们自己接送孩子。在孟樱的主张下，张志刚把所有积蓄都交给老伴管理，以后他再需要钱，就跟老伴开口要。这个主意是张旋和姐姐商量的结果：父母再这样下去不行，只有对父亲实行经济管制，这样才能让他向母亲低头，安心度日。

2016年6月底，刘晶回吉林办事，路过长春时就给张志刚打了一个电话。张志刚要尽地主之谊，打算请刘晶吃一顿饭。为避嫌，他还特意邀请老伴一起去，同时，他也需要跟老伴申请资金。没想到，薛梅一听就拒绝了："你请狐狸精吃饭，拉我去干吗？我不去，你也不许去。"张志刚一听老伴又胡搅蛮缠，也来了气："我尊重你，你就这副德行。瞒着你，你就好受了！"说完，他强行从老伴的钱包里抽了几百块钱，就要外出去见刘晶。薛梅拉着不让老伴走，纠缠中，抓伤了张志刚的脸。张志刚急了，狠狠打了薛梅两个嘴巴。

薛梅气极了。过去，虽然没少吵架，但从没动过手。现在，老家伙居然为了另一个女人，打了她。她打电话跟女儿和儿子哭诉，要求儿女为她做主。张旋夫妇马上不干了。尤其是孟樱，马上让张旋把母亲接了过去，让老父亲"反省反省"。张晓听说母亲挨打了，也不好站在父亲这一边了。

家里闹翻了天，张志刚怀着复杂的心情，和刘晶吃了一顿饭。席间，刘晶看到舞伴不高兴，一个劲儿问他怎么了。张志刚没脸把家里的矛盾说出来，唉声叹气："我好怀念深圳的日子，可是回不去了。"刘晶一下笑了："欢迎你随时到深圳玩，我负责吃住。"那久违的温情，让张志刚终于露出了笑脸。他打电话给大儿子想回深圳。可惜，大儿子明确告诉他，已经调到国外分公司工作，暂时不能回国，还劝父亲好好和母亲相处。

大儿子在国外。再缺钱时，张志刚就去找女儿和小儿子要，两个孩子态度都很好："爸，不是我们不给，你应该去和我妈妈认个错。"张志刚一听就烦了："我没错。错的是你们，你们为啥动不动就把你妈接走？为啥挑唆我们的关系？"可不管他怎么指责，张晓和张旋就一个态度：要钱，找薛梅去。

张志刚开始不低头，僵持了几个月，实在撑不下去了，只有又掉头找薛梅。可没想到，要见薛梅并不容易。打薛梅的电话她不接，短信、微信都不回，他直接找到小儿子家。结果，他们回来前，薛梅就是不开门。好不容易等儿子儿媳回来了，孟樱却让薛梅躲在卧室里，她先跟公公谈话。孟樱说话毫不客气："爸，您都这岁数了，不要再穿得花里胡哨的，你得考虑我妈的感受。更不要出去和不三不四的女人跳舞约会，否则我妈不答应……"这些话在张志刚听来，没大没小，也彻底激怒了他，他倏地起身，二话不说离开了。

案发后，孟樱跟警方追悔：其实不让薛梅跟老伴儿接触，是张旋夫妇和张晓商量过的。按照薛梅自己的意愿，早就和老伴儿和解了。但张志刚听到孟樱口口声声"我妈不干，我妈不答应"，他认为这都是老伴儿在作祟，是她挑唆儿女们，把他孤立起来。

带着几分悲愤和无奈，2016 年 11 月 10 日，张志刚给薛梅发去短信，对自己的行为进行反思，说已深刻认识到错误，恳请她回家，他会写下书面保证，以后两人好好过日子。

薛梅将短信转给了女儿和儿子儿媳，在获得他们的首肯后，她当天中午回了家，跟老伴儿约法三章：一个月花销不能超过两百元；不准再去广场和女人跳舞；把女性微信好友全部删除。张志刚难以接受，两人又发生激烈争吵。薛梅狂骂张志刚："你这个老骗子，老流氓，你骗我回来又想要什么花招？我告诉儿子去。"说完，她掉头就要往外走。

张志刚好不容易见老伴一面，迫切想解决问题，情急之下冲进厨房拿起菜刀，拦住薛梅："你不能走！"薛梅根本不怕："有本事你砍啊！不砍你就不是人。"激愤下，张志刚真的举起了菜刀，朝老伴的头上砍去，一刀两刀，直到薛梅没有了声息……张志刚这时清醒过来，浑身颤抖着给小儿子打电话。闻讯而来的张旋见到惨状，流着泪打 120 和 110 报警。救护车赶到，发现薛梅早已死亡。民警接警后，将张志刚抓捕归案。三个儿女面对这人伦惨剧，都追悔莫及：是我们害了爸妈。可惜，人生不会重来。

为了给儿女带孩子，劳燕分飞的一对老夫妻，由于十年相隔，原本恩爱的他们成了最熟悉的陌生人。我们应该看到，老年夫妇分居带娃，是高房价、高学费、高竞争城市生活背景下滋生的社会问题。分居十年后，他们的生活习惯甚至个性发生改变，不亚于分居十年的年轻恋人或小夫妻。作为儿女，应该尽力帮他们去缝补岁月的裂痕，站在父母的角度帮他们分析、解决问题，消除隐患。二老分居，无论哪一方，都做出了巨大牺牲，巨大贡献，儿女都应该加倍补偿，善待终老，而不是势利地以哪位老人为自家付出的多少亲疏有别，加剧矛盾。愿天下儿女引以为戒。

暗 恋 成 劫

2014 年 1 月，某市私企老板程勇杀害小姨妹一案轰动一时。因为程勇是白手起家的励志典范，还是模范丈夫，以至案发后人们都不敢相信他与小姨妹发生了关系并将她杀害焚尸。程勇被刑事拘留后，他的妻子、岳母最终谅解了他，还到司法机关求情，要求轻判他。那么，此案到底是如何发生的？为何妻子一家能原谅他？

妻妹归来心系姐夫

2010 年 12 月，私企老板程勇遭遇了麻烦，一筹莫展。原来，他公司的一个工人出了车祸，重伤入院，急需用钱治疗。而公司的流动资金遇到三角债危机，他到处筹钱不得，很是上火。

12 月 23 日，他接到小姨妹吴静雅的电话，说从姐姐那听说他遭遇难事了，她手上正好有些资金，或许可以帮助他，两人约在长安大道的上岛咖啡见面。

挂了电话，程勇百感交集。他已很久没有小姨妹的消息了。多年前，这个好强的小姨妹曾悄悄暗恋过他，被他拒绝后离家出走，这么多年都没再与他主动联系。现在，她的帮助让他心里充满了感动与愧疚。

22年前，因家境贫寒，18岁的程勇高中毕业后，来到一家运输公司工作，不久与同学吴心桐恋爱结婚。生下女儿不久，程勇自立门户，承接汽车运输业务，之后越做越大，赚得百万身家，还买了套三室一厅的房子，并把岳父母接来同住。正在郑州一所大学读书的小姨妹吴静雅每逢放假，也住到姐姐家。

程勇对岳父母非常孝顺体贴，对小姨妹吴静雅更是像对待亲妹妹一样照顾。据案发后吴心桐回忆，妹妹曾羡慕地对她说，姐夫沉稳大气，遇事有担当，又爱家，是标准的新好男人，要是她以后也能找到姐夫这样的人就好了。沉浸在幸福中的吴心桐并未多想。

1992年夏的一天，程勇带着一家人去郊游。天气炎热，程勇和妻子、姨妹都在水库边上游泳。谁料吴静雅突然腿部抽筋，挣扎几下就开始下沉。程勇发现后，迅速向她游过去，一把拽住了她正在挥舞的右胳膊，将她拖到岸边。脱离危险后，吴静雅无比感激姐夫。程勇觉得自己只是做了该做的，并未当回事。但他发现开朗泼辣的吴静雅从此总找机会向他表达好感。程勇感觉小姨妹太过热情，就避开和她单独相处。

据案发后程勇向办案人员回忆，游泳事件后一个月，他急性胆结石发作，被送到市医院手术治疗，住在一个小单间里。吴静雅主动请缨在医院陪护。程勇感激地说："这几天多亏了你，毕业后你要是想自己创业，姐夫出钱支持你。"吴静雅突然含情脉脉地看着他："姐夫，我要的不是这个，我喜欢你……"程勇大惊失色："说什么傻话呢，我是你姐夫！"为了打破尴尬的场面，程勇赶紧给妻子打电话，以小姨妹有事为由，让她立刻回医院来照料。吴静雅没想到他做得这样决绝，感到十分受伤。

出院后，程勇挑选了一个不错的男青年，提出要给吴静雅介绍男朋友。吴静雅又羞又气，当场拒绝，并一摔门离家出走。吴静雅后来便一直住在学校。毕业后，她自己找了份公司文员的工作，也不再回姐姐姐夫家。据案发后警方从其一位同学好友那调查得知，当时吴静雅说自己爱上一个人，表白受挫，心情十分不爽，不愿回家。后来才知道原来是其姐夫。

眼看和小姨妹的关系弄成这样子，程勇心里很是不安。一年后，他听妻子用责备的语气说，吴静雅谈了个男朋友，好像还未婚同居了。程勇却如释重负，连说只要她幸福就好。谁料吴静雅还是不来姐姐家，弄得家人都有意见。程勇仍是悄悄尴尬。

2000 年夏，程勇听吴心桐说吴静雅工作不顺辞职了，就拿出十万元钱给妻子，让她拿去资助妹妹创业。谁料好强的吴静雅一口拒绝。程勇暗叹小姨妹果然有个性，不敢去招惹她……这次小姨妹忽然主动联系他，让他心里颇有些忐忑。但他还是决定去看看。

笔笔借款蕴含深情

2010 年 12 月 24 日，程勇和吴静雅如约在上岛咖啡见面。吴静雅还是那么漂亮，而且更多了几分成熟女人的风韵。她第一次讲起了这些年创业的事情。

吴静雅说辞职后，她就跟一个朋友学着推销保险，并终于凭借勤奋踏实的工作成为小组先进，月入上万。赚到了第一桶金后，吴静雅把目标转向女装销售，做一个女装品牌的代理，生意做得红红火火。

"我听说你的公司遇到了难题，我这有 30 万，也不知能不能帮上你。"

吴静雅说着递过来一张建行卡。

程勇犹豫着："那你公司怎么办？""我公司最近周转还好，你不用担心。"程勇当时实在需要钱，就接下了卡，并郑重打下借条，说好一年后连本带息归还。

想起当天是平安夜，程勇问她怎么没和男朋友一起过。吴静雅长叹一口气，说她离家后，其实心里非常痛苦与孤独。这时，她的一个同学李英男经常来陪伴安慰她。一次她借酒浇愁，喝醉了，稀里糊涂与李发生了关系。之后两人就同居了。但她一点儿也不爱他，李几次提出去领结婚证，她都推托说："我不想结婚。"李英男渐渐对这段事实婚姻感到失望，独自去郑州打工。在郑州，李英男很快有了别的女人，并生下了一个女儿。吴静雅发现后怒不可遏，毅然提出分手……吴静雅更加感觉自己遇人不淑，感情不幸。

程勇没想到这些年吴静雅吃了这么多苦，赶紧开导她："静雅，你想开点，你这么优秀，将来一定会遇到适合你的好男人。"吴静雅突然崩溃地哭了出来："为什么我就遇不到像姐夫这么好的男人？"

"别苦着自己，有空常回家看看，你姐和我都挺惦念你的。"吴静雅眼前一亮："姐夫，谢谢你的鼓励，我知道你一直在关心我，我一定会重新振作起来的。"

从那以后，吴静雅恢复了和父母姐姐的正常交往，周末经常和姐姐、姐夫聚在父母身边。据吴心桐回忆，那段时间，妹妹经常会给她和程勇买一些衣服，常常都是品牌服饰，他们不愿要，她也硬塞给他们。这之后，程勇又遇到几次资金困难，只要吴静雅得知消息，都会尽最大的努力帮助姐夫。

据案发后程勇回忆，2013 年 11 月的一天，吴静雅突然打电话让他去一个西餐厅，说朋友聚会，有事让他帮忙。程勇立刻赶了过去。到后，看到包房里就吴静雅一个人，她穿着一件粉色蕾丝裙。他立马有些尴尬，想走。吴静雅一把拉住他："今天我过生日，实在太孤单了，才找你。你陪我过一个愉快的生日好不好？"程勇只好坐下来，祝福她生日快乐。吴静雅点燃生日蜡烛，闭着眼睛许下愿望，然后俏皮地对他说："想知道我的生日愿望吗？我就是想找一个和你一样的好男人相伴终身。"她眼睛直直地看着程勇，让他又想起了20年前的那个病房之夜，他不敢抬头看她，正准备说点什么缓解下气氛，却突然被她紧紧抱住。佳人在怀，程勇的心有些乱了，但当他抬起头，正看到吴静雅的侧脸，像极了妻子，他心里愧疚顿生，最终还是一把推开小姨妹落荒而逃……

这之后，小姨妹又不回姐姐家了，也不再搭理程勇。吴心桐问妹妹，她只说忙。

一夜激情酿成大祸

2014年1月15日，程勇岳母突发心脏病住院治疗。17日上午，程勇在去医院探望岳母时正好碰上吴静雅。吴静雅面无表情地说："姐夫，你借我的钱准备什么时候还啊？"程勇讪讪地说："我最近钱还没周转过来，但我一定会尽快还你，你先算算到底有多少吧。"吴静雅冷冷地说："好啊，欢迎你今天下午到我家来坐坐，一起查查你欠我的账是多少。"程勇本想拒绝，但想到有求于她，加上他不想让人感觉要赖账，只好同意。

下午六时，程勇接到吴静雅催促的电话后，开车前往她家。"我只知道她住在市区内老电大附近，具体位置不知道。所以吴静雅就问我何时到，在老电大旁边等着我，然后我们一起上楼去她家。"

　　进屋后，吴静雅冷着脸拿来一个本子，开始和他算这些年借给他的钱，两人在归还日期和利息问题上发生了小争执。他很不习惯小姨妹这样对他，心中莫名有些失落。正在这时，程勇接到一个给他干活的货车车主电话，说有急事用钱，让他把工资先结了。他只好向吴静雅告辞，起身要走。吴静雅说："账还没清完呢，你就想跑？"程勇生气地说："我结了车款就回来，今天一定和你算清。"随后，程勇开车到南环城路附近，和货车司机把账结清了。这时，吴静雅的电话又来了，说等他回去清账。他只好开车返回小姨妹家。

　　据案发后程勇供述，他没料这次进屋后，却看到打扮得妖媚的吴静雅笑着迎出来："姐夫，还没吃饭吧，我把饭菜都做好了。"看着她做的色香味俱全的一桌子饭菜，程勇感到真的饿了。于是两人边吃边聊。吴静雅还开了一瓶红酒，两人都喝了不少。程勇让吴静雅再拿账本来核对一下。吴静雅起身去拿，却拿来了一本相册。

　　程勇打开一看，里面竟是他的照片。有一张在公园里他笑得很灿烂，还有几张竟然是他的背影，在片片落叶中，在马路上……"这些照片你是何时拍的？""姐夫，这些年我一直在爱着你，在你看得到的地方，在你看不到的地方。实在想你了，我就悄悄地跟在你后面。"她说着早已泣不成声。"我知道你不属于我，就想让你真正地爱我一次。"

　　那一刻，程勇有着说不出的感动，竟然有个这样美丽的女人这样执着地爱慕了自己20年！在酒精的作用下，他的理智瞬间崩塌，一把将小姨妹揽入怀中。二人疯狂地发生了关系，相拥而眠……

　　1月18日凌晨，程勇酒醒了，发现吴静雅竟然躺在自己怀里，这才反应过来自己夜不归宿，做了大错事！他慌忙起身穿上衣服就要回家。

　　吴静雅也醒了，起身拦住他说："怎么？昨晚你对我的恩爱都是假的？

你穿上衣服就想走，连个告别都没有，太无情无义了吧。""对不起，我昨晚喝多了，做了错事，你原谅我吧。今后咱们绝不能再这样，否则传出去都无法做人。""你到现在才想到无法做人？反正你以后不经常联系我，我就把这事告诉我姐。"

程勇穿好衣裤还是要走，吴静雅上前阻拦，两人厮打起来，程勇一急之下将吴静雅推倒在地。"当时感觉她的头磕到地上的声音很响，她有半分钟左右没有出声，应该摔得不轻。"程勇吓着了，赶紧来扶她，谁料她看了他一眼说："你竟然这样对我，我不活了。"

程勇心烦中伸手想捂住她的嘴，谁料吴静雅一下使劲咬住了他的右手大拇指。程勇疼得使劲用左手拳头多次击打她的头部，直到把她打晕了，才把右手大拇指从她嘴里抽出来，但上面一节已经被她咬断，出了很多血。他跑进客厅，在桌子上找了一个手巾将断手指包住止血，处理完后，才发现吴静雅已经没有了呼吸。恐惧中，他在地上找了半天，终于找到他的半截手指，用餐巾纸包好，然后赶紧逃离现场。

程勇逃走后，连夜赶到市医院，以"程刚"的名字住院，将断指接上。他给吴心桐打电话，说要出门躲债几天，不能回家。事实上，他不敢回家，他为自己的一念之差酿成大祸痛不欲生，却又不知所措。20日晚，害怕事情败露的他又悄悄返回吴静雅家，他看见独居的吴静雅依然未被发现死亡，就将衣物放在她尸体上，焚尸后迅速逃离现场……

1月21日14时，公安局接到群众报警，说一栋居民楼发生火灾。消防支队将火扑灭后，在起火现场发现了吴静雅的尸体。经法医检验，吴静雅系着火前受到外力致颅脑损伤死亡，现场系人为纵火。

1月22日，警方开始立案侦查，通过调取被害人的手机号，发现最后与其通话的程勇有重大作案嫌疑。1月23日上午，办案民警让吴心桐将程勇约至医院，将他抓捕归案。经讯问，程勇对杀害小姨妹吴静雅的犯罪事实供认不讳。

吴心桐得知真相，痛不欲生，一个是她最爱的丈夫，一个是她最亲的妹妹，两个最亲的人同时背叛了她，而且还发生了血案，她简直无法面对这残酷的事实。但当办案民警向她讲述了案发的前因后果，她才终于读懂了妹妹这些年的反常举动。最终，她选择了原谅丈夫，并说服母亲对程勇的行为予以谅解，以请求法院轻判。妻子和岳母的大义更让程勇痛悔难当。他告诉记者，人有时没有疏于诱惑却疏于感动，其实越执拗的爱越危险，任何时候都不能放松底线。

因为受害人家属的谅解，考虑到受害人对引发本案有一定的责任，也造成了被告人轻伤，2014 年 8 月 11 日，中级人民法院以故意杀人罪，判处程勇无期徒刑，剥夺政治权利终身。程勇认为自己没有杀人故意，只是防卫过当，提出上诉。10 月 31 日，省高院经审理认为，被告人程勇故意非法剥夺他人生命，致人死亡，已构成故意杀人罪，且焚尸灭迹，犯罪情节恶劣，故驳回其上诉，维持原判。

人常常是这样，得不到的才是最珍贵的。明知姐夫不爱她，可小姨妹却执着痴迷于这段单恋，20 年不肯放手，最后失去生命，令人叹息。其实在感情生活中，我们除了找感觉，更需要理智。放下心结，你会发现更广阔的爱情天空。

养生教母

　　退休老干部王杰在儿子所住小区结识了"养生教母"张莉莉，从追随到喜欢，他成为教母的铁杆粉丝团长，经常组织社区群众上课为她捧场，并号召团员们买张氏特效养生食品。

　　伊人在水一方，高贵如女神，他对张莉莉言听计从，忠诚如仆人，把养老的本钱都投资到她的养生会馆，连儿子股市求救他都没有伸出援手。

　　然而，有一天，张莉莉突然被杀死在养生会馆。而凶手正是王杰。从神到人，从人到魔，到底发生了怎样的风云变幻……

养生教母会馆被杀

　　2015 年 6 月 21 日晚，某市中医理疗养生会馆女老板，人称"养生教母"的张莉莉被人杀死在会馆内。小区所在派出所接到报案，迅速赶赴现场，对此案展开侦破工作。侦查员通过调取视频监控后发现：6 月 21 日 16 时，一名头戴鸭舌帽的男子由养生会馆后门进入，约五十分钟后走出，该男子赤裸上身，神色慌张，手中攥着衬衫，不停地用衬衫擦抹脸上汗珠，随后警方发现犯罪嫌疑人进入了附近的小区。通过调查走访，民警分析该人具有重大嫌疑。

警方确认该犯罪嫌疑人名叫王杰，在警方实施抓捕时，他已逃往省外。侦查员立即对其展开抓捕行动，于6月23日下午4时，将正在一个储蓄窗口取钱准备外逃的王杰缉拿归案。经过审讯，他对杀害张莉莉的犯罪事实供认不讳。该案告破后，一时间，引起小区群众议论纷纷。原来，社区里的中老年人都知道，王杰是张莉莉的铁杆粉丝，称之为粉丝团团长一点儿也不为过，他对她非常崇拜，视她为女神，经常号召、组织大家跟张莉莉去上养生课。人们百思不得其解，他怎么可能是杀害张莉莉的凶手？

经过审讯，一个令人感慨万千的、"教母"与铁杆粉丝的恩怨情仇真相大白于天下……

2013年初，60岁的王杰退休后，来到市里和儿子王兴晨一起生活。此前5年，他的老伴因病去世。因此，他退休后十分注重养生，结识了前来小区上课的开中医理疗养生会馆的女老板张莉莉。张莉莉比王杰小十五岁，离异单身，打扮得优雅得体，很有气质。因出生于中医世家，她在养生方面颇有研究，经常被邀请到各个社区给居民做养生讲座，被人们尊称为"养生教母"。王杰听过张莉莉的一次养生课后，对她非常信服，从那以后只要她讲课，他一定准时到，风雨无阻，成了张莉莉的"铁杆粉丝"。

2013年11月中旬，王杰因为天气骤冷，浑身感觉不舒服，还心慌、心悸，吃了几天药也不管用，他连忙到张莉莉的养生会馆向她请教。张莉莉根据他的症状，开出养生良方，让他注意日常调养，饮食上不要进食过多脂肪、蛋白，否则导致血液稠厚，心脏负荷大增，加重心脏病。她叮嘱他要少食多餐、低盐饮食，利尿补钾，保暖防凉。王杰听了张莉莉的疗法后，及时调整了饮食，还在她那儿定购了四千多元的、她自己研发的张氏特效养生食品。经过半个月时间后，王杰的心脏病果然有所好转了。

伊人是神人。自此，王杰对张莉莉更加崇拜。他身体康复后，就开始自发号召、组织社区的老年人，去张莉莉那里咨询养生之道。张莉莉再讲课时，他总是提前帮忙组织。在他带动下，她的听课场面非常热烈，附近社区的老年人也慕名而来，名气也越来越大。微信流行后，王杰还为张莉莉组建了粉丝群，为她的养生微信号吸粉。张莉莉对他十分感激，两人每天都在微信里互动聊天。

通过频繁接触，王杰很快就惊喜地发现，张莉莉居然是个单身女人，这不由令王杰心花怒放。自从来到市里后，儿子工作繁忙，一直鼓励父亲再组建一个家庭。然而，由于初到省城，没什么人脉，王杰也不想随便再婚，一直没敢和人交往。得知张莉莉单身一人，他欣喜若狂，情难自已。2014年初的一天，王杰特意花了一千多元买了一套时尚男装，又去小区附近的梦之幻做了一个发型，兴冲冲地去会馆向张莉莉表白去了。

然而，当张莉莉听完王杰大胆说出的一句："我喜欢你"时，她先是脸色涨红，随即一脸愧疚地告诉王杰："我对你印象确实很好，你在我心里，是真正的男人。可惜，我已经有了男朋友，近期正在筹备婚事。咱们这辈子只能做好朋友了。"满腔热情的王杰听了这番拒绝，非常失望，尴尬地对张莉莉说："妹子，我祝福你。"然而，尽管嘴上祝福，心里毕竟难过，王杰去养生会所的次数明显少了。他不组织不号召，其他人也去的少了，张莉莉的生意也受到影响。

教母粉丝亲如兄妹

半个月后，张莉莉主动打来电话，说自己通过医院的熟人，给王杰要了一张优惠体检卡，邀请他进行一次全面体检。王杰盛情难却，只有去了。拿到结果后，张莉莉又给王杰多方诊脉，最后，她真挚地对王杰说："大哥，你体质比较虚弱，需要修身养性。目前不适合婚嫁，更不宜动情，等我给你调养好了，我一定帮你找一个好女人。"见张莉莉像亲妹子一样对自己体贴，他也重新把自己当"老大哥"，重新担当起了粉丝团团长的角色。

2014 年 3 月，张莉莉再婚了，对方和她年纪相仿，十分般配。王杰已从失落中走出来，婚礼那天，他带领不少会员去捧场，还给张莉莉包了一个大红包送祝福。

张莉莉结婚后，和丈夫感情还说得过去，她经常约王杰到店里三个人一起吃饭，喝她泡的药酒，对他的身体更是十分关照。"妹子"的这份情谊，令王杰十分感激，对她也言听计从。2014 年 7 月，他在张莉莉的建议下，缴纳了 3 万多元会费，参与了她为他专门制定的一个养生方案。因为听从"妹子"的休养生息方案，别人给他介绍对象，他也一一拒绝。其中，有一个退休女教师，条件很不错。王杰对她有些中意，但出于对张莉莉的信任，他带着女教师给张莉莉相看，结果张莉莉说该女双颊突出，十分霸道厉害，建议王杰放弃。王杰听从其建议，没有和女教师继续交往。

王杰退休前，是一家国企的干部，有点积蓄。2014 年下半年，股市行情一路看涨，王杰的儿子王兴晨在股市里小赚了几笔后，他劝父亲把钱交给自己入市赚钱。然而，王杰在征求张莉莉的意见时，她却一脸担忧地说："大哥，你正在治疗的关键阶段，养生你懂的，最忌情绪波动，我劝你不要搞风险投资。虽然你不是亲自操作，但只要有钱在股市里，你肯定平静不了。"她还建议说，如果他确实想投资，可以投资她的会馆，保证每年至少20%的红利。这样，他作为股东，以后养生的所有费用都可以免费，还承诺他随时可以撤资。

王杰虽然舍得在养生上投资，但一年动辄五六万的支出，也是十分心疼。他每年出入张莉莉的会馆，看这里的会员出出进进，早已认定她非常赚钱。现在有机会入股，既能赚钱，又能免费养生，他动心了。不久，他拿出全部积蓄近20万元，投资了进去。因为信任张莉莉，王杰只要了一个她手写的收据。

从那以后，两人不止"兄妹"，还成了合资人。2015年3月的一天，张莉莉应邀去外地讲课，王杰陪她一同前往。在王杰和当地几个粉丝的互动配合下，她的课讲得非常成功。当晚，邀请方请他们吃饭后，安排两人入住了一家旅馆。当晚11点多，一个朋友又来请他们去消夜。席间，一起8个人喝了三瓶白酒两瓶红酒，王杰喝了不少，张莉莉更是酩酊大醉。

朋友们将他们送到宾馆门口，由王杰负责送张莉莉回房间。一进门，她就倒在床上，嘴里不停地喊渴。王杰急忙倒水，扶她喝水。望着心仪已久的女神，王杰面红耳赤，情难自禁。然而最终，他还是放开了张莉莉，在他心里，她就是女神，只能远观，不能亵渎。当晚，张莉莉一直没有清醒，王杰怕她难受，口渴，一直没敢走，守了一夜。第二天早上，张莉莉醒来，看到王杰居然照顾她一夜，感动不已："王大哥，你就是我亲哥。"

从那以后，张莉莉人前人后对王杰更好了。她教给了他很多修身养性秘籍，还经常煲各种养生汤给他喝。在她的悉心调养下，王杰身体大有好转，对张莉莉也更加信任了。受他的影响，很多老人纷纷购买会馆的养生套餐和保健食品，生意又开始红火起来。

由于王杰干净利索，又有一定的经济基础，人也看上去很精神，在社区里认识的人渐多，周围给他介绍对象的人也多了起来。2015 年 5 月的一天，王杰跟老同学聚会时，认识了离异舞蹈教师钱雪晴。钱雪晴各方面条件都不错，比他小 5 岁，形象和气质都非常好。有过几次接触后，两个人彼此都很有好感，王杰带着钱雪晴到养生会馆请张莉莉帮忙把关。

哪知，张莉莉一下就把女方给否定了。起初，她怎么也不说原因，在王杰的追问下，她才为难地说："哥，有些原因我说不出口。但你要相信我，一定是为了你好。"王杰舍不得钱雪晴，不停追问。张莉莉这才叹了一口气说："这个女人看上去是不错。但是，她的眼泡下肿，欲望很强，一般男人经受不住。你自己拿主意，要不要和她在一起？"王杰思前想后，怕女方太风流自己管不住，再度听从了张莉莉的意见，不再和女方来往了。

铁血粉丝高举屠刀

2015 年 5 月，王兴晨几只股票连续跌停，损失惨重。在此之前，因为急于赚钱，他已经向融资公司借了近三十万元，正面临被强行平仓的危险。情急之下，他只有向父亲求助："爸，我只有找你了，如果你不帮我，我可就血本无归了。你放心，股市马上要好转，只要你给我注入资金，我很快就能回本。"

王杰当然肯帮儿子，他当即拿出 10 万元钱给了他："我手里只有这么多，其他钱都投资在张总的养生会馆了"。王杰这才对儿子说出了自己另外投资的事。王兴晨更急了："爸，这些钱不够，你不能见死不救呀！再说，那个张莉莉可靠吗？我可提醒您，千万别被狐狸精给骗了。"王杰连忙替张莉莉辩解："我都这么大年纪了，我看人很准，你放心吧。"

　　虽然信任张莉莉，但王杰确实不忍心不救儿子，想到张莉莉对自己说随时可撤资的承诺，他马上找到她，说出自己的难处，要求张莉莉先把资金撤出，救完儿子的急再放回去。哪知，张莉莉听后却一再推托："大哥，不是我不信守承诺，钱我已用来进货了，现在手里没有现金！""我今年的分红不要了，只要把本金还我，等儿子救完急，我马上再投进来。"王杰态度诚恳。然而，张莉莉依旧为难："我手里真的没现钱，要不，你等我一个月？"事关儿子的本金，一天也等不了。王杰焦虑万分，可无论他怎么恳求，张莉莉就是一口咬定没有现金，请求他宽限到月底。

　　在两人的僵持间，3 天过去了，王兴晨把父亲的 10 万元投进去，又借了十万元，还是没能达到补仓要求，被强行平仓，损失了 40 多万元本金。王兴晨一向孝顺，从不啃老，也不惦记父亲的钱，但遇到难处，父亲却不肯施以援手，这令他非常失望。妻子听说他被平仓，也嚷着要离婚，赌气回了娘家。王兴晨郁闷之下，喝多了酒质问父亲："爸，你是色迷心窍吧，你的钱不是投资，是送给那个女人了吧？"被儿子迁怒和误会，王杰有口难言，他十分郁闷。

　　那段时间，因为妻子闹离婚，王兴晨很少和父亲说话，每天借酒浇愁。王杰看在眼里，急在心里。他再次来到会馆，要求撤资，想把钱要回去送给儿子，缓解父子关系。由于心急，他的态度也强硬了起来。大概是见情形不对，张莉莉先是可怜巴巴地恳请王杰谅解自己，随后承诺："我现在正在借钱，就算把店盘出去，也会尽快退钱给你。"然而，半个月过去，见王杰天天上门去催，张莉莉居然躲了起来。王杰又无奈又恼怒，对奉若神明的女神产生了怀疑。

　　2015 年 6 月中旬，王杰十几次来到张莉莉的养生会馆，店员都说她不在，他认为是张莉莉躲着自己不还钱，这令他恼怒。6月21日下午两点，王杰又来到张莉莉的会馆，他发现当天店里放假，张莉莉一个人开门进去了。于是，他掉头走到小区门口，买了一把匕首。此时的他，心目中的女神已掉下了神坛，他认为张莉莉存心要他，骗他，不采取点极端措施，这钱是要不回来了。

四点左右，他推开了会馆的门。张莉莉见到王杰，连忙一脸笑容地迎上来。王杰二话没说，愤怒地将匕首架在了张莉莉的脖子上："说，我的钱到底去了哪里？你到底是怎么骗我的？不说我今天就结果了你。"

大概王杰一脸的狰狞彻底吓住了张莉莉，她一脸恐惧地说出了实话：原来，在开会馆之初，张莉莉确实一心想把生意做好。然而，会馆里会员基本上都是一些老人，他们表面上每天光顾，看上去生意十分兴隆，实际上肯投资养生的钱少之又少。长时间只赚吃喝，张莉莉非常着急。2014年下半年，这名口口声声劝王杰修身养性、不要在股市捞金的养生教母，实际上早就入市了。她除了维持会馆的日常营业，其余的钱，包括王杰的投资都投入股市，以期换来巨额回报。起初，确实赚了一些钱，然而，和王兴晨一样，她也赔得一塌糊涂，被腰斩了四分之三，根本没钱还给王杰。

王杰惊呆了，他万万没想到张莉莉骗他骗得这么苦。愤怒之下，他开始步步紧逼："你还有什么地方骗过我？快说，否则我杀了你。"张莉莉吓得花容失色，连连求饶："我真的不是存心骗你。我确实喜欢你，说那几个女人有问题，是我不舍得你。"王杰见自己刀刃相见，对方还在哄他，气得一句话也说不上来。张莉莉大概见他半天没说话，以为他态度缓和了："我现在实在没钱。我知道你一直对我有想法，我可以以身相许，直到你原谅我为止……"

张莉莉大概以为凭此可扭转局面，哪知恰恰触动了王杰最深的痛，他视为女神的女人竟然如此低俗无耻，欺骗了他不算，还要羞辱他的感情。悲愤之下，他彻底失去理智，拿起匕首向她疯狂地捅去……等他冷静下来时，张莉莉倒在血泊中，已经停止了呼吸。王杰赶紧脱掉满是血的上衣，光着上身，攥着衬衫从会馆后门偷偷跑了出去。之后，王杰逃回老家。6月23日下午，警方将正在储蓄窗口取钱准备外逃的王杰抓捕归案。

养生之道，在老人堆里被奉若神明。在寂寞老人王杰心里，张莉莉这个养生女神、教母曾是他生活的最美寄托。然而，一些打着养生旗号的所谓专家，亵渎的恰恰是老人的信任、依赖甚至感情。该案虽极端，但其中道理普遍，发人深省。

家 教 隐 患

2016 年 1 月 1 日下午，某市一小区发生一起蹊跷血案：该小区业主张志远将儿子的家教李铭的姐夫李云海用长水果刀捅死。而李云海只是为张志远的妹妹张玉红家装修的小老板。因为张玉红欠李云海一笔装修尾款，李云海向张志远索债不成，反被捅死。这么一个实在复杂、又扯不上边的关系，个中曲折，更是引发出了一个让人感慨万千的故事……

请来家教训生有术

张志远现年 47 岁，是软件公司的高级工程师。2009 年，他担任了公司的设计总监，妻子张敏是儿童医院一名护士，他们的儿子张晓鹏 1997 年出生。夫妻俩都是打拼事业的人，儿子从小由张志远母亲照看。小学阶段，就近入读了老人家附近的学校。因为溺爱，张晓鹏的学习习惯很差，成绩一般，张志远并没有重视。2009 年，张晓鹏念初中了，依旧贪玩好动，忤逆顽劣，成绩还是很差。更要命的是，老师稍微管教一下，他就出言顶撞，闹得大家都上不了课。因为经常被老师请到学校去，张志远这才意识到了问题严重。他对儿子苦口婆心过，也屡次打骂过，然而，越是如此，儿子越是叛逆，成绩也越差。

初二一开学，班主任又约谈张志远，说张晓鹏上课打闹，影响课堂秩序，其他家长告到校长那里去了，希望张志远采取针对性措施，否则班主任不好向其他家长交代。张志远听闻非常难堪，发誓改变这一切。

然而，冰冻三尺非一日之寒。张志远很快花了一万多元钱在一个有名的培优机构报了周末培训班，想帮儿子补习。可是，儿子根本不听课，照旧打闹，很快培优机构就把钱退给了张志远："你们还是请一对一吧！孩子不适合上大课。"没办法，张志远为儿子给各门主科都单独请了一对一家教。

谁知，张晓鹏对家教老师更加抵触，有的老师上了一堂课就坚决不做了。一个数学老师辞课前，语重心长地对张志远说："你儿子的学习没救了，不要白费功夫白费钱了。"这句话让张志远更加无望。恨到极点，他曾用皮带抽打儿子，可打完后看到儿子那仇恨的眼神，他实在是心有余悸。

儿子正在叛逆期，打不得骂不得。正当张志远焦虑万分时，初三上学期，经人推荐，他们认识了新程培训学校的数学教师李铭。当时李铭只有27岁，但曾在一所重点中学任教过，带学生很有办法，他初高中生都带，经他手的孩子中考、高考数学成绩都是130多分，是业内最有名的家教之一。他很有个性，说话干脆，一见面就把话挑明了："你儿子顽劣，都是你们当家长的责任。我能管好他，但你们不要管我用什么方式。"张志远在单位大小是个领导，平时都是他训别人，见李铭年纪轻轻却教训自己，有些不舒服。但为了儿子，他也只有忍了。

果然，李铭对付孩子，非常有一套。2011年9月初的一个周末，他来上第一节课，就发现张晓鹏听课三心二意，总用上厕所或其他借口拖延时间。他索性停了课："看你摆放的照片，你是一个非常爱运动的孩子。课听不进去，咱不上了，我陪你骑自行车去。去告诉你爸，钱我照收啊！"张晓鹏第一次遇到这样的老师，十分惊讶，但还是很得意地去跟张志远汇报："这是老师说的，不是我不愿意上课。"当着李铭的面，张志远只有答应。两人走后，他不满地对妻子张敏说："这老师太不靠谱，这不是在糟蹋我们的钱吗？"李铭上一节课的费用是三百五十元。张敏也觉得老师很过分，建议下节课不要再上了。

那天，李铭和张晓鹏展开了骑车竞赛。半小时后，李铭先到达了目的地公园门口。张晓鹏在学校骑车一向无人能敌，现在居然被李铭超越了，他十分服气。李铭趁机说："一个优秀男孩，不仅要运动好，学习也要好；否则，你喜欢的女生会觉得你四肢发达、头脑简单。"

当时，张晓鹏确实对班级一个漂亮女生有好感，但女孩不怎么搭理他。一听李铭的话，他非常感兴趣，一再请教老师如何讨女孩的欢心。李铭把头一扬："非常简单，跟我学好数学，我自有妙招。"十四五岁的孩子，只要把好脉，其实并不难沟通，李铭居然真的把张晓鹏说动了。再上课时，他不但认真听讲，还主动提问各种问题，慢慢地，数学成绩开始提高了。

对儿子的改变，张志远十分惊喜，对李铭也刮目相看。李铭对张晓鹏很上心，但也很不客气，张晓鹏稍微有点退步，他就找张志远的原因，说话刻薄："孩子就是家长的影子。我好不容易把晓鹏带上路，你们当家长一定不要拖后腿。""晓鹏有拖拉的毛病，估计你们平时也很拖拉……"每每因为孩子，都把张志远夫妇捎带着数落一下。张志远心里自然不爽，为了儿子的学习，也就只有赔着笑脸听着。

令张志远欣喜的是，两个月后，张晓鹏的数学就达到了班上的中游水平。针对他的特点，李铭又帮他物色了其他学科的家教。上课前，李铭逐一和老师们沟通，课程都进行得很顺利。寒假前，张晓鹏在期末考试中从倒数冲到了班级第25名。

张志远非常高兴，特意宴请了李铭。寒假开始，他又根据李铭的要求，每隔一天就给儿子排一节数学课突击冲优。在李铭的带动下，张晓鹏学习更带劲了。李铭也成了张志远一家人的"救世主"。当然，李铭依旧个性十足，很难伺候。

2012年3月的一天，李铭给张晓鹏指定了一个新的复习计划，张志远稍稍提了一下意见，居然就得罪了他，接连好几节课都没来上课，还出言不逊："家长不急，我急什么，大家冷静一下嘛！"张志远也火了，别人家花钱请家教，没听说有这样大牌的，动不动就对雇主发脾气！他掉头跟儿子说："李老师不来，咱们就另请一个，我就不信没有比他强的。"

苦心爸爸投桃报李

张志远硬气，可惜张晓鹏不干，天天跟父亲催问陈老师何时复课，叫嚷着非陈老师的课不上，别的老师来他根本不配合。张志远"恨铁不成钢"，只好再度请李铭吃饭，一再致歉，求他继续为孩子补课。李铭虽然答应了，但吃饭时，对张志远夫妇说话时明嘲暗讽。

回家路上，张志远忍不住发牢骚："儿子不行爹也没面子，我在单位没人敢这样跟我说话，却被一个毛头小子收拾来收拾去。"张敏很清楚丈夫的心思，连连劝他："有个性的人才有能力，这个老师难得肯说真话，难听点儿怕什么！"张敏还劝张志远以后不但不要惹李铭生气，还要想方设法跟他搞好关系，争取把儿子送进名牌大学。在妻子的说服下，张志远多少有些释然了。

当时，张晓鹏正处在最关键的中考备考阶段。上次争执过后，也许是心理作用，张志远总觉得李铭对儿子不如以前尽心了。就在他想办法修复关系时，李铭在课间和张晓鹏闲聊时，得知张志远刚买了一套150平方米的新房要装修。下课后，他主动给张志远打来电话："张哥，我姐夫在大装修公司做了十几年工头，手艺不错，刚刚成立了自己的公司，如果你们信得过，不如让他试试？"李铭说话从来没这样亲热过，他的态度很明确，就是给姐夫揽活。夫妇俩原本不想找熟人做，怕发生纠纷不好处理。但想到李铭开了口，不好驳他的面子。为了让他对儿子更尽心，夫妇俩同意了。

李铭的姐夫叫李云海，时年35岁，是江苏人，确实有多年的装修经验，张志远家的装修，是他公司接的第一单正式业务。所以，李云海做得也很尽心。然而，由于公司成立之初，设计师也不成熟，手下并没有多少固定工人，干活拖泥带水。这如果换了别的公司，张志远夫妇早就不干了。看在李铭的面子上，夫妇俩只有私下里加强监管，多次返工，这才好不容易结束了装修。多费了不少时间和金钱，夫妇俩也认了。

自从有了这个人情，李铭对张晓鹏更尽心尽力了，别的家教和孩子出现沟通问题，他也会积极帮忙协调。2012年，张晓鹏中考虽然没有考入省重点高中，但成绩进步很大，张志远非常高兴，找关系让儿子进入一所省重点学校借读。为了感谢李铭，张志远专门为家教老师们组织了一场谢师宴。饭局中，喝得半醉的李铭当着众人的面一再重申："如果没有我，晓鹏早辍学了！张总，你得多帮我姐夫揽点儿活啊！"张志远非常尴尬地答应着。

回到家，张志远对妻子说："这个李铭的口气太大，如果儿子不努力，他再怎么教也没用。就他姐夫那水平，咋给他揽活？""你别计较这些了。儿子肯学，你就谢天谢地吧！人家李铭说得并不过分。他姐夫水平一般，但人老实，你能帮就帮帮。为了儿子这有什么？"妻子的话，说中了张志远的软肋，他长叹一声，没有再说什么。

虽然有牢骚，张志远到底还是听了妻子的话。不久，他把单位一个下属单位的装修工程帮李云海揽了过来。李铭几次表示感谢，在他的尽心辅导下，张晓鹏的数学成绩稳步上升，高一上学期期末考试，数学飙升到了135 分。不仅如此，李铭深知高考的各种规则，根据张晓鹏的特点，帮他积极准备各种证书，参加高校的自主招生，在高考中加分。

在李铭的积极策划和帮助下，张晓鹏先后参加了全省青少年科技创新大赛、全国新概念作文大赛，都取得了不错的成绩，张晓鹏写的一篇作文，李铭找到全市有名的语文老师帮忙指点，一举夺得新概念全国中学生作文大赛二等奖。这些奖项，让张晓鹏拥有了很多大学自主招生报名的资格。在这些成绩的激励下，张晓鹏各门成绩都在飞速提高。高一结束时，俨然已是一名优等生了。

张志远非常高兴，也投桃报李，多次帮李云海的装修公司揽活。虽然李云海公司装修水平依旧一般，但胜在是公家装修，所以都能勉强交差。

2013 年初，张志远的妹妹张玉红买了新房要装修，张晓鹏及时把这个信息告诉了李铭。李铭打电话给张志远，问能否帮忙接揽这个工程。张志远知道妹妹很挑剔，没有贸然答应。果然，张玉红对哥哥家的装修很不认同，张志远只好委婉地拒绝了李铭。李铭并没有轻易放弃，又多次在张晓鹏面前提及。张晓鹏只是一个 16 岁的孩子，他并不完全懂得其中的含义，他很讲义气，面对老师的恳请，几次质问爸爸为什么不去说服姑姑。张志远没办法，多次和妻子出面说服妹妹。见妹妹始终不松口，张敏干脆大包大揽："我抽空儿给你做监工，保证按照你的要求装修，这总行了吧？"张玉红和老公做电脑配件生意，平时哥哥对她很关照，她只有答应了。

张玉红是个很讲究格调的人。在装修过程中她屡屡提出问题，遗憾的是李云海都修改不到她的标准，这令她非常恼火。一个原计划 3 个月的工程做了接近半年。张玉红脾气火爆，多次和李云海发生争吵。每当这时，张志远和张敏就充当灭火器来帮忙协调。看在哥哥的份儿上，加上李云海态度确实不错，她也只有忍了。结装修款时，张玉红扣下了 6000 元钱尾款并提出要求：一年内房子不出现任何问题，就把余款结清。当时，李云海也没有提出任何异议。

难结尾款纠纷升级

之后一年时间里，张玉红多次要求李云海返修，他都很配合，随叫随到。然而，一年过去，张玉红始终对装修情况不满意，为避免日后李云海不肯返修，她在结算尾款时，又扣下了 2000 元钱，说下一年内结清。李云海当面没说什么，事后却拜托李铭跟张志远要了几次。张志远一听只有 2000 元钱，也认为妹妹太小题大做，劝她赶紧付清了。

张玉红非常生气："要不是看你的面子，他把我家装成这样，我才不会付钱。我扣下他 2000 元算便宜他了。"张志远只好苦笑："是哥我不好，这 2000 元钱我替你付了，省得他来烦我。"张玉红一听就急了："我在乎那 2000 元钱吗？我是怕付清了返修就没人来了。你替我付了，以后再出问题由你负责。"妹妹也难缠，张志远只好不管了。

2015 年初，张晓鹏如愿以偿地考入了知名师范大学。儿子录取理想，全家人特别开心，张志远更是一块石头落了地。为奖励儿子，一家三口去了新马泰旅游。张晓鹏特意让妈妈给李铭买条近2000元的鳄鱼皮腰带做答谢礼物。

这边，张志远家的教育问题暂告一段落了。张玉红的房子还是问题不断。她非常气愤，在李云海又来维修时，明确告诉他："我都烦死了，找你干活给我的身心都带来了伤害，那2000元钱你别想要了，就算赔偿金了。"李云海一脸不高兴："就算有些问题，每次你找我们维修，都随叫随到。这两年折腾下来，我都赔钱了，这2000元你凭什么不给我？"

两人争吵半天，不欢而散。据案发后，李铭说，他的姐夫李云海是个非常沉默寡言的人，为人很老实但固执，正因为如此，他这个妻舅才不时出面帮忙揽一些活。这2000元要不回来，李云海非常郁闷，一再拜托李铭说："我那么尽心，她为什么不付钱啊？以后她再有问题，我不会去的。"

李铭也觉得姐夫仁至义尽了，几次找到张志远，说话还是像以前那样不客气："张哥，你妹妹人品有问题，装修都快两年了，剩下2000元钱算怎么回事？2000元钱，你们好意思赖，我都不好意思提……"李铭过去在张志远面前说话也是这样直白，为了儿子，再不爽他也忍了。

现在，儿子都已经上大学了，李铭却还是像教训孩子一样教训他，这让张志远非常不爽，他感觉到李铭的话是那样刺耳，无论是帮理还是帮亲，他都觉得妹妹没有错，于是他也不客气地回击说："话不能这么说，谁让你姐夫装修时留下这么多后遗症呢！我劝不了我妹妹，你就劝劝你姐夫，大家都息事宁人算了。"

李铭再想说话，张志远就把电话挂了。此后，他再打电话来或者发短信，张志远都没有再理。李铭没有要回钱，在李云海面前很没面子，在姐夫面前也说了一番牢骚话："这事都怪我拖拉。应该在他们求我的时候给你要回来。现在，我没用了！"李云海当时也上了拗劲："这钱无论如何我得要回来，他们太没道理。"此后，为要这2000元钱，李云海一有时间就去张玉红家守着要账，张玉红不给，他就站在门外骂难听的话。张玉红不堪忍受，打电话把哥哥叫过来，张志远和李云海也发生过几次冲突。

2016年1月1日下午，李云海又一次找张玉红要钱，结果没找到她，他拉着一个工友来到张志远家索要。张志远很不客气："你们怎么做人这么不厚道？我看在李铭的面子上让妹妹用了你的装修公司，没成想你们这么不负责任，惹出这么多问题。现在，我妹妹不结尾款我也没办法，你们再来找我，我就报警了。"李云海大概被惹急了，也出言不逊："你忘了你儿子学习差的时候，你咋求李铭了。现在儿子考上了大学，就忘恩负义了是吧？"张志远一听就火了，他过去被李铭教训，现在一个装修工又来冷嘲热讽，他火冒三丈："你是什么东西，给我滚出去！"

李云海的脾气也上来了："李铭说得对，你们这些家长就是过河拆桥！我让李铭告诉张晓鹏，他父亲是个什么样的人。"张志远一听李云海打算在儿子面前挑拨，越发生气："我不欠李铭什么，有本事你让他来跟我要，我跟他算算账。"张志远言下之意，自己平时送给李铭的东西，远不止2000元钱，他没资格指责自己。李云海却嚷了起来："你们欠钱不还有理了？你们兄妹一个欠债不还，一个忘恩负义，今天我们不走了，让邻居看看你们是什么人。"

张志远是一个特别好面子的人，他看见李云海转身要走，以为他要到门外去败坏自己，一气之下，抓起桌上的一把水果刀就向李云海捅去："好，我让你要钱，让你要钱！"李云海躲闪不及，全身被捅了十几刀，工友反应过来冲过来试图拉开时，他已倒在血泊中。

见闯了祸，张志远赶紧打了110和120，李云海被送往最近的市人民医院抢救，结果因心肺受伤严重，失血过多抢救无效后死亡。张志远随后被警方抓捕归案。

这是一笔太耐人寻味的装修尾款，其中折射的教育问题太复杂，太沉重。面对重如山的应试教育，家长在寻求提高孩子成绩时，违心妥协，过于依赖培优机构和家教，太过功利，结果让原本简单的师生关系，引入了世俗利益，引发了矛盾，酿成悲剧。而作为升学链中的一员，家教又何尝不是恃宠而骄？抓住学生单纯的特点，让原本高尚纯洁的教书育人之举蒙尘！愿这笔溅血的装修尾款，给每一个在成绩背后挣扎的家长和学生一点儿警示和反思。

马路杀手

2014 年 3 月 9 日傍晚，外企白领孙维在闺蜜倪嘉嘉家中被后者用菜刀猛击后脑勺而亡。倪嘉嘉在自首时称系报复孙维与自己的前男友暧昧，且设计导致自己出车祸。然而，警方在调查中了解到，是倪冤枉了闺蜜，祸端其实出在一双高跟鞋上……

今年 26 岁的倪嘉嘉在长春市一家银行工作，她从不讲究衣着打扮，工作起来雷厉风行，是个典型的女汉子。经朋友介绍认识了男朋友。赵志 28 岁，吉林省公主岭市人，是一家建筑设计院的工程师。

1 米 57 的倪嘉嘉身材不错，但平时喜欢穿平跟鞋配休闲装，跟身高近 1 米 8 的赵志差距较大。赵志每当带她参加朋友聚会时，经常有人调侃说他们不太般配，烦恼之下，倪嘉嘉向闺蜜孙维请教。

孙维和倪嘉嘉是中学同学兼闺蜜。孙维在一家中外合资企业工作，虽然不是特别漂亮，但衣着时尚，风情万种。她帮倪嘉嘉进行了全方位的形象设计和包装——首先把语速放慢放缓，在着装上，把休闲衣裤换成时尚裙装，把平跟的运动鞋换成 8 厘米的高跟鞋，以弥补她身高的不足。当倪嘉嘉用闪亮的钻饰将长发盘起，化了淡妆，身穿漂亮裙装，脚穿 8 厘米的高跟鞋，马上就变成了身材高挑、妩媚动人的美女。

倪嘉嘉看着自己镜子中的窈窕身影，惊讶地问："这是我吗？我有这么漂亮吗？"可是，但当她在镜子面前转了几圈，又走了几步之后，就感觉到穿着高跟鞋特别不适应，有些重心不稳，脚尖也阵阵酸痛。孙维劝她，习惯了就好了，一定要坚持住。

改变形象之后的倪嘉嘉去和赵志约会，看到赵志惊艳的目光，她觉得自己的改变是对的。从那以后，赵志带她出席各种聚会时，都引来一片啧啧称赞，赵志觉得很有面子，对她更加呵护备至。看到男友喜欢现在的自己，倪嘉嘉更加努力坚持。两人感情水到渠成，倪嘉嘉与赵志开始商量结婚的事。孙维听到他们即将去登记结婚，特地送给倪嘉嘉一双漂亮的14厘米超高高跟鞋，还说穿上它后和赵志就是绝配。

2013年9月28日，倪嘉嘉和赵志约好一起去拍写真集和婚纱照。赵志驾驶本田轿车去接了倪嘉嘉，行至途中，赵志单位的领导突然来电话说，有个重要工程项目需要和他当面研究一下。赵志怕耽误时间，就提出让倪嘉嘉开他的车先去拍写真，他打车回单位研究完工作再赶过去。倪嘉嘉知道赵志工作一直很认真，深受领导信任和看重，只得同意。她说自己可以打车先去，赵志亲了一下她的脸颊说："让这么漂亮的新娘子去打车，我怎能放心！"然后就下了车。

倪嘉嘉本是一个爱车迷，上高中的时候她就梦想着自己有一天能开着漂亮的小轿车风驰电掣。参加工作以后她就到驾校报了名，经过了很长一段时间贪黑起早地训练，最后终于成功考取了驾照。因为男友赵志有车，每当一起出去参加聚会时，赵志只要喝了酒就把车交给她开，一来二去，倪嘉嘉对赵志的车很熟悉，驾车技术也越来越熟练，所以赵志对她开车很放心，才把车交给她。

倪嘉嘉穿着孙维送的高跟鞋上了主驾驶位，踩离合和油门的时候，她感到有些不舒服，但眼看就要到预约时间了，她心里着急，就加大了油门，很快就推到了最高档，车飞速向前，让她再次享受到那种"推背"的感觉。

就在她一边开车，一边憧憬着自己那靓丽的写真照片时，突然从右前方的人行道上蹿出一个骑自行车的中年男子。她急忙去踩刹车，可由于鞋跟太高，她的右脚面都绷直了，但脚掌还是难以向下踩实，因为刹车没踩到位，飞速行驶的车在巨大的惯性下，没能及时减速停住，咣的一声把男子撞得飞出去好几米远，摔在地上。

倪嘉嘉手忙脚乱，又连续踩了好几次刹车，但因为高跟鞋作怪，她踩刹车的时候甚至有两次都踩到了油门上，车疯狂地向前冲去，最后撞到了路旁的粗树干上才熄火停下来。倪嘉嘉胆战心惊，不知所措，右腿阵阵剧痛，动弹不得。她急忙拨打了120，然后给男友赵志打了电话。及时赶到的救护车将中年男子和她一起送到就近的医院。随后赶到医院的赵志及时交了住院押金，经抢救，中年男子双侧肋骨骨折、双肺挫伤，腰椎体爆裂横断分离性骨折，可能导致瘫痪，倪嘉嘉右腿粉碎性骨折。

这时，医院通知倪嘉嘉给受伤男子续存医疗费，说至少得5000元。赵志拿自己的银行卡先后存了15000元。几天过后，男子的病没有好转迹象，家属还不停地向他们索要补偿。面对这种情况，赵志退缩了，想要退婚。倪嘉嘉在遭受身体和心灵的双重伤害后，一病不起。

受伤男子家属也不依不饶，让倪嘉嘉对伤者终生医疗保健负责。她在已经支付了十多万元的住院费后，还得支付法院判赔的受害方医疗费、护理费、误工费、残疾赔偿金等共计45万元。倪嘉嘉十分绝望，几次想自杀被父母救下并帮助她付了所有赔偿费用。

半年后，好不容易康复的倪嘉嘉偶然听说赵志在追求孙维，两人关系暧昧，顿时妒火攻心。她甚至认为是孙维设计故意让自己出现车祸的。在极度愤怒中，2014年3月9日傍晚，她将刚下班的孙维骗至家中，在毫无防备的孙维低头喝咖啡之际，倪嘉嘉起身转到她身后，突然用早已准备好的菜刀向其后脑勺猛砍几刀，孙维当即倒在血泊之中……正当倪嘉嘉行凶后不知如何处理时，其父母回到家中，见此惨景惊骇不已，反复劝说准备收拾行李逃跑的女儿自首。10日凌晨，父亲带倪嘉嘉到公安局自首。

警方在调查中了解到，其实倪嘉嘉对孙维完全是乱猜疑，孙维另有男友。她只是与赵志同为当地驴友群驴友，经常一起参加户外活动。因为倪嘉嘉这层关系，赵志对孙维自然多有照顾。驴友中有倪嘉嘉同学，便添油加醋传到她这。事实上，孙维对倪嘉嘉所做的一切全是出于友情。

驾校负责人李明说，穿平底鞋踩刹车、油门靠的是前脚掌，受力面积较大，穿高跟鞋支点不对，踩不到底还容易打滑，踩离合器也不方便。而且，它会把脚的支点抬高，无形中增大了踩制动踏板的力度和角度。一旦发生紧急情况，容易导致刹车延误等，从而发生交通事故，成为"马路杀手"。因此新的《交通安全法》对穿高跟鞋和拖鞋驾驶车辆有专门规定，不得有穿拖鞋、穿跟高4厘米以上高跟鞋或者赤脚和手持电话进行通话等妨碍安全驾驶的行为。违反规定的将要被扣除2分并处以罚款。

另外，当天倪嘉嘉开男朋友的车，情况生疏也会导致手忙脚乱，加大车祸的概率。最重要的是，车祸已发生，积极弥补，人生还可重来，但她却无端迁怒他人并杀人，结果最终毁灭了自己。

花式直播

2016年初，美女大学生王晴晴在热门直播平台上注册了个人直播间，从此迷上了玩直播。之后，她和男友陈鹏直播约会过程，成了网上情侣档的"红人"。一名观看他们直播的"土豪粉丝"与他们签下10万元"赌约"，该粉丝要求观看两人在澳门旅游塔的蹦极直播。如果两人成功了，即获他提供的10万元赌金；如完不成，两人则反过来赔偿他10万元。

然而，澳门旅游塔上的直播结果出人意料，王晴晴和陈鹏输了这场情侣直播，噩梦就此开启，由此还引发了令人震惊的案中案——

直播约会吸粉数万

2016年元旦，王晴晴在网上留意到，不少大学生注册了自己的个人网络直播间，有人直播吃饭、有人直播野外求生、还有人直播高空跳伞，很多美女主播都有数十万粉丝。这些粉丝会购买直播平台的虚拟礼物对主播进行打赏，主播可在平台将粉丝送的虚拟礼物兑换成现金，和平台进行不同比例的收入分成。

　　王晴晴家住长春市郊区，父亲因患肺癌去世已有7年，母亲刘丽下岗后在家政公司当保洁员。她自幼爱好跳舞，刘丽也是竭尽全力供她上舞蹈特长班。2015年8月，王晴晴考上艺术学院舞蹈专业。她容貌出众，舞蹈功底也不错，但和那些阔绰的同学相比，她穷得连一双舞鞋都买不起，更别提买化妆品了。当看到直播平台这个赚钱捷径后，她大为心动，很快在一家大型直播平台注册了属于自己的个人直播间。

　　为了让直播效果好一点，王晴晴花2000元买了一部二手的苹果手机。第一次直播，她对着摄像头跳了一段流行的爵士舞，可围观粉丝零零散散，压根儿就没人送礼物。为了让自己的个人直播间热闹起来，赢得"粉丝"的关注和打赏，王晴晴学了不少当下正火的热门舞，然后将动作分解，一步步教给粉丝。这一招颇有成效，一些喜欢跳舞的粉丝开始给她送礼物。王晴晴欣喜地兑换礼物，和平台进行四六分成。

　　2006年元旦，北国雪花飘飘，有同学请王晴晴去净月潭滑雪场滑雪。因为自幼生长在东北，滑雪对王晴晴来说并不是件难事。王晴晴对同学说，她会多种滑雪技巧，如果能进行直播，估计会有人感兴趣。在接下来的一期个人直播里，王晴晴委托同学配合摄像，直播自己的"滑雪秀"。她身材苗条，长发飘飘，穿着一身红色羽绒服，戴着红色帽子显得青春靓丽。但因为直播，她还是感到紧张，演绎花样滑雪时三次摔倒在地，雪弄得满脸满身，却更显得真实。她的囧样反而吸引了很多"粉丝"，这次的直播获得了两千元的收入，这让王晴晴兴奋不已。此后，王晴晴的"粉丝"人数开始飙升，她把"礼物"换成钱后，买了舞鞋、大衣和化妆品。

　　2月底，王晴晴的粉丝突破了万人。一个网名叫"浩然正气"的男粉丝几乎每次都给她送礼物，吸引了王晴晴的注意。两人私聊时，"浩然正气"幽默风趣，很快两人互加了微信。

3 月，王晴晴应约与"浩然正气"在校门口的一家咖啡店见面。交流中，王晴晴得知对方名叫陈鹏，是农业大学的大二学生，家在沈阳，父母都是企业工人。平时，陈鹏是个宅男，唯一的爱好就是看网络直播。他几乎把省吃俭用的钱，都用来买虚拟礼物送给王晴晴了。

王晴晴得知实情后，不安地对陈鹏说："你那吃饭的钱，以后就别给我打赏了吧。"陈鹏说："你明明可以靠脸直播，却卖命地跳舞、滑雪，跟那些娇滴滴的网红完全不同，我欣赏你，也想用实际行动支持你。"王晴晴很感动。第一次见面，两人聊了四个小时才依依不舍道别。之后，志同道合的两人很快发展为男女朋友。

为吸引眼球，增加点击率，王晴晴和陈鹏商量，两人用情侣档的身份进行直播。陈鹏本不喜欢出镜，但处在热恋中的他拗不过女友，同意偶尔陪她玩下。没想到陈鹏第一次出镜，就有人直呼他长得好像韩国明星权志龙，粉丝人数又增加了不少。王晴晴和陈鹏索性开了一档"约会"直播，两人总能想出一些有创意又省钱的"约会"方法。一时间，王晴晴的直播间的粉丝人数超过十万人，两人成了情侣档红人。

2016 年 9 月初，一个网名叫"土豪"的粉丝找到王晴晴私聊，他说自己是一名"富二代"，由于两年前出了一场车祸，他被撞成下肢瘫痪，如今只能在轮椅上度过余生。他有很多人生梦想没来得及实现，其中一项就是想和女友一起去澳门旅游塔体验双人蹦极，可惜因身体残疾未能完成，这成了他今生最大的遗憾。"我不缺钱，缺的是对人生的挑战机会和幸福的体验。""土豪"提出如果王晴晴敢和男友去澳门塔体验双人蹦极，并直播给他看，他除了负担两人来回路费和蹦极所需费用外，还额外奖励 8 万元，总计 10 万元。但如果没有完成任务，他们就算"输了"，需要赔偿给他 10 万元。他说，这样做也是为了维系"赌约"的公平。

澳门蹦极直播失败

王晴晴被"土豪"的悲惨经历所打动，同时，10万元的奖励对她这个穷学生来说，是一笔巨款啊！陈鹏不相信有这样的好事："这个网上的人你又没见过，你怎么能信任他？"王晴晴说："咱俩不就是在网上认识的嘛？那土豪说得很真切，一点都不像开玩笑。"陈鹏不同意她去冒这个险，王晴晴生气了："你要不去，那我找个愿意陪我的人去！"陈鹏没办法，犹豫再三还是答应陪她。

澳门旅游塔总高度为338米、主观光层离地面223米。2006年12月，澳门旅游塔推出了全球最高的商业蹦极跳，费用每人约2000元，这个项目每年吸引了全球数不清的游客前来挑战。王晴晴认真研究后对陈鹏说："这太刺激了，至今为止还没有任何人在蹦极时出现过安全问题。咱们这么年轻，就当是去体验一下，何况还有10万元赏金！"陈鹏欲言又止，但最终还是帮女友拟了一份正式的"对赌协议"。双方签完字后，照相留存。按协议规定，由"土豪"预支两人的来回费用。"土豪"很快将8000元打到了王晴晴的银行卡上，这让王晴晴更加确信"赌约"真实无疑。

为了省钱，王晴晴找了在旅行社当副经理的亲戚，帮她和陈鹏买了去澳门的来回机票，安排住宿，其他时间他们自行安排。一路上，王晴晴想着即将到手的大笔奖励，还有她可能因这一跳而出名，她不断更新着自己的朋友圈，随时分享自己的心情。

10月2日下午，王晴晴和陈鹏到达澳门。一进酒店，他们便一边安排手机直播，一边向"粉丝"预告明天的蹦极安排。3日上午，王晴晴和陈鹏坐巴士车到达目的地澳门塔。两人支付了蹦极费用，王晴晴在工作人员的帮助下穿好飞行衣，准备好直播方式。而陈鹏却行动迟缓，在王晴晴的催促下，他战战兢兢地从高空中往下观看时，感到头晕目眩，太恐怖了！

其实，陈鹏有一个秘密，一直没有告诉王晴晴，这也是他最初反对她来澳门冒险，不便说出口的理由。他在大学入学体检时被查出患有心脏瓣膜缺损的毛病，医生嘱咐他不能做特别刺激的剧烈运动。他担心王晴晴知道后与他恋爱有顾虑，所以一直没有告诉她。

纠结一番后，陈鹏做好了豁出去的打算。可目睹现场，他还是感觉双腿发软，他用颤抖的声音对女友说："晴晴，我实在不敢蹦，我心脏承受不了。"王晴晴急了："别忘了我们正在直播呢，如果不履行协议，我们要负担10万元的违约金！"陈鹏无奈只好说了实话："晴晴，真不行，我心脏有点问题，如果我跳下去，估计命就没了……"说完，他不顾女友劝阻，脱下了飞行衣。

看着他跟跄逃下旅游台的背影，王晴晴几乎呆住了！不仅因为陈鹏临阵脱逃，让她承受不了"土豪"的10万元惩罚，还让她在"粉丝"面前丢尽了脸！同时，因为男友有这样的秘密瞒着她，她觉得自己受到了欺骗……这一幕，被直播到了"土豪"和其他粉丝的手机上。

王晴晴和陈鹏没有完成蹦极任务，导致任务失败，不仅损失了数万名"粉丝"，还要按照事先签订的协议，赔偿"土豪"10万元。王晴晴做了这么长时间的主播，去掉花销，也只存下五六千元，这笔赔偿对她来说简直是个天文数字，她该拿什么还？

不堪逼迫相约自杀

直播失败，王晴晴和陈鹏改签机票，心情复杂地回到长春。此后，她告诉自己一位最好的女同学黄莹，说她和陈鹏之间的爱情已经结束了，只是剩下那 10 万元赔偿，他们还需要共同去面对。王晴晴不敢将去澳门的事告诉母亲，刘丽甚至不知道女儿在网上做直播的事。而陈鹏父亲前段时间因胃病做了手术，家里欠了不少债，他更不敢把此事告诉父母。他只好出面向室友和朋友四处借钱，东拼西凑把"土豪"预支的 8000 元路费还给了他。

王晴晴和对方商量："土豪哥哥，我们没能替你实现梦想，是我们不对。我们都是学生，这次出行我们自己也花了不少钱，东挪西借才把你垫的路费还上，剩下的钱，您就别要了行不行？"她几乎在电话里哭了起来。原本温和的"土豪"立刻翻脸："咱们白纸黑字签有协议的。如果你们不敢跳或失败了，就得按协议赔偿我 10 万元，否则别怪我不客气！"此后，"土豪"多次打电话威胁他们。

王晴晴和陈鹏把身边能借的人都借遍了，总共也只还了 1 万元。一天，"土豪"打电话威胁王晴晴："根据你的微博和网上情况介绍，我已做了详细调查，对你的个人信息和家庭情况都已经掌握清楚，如果你不还钱，我就把你企图诈骗 10 万元的事，告诉你母亲和学校，你要是再不还，我就报警，让你去坐牢！"王晴晴整天恐惧不已，干脆关闭了直播间，更换了手机号。没想到半个月后，"土豪"也用另一个手机号码打通了她的手机，威胁她："如果你再不还钱，那你就以身抵债吧！"受到持续不断的骚扰和恐吓，王晴晴的精神在高压之下几近崩溃。

11 月 21 日，精神恍惚的王晴晴与陈鹏见面，两人的手机同时接到了恐吓短信。王晴晴深感恐惧，她无助地抱着陈鹏哭："我们走投无路，干脆自杀算了，一了百了……"这些天，陈鹏也感觉到剩下的 9 万元，成了维系他和王晴晴关系的唯一纽带，如果这件事得以顺利过去，他们的爱情也就要结束了。因此，他更有一种深层的痛苦和悔恨："这事都怪我，是我的懦弱导致了今天的后果。你要是自杀，我一个人活着还有什么意义？我爱你，我愿意陪你去死！"最后两人决定相约自杀，去天国里实现他们的爱情。

案发后，据陈鹏交代：11月29日18时，陈鹏和王晴晴在学校旁边的小树林里抱头痛哭，随后各自吞下了20多粒安眠药。陈鹏还随身带了一把水果刀，他们相约如果谁吃安眠药没效果，就用刀再补一下。晚上22时许，一阵冷风把陈鹏从昏迷中吹醒，他呼喊王晴晴，发现她已经没有反应，但仍有鼻息，手脚还在微微地颤动。按照事先的约定，他掏出随身携带的水果刀，哭着刺向她的心脏，随后又捅了自己胸部一刀，昏倒在地。23时，一位出租车司机到树林里小解，发现他们后报警。警方迅速赶到现场，将陈鹏和王晴晴送到吉大医院抢救。

王晴晴经抢救无效后死亡，陈鹏最终被抢救过来，脱离了生命危险。王晴晴母亲得知噩耗，悲痛欲绝。法医对王晴晴进行了尸体解剖，发现她服用安眠药并没有导致死亡，反而是陈鹏补的最后一刀，直接刺中了她的心脏，导致她失血过多死亡。

鉴于该案情况复杂，办案民警找到相关法律专家进行严谨论证，最后专家指出，陈鹏和王晴晴两人相约自杀本身没有触犯法律，但是陈鹏最后补向王晴晴的那一刀，却构成了故意杀人罪，导致其直接死亡。12月20日，伤愈的陈鹏因为涉嫌故意杀人罪被刑事拘留。办案民警根据陈鹏的供述，认定这是一起"案中案"。

经过大量调查走访，2017年1月23日，隐藏在此案幕后的孙进在外地被警方抓获。经查，36岁的通化男子孙进，曾靠放高利贷为生。2015年下半年，网络直播兴起，孙进和同伙将目光盯向新兴行业里的网络女主播，觉得她们来钱快，尤其是一些女主播年龄小，容易陷入他们事先设计好的陷阱中。据孙进供述：他和同伙在直播网上圈定王晴晴后，扮成"土豪粉丝"给她打赏，骗取了她的信任，并在和她聊天时，获取了她和陈鹏的个人真实信息。其同伙在调查陈鹏的个人和家庭情况后，得知其患有心脏疾病，他们认为陈鹏最后不可能完成澳门塔上的蹦极任务，于是与王晴晴签下"对赌"协议，让她和陈鹏一起到澳门完成蹦极直播。孙进说，即便陈鹏不要命完成了蹦极，他们也不会给两人赌金，毕竟他们在暗处，不断在变更手机号码，即使消失了也追查不到。最初那8000元只是一笔诱饵，让他们奔赴"赌约"。果不其然，陈鹏临阵逃脱，孙进和同伙成功了，只是没想到王晴晴因还不起钱，会和男友相约自杀，酿成如此惨剧。

在本案中，对受害人王晴晴来说，家庭的贫困，想挣钱和出名的心理，使她想成为一个"网红"。她直播自己的舞蹈，直播滑雪"真人秀"，想靠才艺获得打赏无可厚非。可当有人要跟她"对赌"10万元时，心切的她却在没有任何调查的情况下轻易签下了赌约，为自己埋下隐患。当事情发生、她屡遭威胁的情况下，如果她能选择报警或告诉家人，也许能避免如此惨烈的结局。而陈鹏抱着侥幸心理想临场一搏，没想到太高估了自己的勇气。当爱情无望时，他又与王晴晴相约自杀，并对女友补上致命一刀，本是花季年华的他沦为杀人嫌犯，可恨可悲。发达的网络，让年轻人成名、发财，有了一条便捷的途径，但捷径的背后，却是风险和代价。最可贵最可靠的还是脚踏实地，用才华和勤奋闯出自己的一片天地，才会有最终的收获和幸福。

再 婚 风 暴

随着国内离婚率年年攀升，越来越多的男女组成了再婚家庭，其中不少家庭选择生孩子来巩固婚姻。但有些家庭因为种种原因无法再要孩子，由此引出了一个问题：再婚家庭是否非得再生个孩子？

2015 年 11 月，某市发生一起命案，建筑工程师王新宇将妻子艾芳砍死后，又将继女艾晶砍成重伤。经警方调查发现，两人原本相爱，艾芳女儿也很喜欢王新宇这个"小爸爸"。然而，他却坚持想要一个自己的孩子，哪怕艾芳两次做试管婴儿失败，他仍不甘心。最终，悲剧发生了——

幸福婚姻突遭重创

2010 年 8 月 22 日下午，建筑公司工程师王新宇，在一处楼盘施工现场勘查时，被一根从 5 楼顶上掉下来的钢筋砸中穿过了左胸口，生命危在旦夕。身边同事马上将他送到最近的市医院。因为抢救及时，他脱离了生命危险。

王新宇的身上插满了管子，伤口剧痛，不能下地活动，每天躺在床上打吊瓶。公司花钱给王新宇雇了个专业护理人员，名叫艾芳，她对王新宇护理得十分周到，痛苦的王新宇因此感到些许安慰。

时年32岁的王新宇，大学毕业工作后一直没找到合适对象。闲聊时，王新宇得知艾芳比他大3岁，与丈夫两年前离婚，独自一人抚养5岁女儿艾晶。她一个人带孩子经济拮据，就上了专业护理培训班，在医院给需要的病人做护理，这样收入可以稍高些。王新宇听了她的遭遇，不由得心生同情。

天气炎热，艾芳每天细心地帮助王新宇擦拭身体。王新宇有些不好意思，艾芳说："别害羞了，你比我小，我把你当弟弟，再说这也是我的工作。"有时，艾芳还特意回到家，做几个他想吃的家常菜带到医院。王新宇觉得艾芳就是自己一直以来想找的伴侣。他不在乎她比自己大，也不在乎她有女儿，甚至觉得唯有她这样经历过沧桑的人，才更懂得珍惜。之后，王新宇再看艾芳的目光，多了一丝钟情。艾芳懂得这目光意味着什么，但她不敢多想。

出院那天，王新宇借口要表示感谢，把艾芳请到一个环境幽雅的酒店包房吃饭，他拿出当天特意去商场挑选的一枚铂金戒指，向艾芳求婚。艾芳没想到事情来得这么快，她喃喃地说："我比你大，还有孩子，又没好工作……"王新宇不等她说完，就把戒指戴在她左手无名指上，然后把她搂在了怀里。很久没有体验到甜蜜的艾芳，激动得落泪了。

王新宇和艾芳相处一段时间后，就把结婚事宜提上日程。王新宇的父母知道后强烈反对，王新宇却坚持要跟艾芳结婚，并向父母保证说，婚后会和艾芳再生个孩子！父母无奈之下，勉强同意。

2010年秋，王新宇举行了一个简单的结婚仪式，与艾芳正式结婚，并把小艾晶接来同住。他将艾晶视如己出，如果艾芳有事不能去学校接孩子时，他就主动去接艾晶，还给母女俩做喜欢的饭菜。艾晶慢慢地喜欢上了他，亲昵地叫他"小爸爸"。

王新宇从事建筑设计工作，收入稳定，两人婚后共同出钱，在郊区购买了一套两室两厅的房子。王新宇兴奋地对妻子说："房子有了，咱们今后最大的目标就是'造人'，要个孩子，最好是儿子！"

艾芳并不像他那么兴奋："咱们刚买完房子，手里也没多少闲钱，要个孩子压力实在太大了……""我们得有个亲生的孩子，这样的婚姻才牢固。"王新宇的眼里充满了期望。

2013年初，艾芳到医院检查，发现已怀孕三个月，马上打电话告诉王新宇。他听到这个好消息，兴奋地扔下手头的工作，打车到医院去接她回家。回家后，他一直围在艾芳身边，什么都不让她干。艾芳受宠若惊，觉得自己找了一个绝世好老公。

两个月后，艾芳要去松原参加亲属婚礼，王新宇不想让她去，她说不去会惹亲属见怪。没想到，就在参加婚礼回来的高速路上，艾芳乘坐的客车与一辆大货车发生碰撞，她的腹部受到前排座椅的撞击，下身流血不止。

高速交警将她送到医院急诊室，经过抢救，艾芳脱离了生命危险，但胎儿已失去呼吸，只能做引产手术，引下的还是个男孩。闻讯赶来的王新宇，知道儿子没了，像疯子一样不停地砸墙，弄得满手是血，还大哭不止。

失子之痛，给王新宇和艾芳带来巨大的打击。临出院时，医生婉转地对他们表示，因为车祸伤及身体，而且艾芳年龄也不小了，今后再生育的可能性很小，王新宇听完医生的话更是伤心欲绝。

试管备孕屡次失败

在出院回家的路上，艾芳安慰丈夫："这个孩子和咱们没缘分，你别伤心了。不能生就不生，咱不是还有小晶吗？将来她一定会给咱们养老的。"

王新宇毅然决然地说："那不行，医生只说是很难怀孕，也没说一定不能怀孕。现在科学这么发达，我相信经过精心治疗，哪怕只有万分之一的机会，你也要生，我一定要当爸爸！"

从 2014 年起，王新宇陪着艾芳四处求医问药，市内几个大医院都去看过，药也吃了很多，都不见起色。后来，王新宇听说有位同事的爱人在北京一家知名医院做了试管婴儿，生下一个健康儿子。他劝说艾芳也去北京做试管婴儿，艾芳只好同意。他们请假到北京后，按照专家的要求做了检查。专家告诉他们能做试管婴儿，但不能保证一定怀孕。

对于艾芳来说，试管婴儿却是一件非常痛苦的事情，她需要打将近半个月的促排卵激素针。半个月后，卵子长到一定大小，就要做提取卵泡手术。手术过程虽然只有半个小时，但是麻药过后还是非常痛，而且难受呕吐。手术过后，由于卵巢受了刺激，艾芳小腹肿胀，疼痛难忍，术后还引发腹水，要靠抽腹水才能消除肿胀，她被折腾得死去活来。

在做第一次试管婴儿时，医生在艾芳体内取出了 20 个卵子，过了两天告诉她：只有两个卵子是好的。医生将这两个好胚胎种植到艾芳体内，两周后检查，显示她并没有怀孕。医生表示可能是因为促排卵激素对她的效果不好，他们会调整方案。

艾芳没想到做试管婴儿有这么痛苦，她感到恐惧。王新宇不断地给她打气，他那副求子心切的虔诚模样，再次打动了艾芳。

半年以后，艾芳又接受了第二次试管婴儿的方案，可惜这一次的效果还不如第一次好，夫妻俩又得到了失败的消息。医生告诉王新宇，可能不是艾芳的卵巢功能问题，而是因为她对激素的反应和别人不一样，在激素的作用下，她没有办法生产出正常的卵子来。

王新宇夫妇为做试管婴儿，去医院做各种检查和治疗，累计花了十多万元，工作和生活质量都受到很大影响。为了节省开支，他们把新买的房子以每月两千元的租金租出去，然后租了一间平房，三口人挤住在一起。经历来回折腾，艾芳身心俱疲。而由于她经常来往于北京，在家陪女儿时间很少，对她疏于照顾，老师打电话说小晶成绩落下一大截，而且不太合群，她感到很愧疚。

一天，艾晶哭着说："妈妈，你原来跟我说，你跟'小爸爸'在一起后，咱们生活就好了，可现在还不如咱俩以前呢！住在这么破的平房里，还经常看不到你们，我好难过啊！"

艾芳抱着女儿，心痛落泪："小晶，都是妈妈不好，以后妈妈不出去了，尽量在家里陪你。"艾芳思来想去，决定放弃再要一个孩子的想法。

可王新宇不同意："只要有万分之一的希望，咱们也要努力！"艾芳见说服不了丈夫，只好无奈提出："新宇，我不想再耽误你。要不，咱俩离婚吧。""离婚？不，咱们婚后感情一直不错，我不同意离婚！"王新宇一口回绝。

因爱生恨疯狂报复

2015年11月中旬，王新宇向艾芳提出了请人代孕的想法："如果你实在不愿意折腾，那我到老家找一个中年女人帮咱们代孕，把我的精子和你的卵子放到代孕者的子宫里，到时生下的也是咱们俩的孩子。"艾芳一听便断然拒绝："这样折腾，一来不一定成功，二来即便生下孩子，那代孕的人才是法律上的妈妈，今后会纠缠不断！"

艾芳感觉王新宇已经走火入魔，既可怜他又非常生气："本来和你结婚，就是想过安定的生活，你倒好，把我折磨得生不如死。这样的日子无休无止，咱们还是离婚吧。"王新宇认为离婚只是艾芳的气话，仍到处找人代孕，艾芳绝望至极。

11 月 25 日晚，她又提出离婚要求，并表示房子是两个人合买的，户名登记的是她，她跟他结婚 5 年，又带个孩子不容易，如果离婚后房子归她，她可以拿出房价的一半作为补偿。但她现在手里没钱，可以给他写个欠条，每年偿还 5 万元欠款。

王新宇心酸地说："我赚的钱都给你了，可你说离婚就离婚，给我的补偿还是空头支票，我真怀疑你对我有没有感情？""你是把钱给我了，可咱们为了怀孕和做试管婴儿，早就把所有积蓄折腾光了，一直租房子住，吃饭都不敢吃一顿好的。我太累了，你放我走吧。"艾芳掉下泪来。

此后，王新宇开始借酒买醉，靠酒精麻痹自己。晚上只要回家，他就和艾芳争吵打闹，对艾晶态度也不好。艾芳对王新宇不再抱任何希望。

案发后，据王新宇交代：11 月 30 日傍晚，艾芳告诉他，她已请好了律师，准备办理离婚事宜。当时，王新宇已经在家独自喝得半醉，他愤怒地质问："咱们非得要走到那一步吗？"艾芳说："我们之间的感情已经耗完了，还是离婚吧。"

王新宇再次质问："除了孩子，我们没有别的矛盾，你何必这么绝情？"艾芳说："你再找个人，就能要个孩子了，我这是成全你！"

正在这时，艾芳放在桌子上的手机响了，王新宇拿起一看，上面显示是"王哥"，他更加恼怒："难怪你急着离婚，原来是这么快就找到下家了，我绝不让你得逞！"

不容艾芳解释，王新宇跑到厨房拿起菜刀就向艾芳疯狂地砍了几刀，艾芳倒在地上。艾晶看到"小爸爸"砍妈妈的惨状后，急忙拿着手机往外跑，要打电话求助。王新宇追到外屋，又向艾晶举起菜刀，不顾她的阻挡，猛地向她头部砍了几刀。这时，艾芳浑身是血地挣扎着从地上爬起来，哭着哀求王新宇："求求你，放过孩子……"已经杀红眼的王新宇又回来向艾芳补了几刀，很快她就没了声息。

邻居听到隔壁凄厉的惨叫声后，打 110 报警。公安局民警赶到现场，将王新宇抓捕，并将艾芳和艾晶母女俩送去医院抢救。艾芳头部和胸部重要部位都被砍伤，因失血过多抢救无效死亡。艾晶身上被砍了七八刀，受伤严重。经过抢救，她保住了性命，但全身伤痕累累，还落下残疾。

经警方调查，给艾芳打电话的"王哥"是家政公司的老板，当天打来电话是准备给她派第二天的护工活。王新宇得知这一情况后，悔恨不已，可一切都已于事无补。据悉：艾晶目前由亲属抚养，除了身体上的伤害，她幼小的心灵更是受到严重摧残，从一个爱笑的阳光女孩，变得抑郁，脸上不再有笑容，更不愿意与人沟通，让人看了心痛。

对于再婚家庭来说，很多人选择再要个孩子维护家庭。可孩子本就应该生在幸福家庭，而不是为了维系感情才来到这个世界上。在求子不得的情况下，一定要积极地正视现实。其实，也有不少再婚夫妻选择不再生孩子，他们一样过得非常有生活质量。如果因为生孩子这件事不断去摧毁夫妻感情，将宽阔的人生变得狭隘逼窄，实在得不偿失。

文 学 之 殇

2015 年 5 月末，一个面色惨白的年轻人在父母的陪同下，到公安局报案。年轻人名叫冯志，是某广播电台的实习记者。冯志说他不敢相信，"亦师亦友"的室友、"阳光靓丽"的"爱人"，竟然是别人用几个月时间处心积虑制造的一个骗局。

合租室友志趣相投

骗局从一段"纯洁"的友谊开始。

2014 年 7 月，23 岁的冯志从大学中文系毕业，进入某市广播电台做实习记者。冯志家和单位相距太远，于是跟父母提出在单位附近租房居住。冯志父母都是本地人，做小生意，经济条件不错。由他们出钱，冯志租下单位附近一套两室一厅房子的主卧。合租的男生比冯志大 5 岁，看起来文质彬彬，感觉很好相处。

冯志一搬进来，合租男生马上过来套近乎："我叫张宁生，欢迎同居。"两人熟悉后，冯志得知，张宁生毕业于华东师范大学，曾在知名日报社担任副主编，因为对新闻审核不严，犯了错误被辞退了。现在，张宁生是自由作家，靠在网络和文学期刊上发表文章赚钱，收入很可观。张宁生并不掩饰对自己职业的自豪，得知冯志在媒体实习，他多方鼓励："做媒体的必须写得一手好文章，以后有需要我帮忙的，你尽管开口。我带的徒弟多着呢，不差你一个。"冯志听说张宁生当过知名日报的副主编，顿时肃然起敬："我刚到电台实习，你是媒体前辈，以后一定多多指点。"志同道合，两人的关系迅速走近了。

冯志下班后，经常在一旁看着张宁生创作，或者帮人写通讯人物的稿子，经常见他收到稿费，对他越发钦佩。而张宁生为人豪爽，每次收到稿费后，都非常仗义地请冯志到楼下小饭店小搓一顿。有一次，冯志看到张宁生收到一张 2000 元的汇款单，不由羡慕地说："这顶得上我一个月的实习工资了。"张宁生笑着说："这算什么？很多人写稿一年收入几十万，上百万者也比比皆是。"

张宁生的话一下为冯志打开了另一个世界的窗户。他追问一句："张哥，你的收入在哪个档次？"张宁生神秘一笑："保密。你记着，你张哥我是在追梦，志不在钱。"冯志越发服气，他无比羡慕地说："张哥，你也教教我多写文章，我没有你那么高远的志向，我就想找份好工作。"张宁生看着冯志崇拜自己的眼神，一口答应，他还讲述了当年自己正是拿着一摞发表的作品，敲开报社大门的经历。

在张宁生的悉心指导下，冯志开始了写作之旅。张宁生非常有耐心，找了一些相关书籍让冯志研读，还经常给予指导。稿子写多了，张宁生就帮冯志发给相关报纸和期刊编辑，很快就有一篇散文在晚报副刊上发表。冯志兴奋不已，越发勤奋，发表的稿件也不断增加，还受到了期刊和网络编辑的青睐，有了约稿。

　　冯志写作进步神速，对张宁生越发信任和感激，两人的关系也走得更近了。2015 年 3 月份的一天，冯志一回家，张宁生就打开一个网页，兴奋地说："这个杂志正在举办一个网络写作大赛，获奖者有十万元奖金。这种大赛不但能提高知名度，对你就业还有帮助，你一定要参加，并想办法获奖。"

　　冯志听了有些犹豫："我刚开始写作，和全国写作高手 PK，能行吗？"张宁生一再鼓励他，见冯志信心不足，他胸有成竹："没有把握，我能鼓动你吗？大赛责任编辑是我朋友。只要你获奖，我帮你申请成为作家协会会员，那样你就是名正言顺的作家了，想留在台里或找别的工作都易如反掌。"在张宁生的鼓励下，冯志也越来越兴奋，他大学读的中文系，虽然从未想过当作家，但找到一份和兴趣爱好统一的好工作，是他的最高理想。现在，眼前就有一条捷径，他怎么能不动心呢？

　　之后，在张宁生的指导下，冯志开始查阅大量资料，积极备赛。3 月末的一天，张宁生给了他两个 QQ 号，一个网名叫王雨，一个网名叫乐乐。张宁生介绍说王雨是本名，是杂志编辑，即他的好朋友，负责此次网络大赛的初选。乐乐真名叫马乐乐，是王雨的表姐，是省电视台一个王牌栏目的主编，有广泛社会影响力，将来对冯志找工作会有很大帮助。冯志对张宁生千恩万谢，马上通过 QQ 聊天方式与王雨和马乐乐开始接触。

文学青年爱中迷失

　　加为 QQ 好友后，冯志每天都积极和王雨沟通大赛的要求和选题立意。一来二去，两人熟悉起来。冯志得知王雨是北师大中文系毕业，和他同岁，目前单身。王雨还发了多张她在工作中的照片。照片中的她阳光靓丽，坐在杂志社的办公室里，青春飞扬，让冯志怦然心动。在接连看了冯志的多篇文章后，王雨对他非常欣赏，笃定他将是一颗冉冉升起的文学新秀，多次表达欣赏之情。"我一直想找个有才华的男友。像你这样有才华的男孩太少了……"

这样明显的仰慕冯志岂能听不出来？几天后，张宁生也开起了他的玩笑："小子，你何德何能啊？王雨居然那么欣赏你，她好像喜欢上你了。"

王雨是个漂亮女孩，还掌握自己作品的生杀大权，张宁生又在一旁推波助澜，冯志不是傻子，言语也大胆起来。两人越聊越投机，半个月后，两人在网上谈起了恋爱，每天在网上聊个不停。没事时，两人也会打打电话，多数是在微信和QQ上交往。在王雨的推荐下，冯志和马乐乐也在QQ上建立了联系。

杂志社办公地点在北京，冯志想趁周末去北京看望王雨，但王雨鼓励他先写好大赛作品后再见面，他也没多想，就同意了。在王雨和张宁生的指导下，冯志拟定了一个青春题材，开始埋头创作起来。他初到电台，繁杂事情多，每天忙到半夜，再抽空搞创作，辛苦可想而知。然而，因为有目标有动力，他一点儿也不觉得苦。得知王雨和冯志恋爱了，张宁生也由衷地为他们高兴，嚷着要喝媒人酒。

就在冯志专心在文学的道路上奋力向前冲时，2015年4月初，王雨突然联系不上了，冯志打电话不接，QQ、微信都不回，他十分郁闷，在QQ上问马乐乐是怎么回事。马乐乐开始一直说："没事的，小雨过几天就会没事的。你就等她联系你吧！"冯志放心不下，一再追问。

马乐乐终于说出：前几天王雨的父母去北京看望女儿，得知女儿和没有正式工作的冯志恋爱，他们坚决反对。王雨和父母闹翻了，这几天心情不好，就没有和他联系。冯志一听就急了，连忙问马乐乐自己该怎么办？

马乐乐非常善解人意，一再宽慰他说："你只需要努力，一定要在大赛中获奖，如果电台留不下，我争取以特殊人才引进的方式，帮你运作进电视台。只要你有了好工作，舅舅的工作我来做。"这份理解和认同，令冯志十分感动，他一再表示会全力以赴，不惜一切代价获奖。他一面通过各种留言，向女友表白自己的决心，一面努力创作小说。

王雨得知男友了解父母的态度后，给冯志留言说："我要找的不是高富帅，而是能合得来的潜力股，你不要有任何压力，咱们一起努力。"女友善解人意，冯志越发感动。为了让女友减轻压力，他通过马乐乐得知王雨的父母爱吃海鲜、牛尾，多次委托在大连的朋友买海鲜、牛尾等食物空运送到王雨父母家。得知她的父母喜欢蒋大为，在蒋大为来开演唱会时，他特意花 2000 元买了两张贵宾票，寄到家里让他们去看。王雨姥姥过生日，他探听到老人喜欢穿羊绒制品衣物，花 2000 多元买了一件寄过去……冯志都是以王雨名义寄的。王雨接到父母的电话，猜到是冯志买的，责备他不该乱花钱。冯志云淡风轻地说："这是我的稿费，花出去我会有动力赚得更多。"其实，那些钱，都是他以各种名目跟父母要的。

在冯志心中，这份爱在遇到波折后，必须全力以赴，才能守得云开见月明。

两个月后，冯志经过无数遍修改的作品终于完成，他在 QQ 上投稿给了王雨。王雨看后非常赞赏，为精益求精，她又找了几个高人提了具体意见，要求男友再作修改。期间，张宁生也给予了不少宝贵意见。

半个月后，冯志按要求修改完毕，再度将文章发给了王雨。王雨回话说此稿已经达到获奖文章要求，但因为参赛作品不计其数，不乏高手，要想确保在比赛中获奖，必须运作一下，和大赛评委做好协调工作。冯志自然听从，把此事委托给女友，按照她的要求，打算汇 4 万元人情费。

王雨拒绝接受银行汇款，让冯志把钱给张宁生，说张宁生和其中几个评委很熟，她将和他一起操作此事。有"恩师"参与其中，多了一份保证，冯志求之不得。与此同时，张宁生告诉冯志，马乐乐的单位要进人，问他有没有意向？冯志激动不已，让张宁生说情，一定要马乐乐帮他进电视台。马乐乐也在QQ上表示会尽力，提出要一些人情费。冯志满口答应，他向父母一共要了7万元钱，交给张宁生，让他代为转交。冯志父母听说儿子找工作，又给了他5万元钱，让他不要怕花钱。

此后，因为大赛沟通和找工作两件事，冯志按照王雨和马乐乐的各种要求，陆续又把5万元钱给了张宁生。2015年5月初，冯志到电视台找马乐乐，她的同事说她刚刚被领导派到新疆拍摄援疆人物，得一个月后才能回来。冯志确定当时电视台确实在进人，放心地走了。

几天后的5月6日，是王雨的生日，冯志给女友购买了价值一万元钱的手机和礼物，打算去北京探望她。王雨在生日前几天返回老家，她在QQ里对冯志抱歉地说："亲爱的，我每年过生日都要回家陪妈妈。等明年，他们同意咱们的事，我就带你回家。这几天你不要给我打电话，我们也不方便见面，我怕爸妈会起疑心。"同在一个城市，却不能见面，冯志觉得太不近人情。但因为爱情，他选择了相信，把礼物委托给张宁生，由他送到王雨家里。

骗局拆穿心中留伤

2015年5月末，冯志发现王雨和马乐乐竟然同时在QQ上消失，而且还居然将他拉黑了。他给张宁生打电话问怎么回事，张宁生说他正带着女友在外地旅游，等回来再说。冯志越想越感觉不对劲，仔细回想，发现整个事件有太多不符合常理的地方，从始至终，他一次都没见过王雨和马乐乐，却陆续拿出去了 10 多万元钱。冯志个性一根筋，一向很相信别人，他无法相信竟有人这样骗自己，一下病倒，发起高烧。父母打不通电话，赶到住处看望，他才把事情的经过跟父母说了。于是父母拉着他来到公安局报了案。

警方接警后，根据冯志提供的情况对张宁生和王雨、马乐乐展开调查。对现有情况进行梳理、取证后，民警发现，张宁生的身份是假的，他从未正式在某日报社工作过，更未做过副主编。而杂志社确实有一个编辑叫王雨，省电视台也确实有一个主编叫马乐乐，但他们都没有参与过这件事，只是名字被冒用了。警方断定，张宁生有重大嫌疑。2015 年 6 月 10 日，民警将旅游回来的张宁生和女友武美瑶带至公安局接受调查。

刚开始时，张宁生拒不回答警方询问的问题，民警就从其女友身上打开突破口。武美瑶性格单纯，据她讲述：自己和张宁生交往已 3 年多，她一直以为男友在一家日报社做记者。她父亲是一家研究院的院长，母亲是医生，对张宁生一直不满意。2015 年 3 月，张宁生忽然手头宽绰起来，声称写稿赚了很多钱，多次带女友去北京等地旅游，给她买了不少礼物。为了缓和与准岳父母的关系，张宁生投其所好，多次购买海鲜、牛尾等礼物……民警通过比对，发现张宁生送给岳父的礼物，和冯志送给"王雨父母"的礼物惊人一致。他们去邮局调查了张宁生的稿费单，发现近 3 个月来，他只累计收到了 4350 元稿费，和其支出严重不符。在各方证据面前，张宁生的心理防线彻底崩溃，坦白了事情真相。

原来，张宁生家在内蒙古，父亲在他 3 岁时去世，和母亲相依为命，靠舅舅接济度日。他考入大学后，和武美瑶相恋。毕业后，他在舅舅同学的帮助下，在日报社实习，但进报社非常难，短暂实习后就离开了，一直没有找到合适工作，以自由撰稿为生。第二年，母亲得了乳腺癌，他只有靠微薄稿费给母亲治病,生活十分窘迫。武美瑶在一家银行工作,曾带张宁生见过父母,对女友一家人,他都谎称在日报社工作,还把实习时的工作照片给他们看,但准岳父母一直不肯接纳他。

冯志成为张宁生的同租室友后,正是他经济最困顿时。见冯志单纯,他萌生了骗财的想法,王雨和马乐乐都是他一人假扮,冒充王雨和冯志通电话时,他用了变声软件。一人饰演三角,他的骗术并不高明,甚至非常拙劣,但因为披着文学外衣,加上冯志涉世未深,竟一再相信他,共被骗走 13 万元财物。这些钱张宁生多数花在给母亲看病上,一部分花在女友及其父母身上。2015 年 6 月 10 日,张宁生因涉嫌诈骗被警方刑事拘留,面临至少 3 年刑期,追悔莫及。

而冯志,面对着为儿子请求谅解、满脸悲伤的张宁生母亲,吐露了自己的心声:原来,他在大二时曾谈过一个女友。在他毕业前夕,女友去美国读研了。女孩变心,却以父母为借口狠狠损了他:"我父母是为我好,等你找到好工作,再来找我!"冯志是个自尊心很强的男孩,这些话深深刺痛了他。此后,他一直挖空心思想找到一份好工作,让女友瞧瞧。正是因为如此,他在面对张宁生的骗局时,才放松了警惕。

得知张宁生的经历后,冯志刚刚被骗时的愤怒也在一点点消失。更多的时候,他在反思自己:他和张宁生对现实的无奈,在爱情里的迷失,居然如此类似。他何尝不是在投机中被骗?他的急功近利又何尝不是张宁生犯罪的推手?正是因为如此,他选择了原谅。

2015 年 12 月,法院对该案进行了审判。因为冯志出具了谅解书,法院对张宁生做出判三缓三的处罚。庭审后,张宁生被当庭释放。庭审结束,张宁生和冯志双双约定:好好努力,用真正的努力和奋斗赢得爱的纯美和生活的回报。

房 产 限 购

自北京市首个出台"限购令"后,全国多个城市都对房产实行了限购措施。严格举措之下,一些不符合购房条件的买主,只得以他人的名义购房,由此埋下了隐患。

2014 年春节过后,随着全国三十多个城市相继解除"限购",这些暗箱操作的交易者们再也无法淡定。8 月,长春市便发生了这样一起在限购令解除之前,冒名的房主伙同女友杀害真正购房者的一起案件……

一曲定情借名买房

2012 年春天,36 岁的李海明在市区的和风茶馆结识了 21 岁的刘爽。刘爽出生于吉林市,2009 年考入一所艺术学院学习器乐。由于家境困难,经济拮据的她业余常去会所、茶馆做兼职,靠弹奏古筝和钢琴挣生活费。当李海明第一次见到刘爽时,就被她牢牢吸引了。一曲古筝终了,李海明让秘书拿了一张名片给她。刘爽见他的名片上印着商贸公司总经理的头衔,顿觉遇到贵人,又特意演奏了一曲《春江花月夜》,博得众人喝彩。此后，李海明常光顾这家茶馆，有时还开着车送她回学校，两人相聊甚欢。

5月23日，刘爽的生日。李海明定了豪华包房为她庆贺。在鲜花、美酒和礼物的诱惑下，刘爽娇羞地投入到李海明怀中……从此，刘爽心甘情愿做了李海明的情人。两个月后，刘爽大专毕业，成为一名小学音乐教师。由于刘爽住的是集体宿舍，每次约会她只能提前在学校附近的酒店开房。一次缠绵后，刘爽提出让李海明给自己买套房，李海明满口答应下来。

没多久，李海明便开始反悔了。他对多年老友王博酒后吐真言，说刘爽屡次催他买房后，他觉得她很俗气。他感慨："现在一套房子动辄几十万上百万，一分手就人财两空，这钱花得太不值！"王博说："如果你舍不得投资情人，那你就以自己名义买房吧。"李海明摇头说，因限购令的原因，他没有资格买第三套房。

正在李海明为难之际，表弟张锋突然找到他帮忙。时年28岁的张锋家在农村，大学毕业后去北京打拼，觉得混不下去又回到家乡，想托表哥给自己介绍工作。李海明很喜欢这个小表弟，将他安排在自己公司做后勤，每月给他3000元的工资。2013年1月，李海明在与张锋吃饭聊天时说，他想瞒着老婆买套房，但限购政策太严，因此想以张锋名义买套房，等限购令松绑后再过户到他名下。张锋觉得这件事是个顺水人情，爽快地同意了。

2月中旬，李海明看中了市区内一套110平的二手房，他出资78万元以张锋的名义买下。李海明与张锋签订协议，约定房产证和土地证都写张锋的名字，过户后两证由李海明持有，将来一旦解除限购，张锋应立即将房子过户到李海明名下。两人还将协议做了公证。

李海明将两证拿到手后，便雇人把旧房按新房标准装修一新。五一过后，他将刘爽接进了新房。刘爽欣喜若狂地说："看你最近很忙，原来是送给我这么大的惊喜啊！"李海明说："小爽，这套房是客户抵债给我的，由于客户以前将房子办理了抵押贷款，所以暂时过不了户。他承诺两年内还清贷款，到时我让他将房子直接过户到你名下！"刘爽对此没有怀疑。

私情暴露预谋强占

有了这个隐秘的安乐窝，李海明经常借口应酬，一下班就跑来和刘爽约会。一次，刘爽看上了一台钢琴，便拉着李海明到乐器店想买下它。哪知当天李海明12岁的女儿莹莹也陪着同学到那家乐器店买乐器。尽管李海明再三跟女儿强调不要将所见告诉妈妈，但莹莹还是偷偷将此事告知给母亲黄茹。黄茹非常吃惊，决定不动声色地弄明情况。

2013年6月24日下午，李海明给黄茹打电话说晚上有应酬。黄茹提前开车到丈夫公司楼下等候，等丈夫将车开出停车场后，她一路尾随，跟到刘爽所住的小区。李海明敲门进入房间后，黄茹在外面等了20分钟不见人出来。她气急败坏地上前拍门。李海明吓出一身汗，赶紧给张锋打电话。张锋不敢怠慢，十分钟便打车赶到了。

张锋看到面色铁青的黄茹后，笑着跟她打招呼："嫂子，你怎么也来了？这是我家，我和女朋友住这里。走，咱们一起进屋吃饭去！""这是你家？那李海明跑到这里干什么？"黄茹问。"我有事找表哥帮忙，可能他没对你说吧？"张锋喊"女友"开门后，黄茹将信将疑地跟着进了屋，只见李海明和刘爽若无其事地站在客厅迎接她。

黄茹问丈夫："为什么不给我开门？"李海明说："我在接客户电话，张锋的女朋友戴着耳机在房里玩游戏，我们都没听到敲门声。""跟他们吃饭你为何撒谎说应酬客户？"黄茹不依不饶。李海明一把将她拉到厨房低声说："张锋买房时找我借了20万，我没敢告诉你，所以才瞒着你一个人来跟他们谈事。"

一番"合理"解释后，黄茹的情绪才逐渐平静了。李海明回家后，黄茹警告丈夫："你要敢在外面买房包二奶，我会让你身败名裂！"李海明解释："房子确实是张锋的，他借钱时，把房产证还押在了我这里呢！"说着，他从书柜里翻出房产证拿给妻子看。黄茹看后说："这房产证放我手里，张锋什么时候还钱再来拿。"

黄茹这样一闹，刘爽才得知自己住的房子是李海明以表弟名义购买的。她找李海明谈判，让他把房子过户给自己，或补偿她100万分手费。李海明也来了气："要想得到房子，你再跟我五年！"刘爽不同意，两人闹得不欢而散。此后，李海明减少了和刘爽见面。刘爽非常苦闷，有时还打电话对张锋倾诉苦恼。张锋总是耐心地劝慰她。慢慢地，两人越走越近。

2014年2月，张锋母亲突发心脏病住进了医院，医生说需要做心脏搭桥手术，费用大约10万。张锋手头积蓄不够，找李海明借5万元救急，李海明竟拒绝了。刘爽听说后，第二天就从银行里取出两万送到医院，张锋为此感动不已。刘爽在医院看到张锋把母亲照顾得无微不至，觉得张锋值得自己托付终身。张母出院后，刘爽表达了对他的好感，张锋说："我早就喜欢上你了。"刘爽和张锋相拥在一起。此后，张锋经常在刘爽住处留宿。

7月16日晚上，刘爽在确定李海明到沈阳谈生意后，便约张锋来到住处。晚上10点，正当他们躺在床上时，外面传来了用钥匙开门的声音。原来，李海明听到传闻说张锋和刘爽好上了，一直想试探虚实。他编了个出差借口，果然将他俩抓了个正着。李海明气得一把将张锋打倒在地，骂他："你这个忘恩负义的东西！"刘爽上前阻拦，他又打了刘爽一耳光，又指着张锋的鼻子说："你明天不用来上班了。"李海明摔门而去后，刘爽对张锋说："这套房的房产证不是写着你名吗？要不咱们去相关部门补办房产证，这样房子就能名正言顺地归咱们所有了。"张锋说，李海明手中还有协议书和公证书，如果他打起官司来，他们未必能得到房子。

限购松绑贪欲生祸

2017年7月，限购令开始松绑，已有市民开始购买第三套房了。李海明找出当时的协议和公证书，三番五次去找张锋谈房子过户，可张锋总是东躲西藏。最后，李海明还是在自己买的那套房里找到了张锋。他拽住张锋说："现在限购令松绑了，你赶紧跟我去办理过户手续！"张锋将李海明应付走后，刘爽生气地说："他无情我们无义。我们干脆把房子卖了，让他干瞪眼！"两人商量来商量去，最后决定绑架李海明，逼着他把房产证和协议书等交出来。

8月4日，刘爽给李海明打电话，说有些事情她想通了，约他到住处想和他谈谈。晚上6点，李海明如约前来。吃饭时，刘爽向李海明承认错误，说自己不该瞒着李海明和张锋好。要分手了，李海明也很伤感，他多喝了几杯酒，很快便有了醉意。他难耐欲火，将刘爽抱到了床上。哪知，就在两人脱衣服时，事先在阳台躲藏的张锋悄然出现。他用一根短棒在李海明头上敲了一棍，李海明发晕之际，他快速拿着绳索上前将李海明的手脚捆了个结实。

张锋问他："房产证和协议书放哪了？"李海明不吱声，张锋便拿着棍子狠狠打他，李海明求饶道："房产证在我老婆手里，协议和公证书在办公室，明天我亲自将东西给你送来！""我现在就要拿到东西！"张锋吼道。说完，他让刘爽用李海明的手机给黄茹发了一条短信："你把房产证找一下，我一会儿让张锋找你拿。"黄茹收到信息后，打电话过来询问怎么回事。张锋不敢让李海明接电话，忙说："嫂子，我房子要租出去，一会租户要来看房产证。我待会儿找你拿到复印之后，再把证给你送去！"

一旁的李海明在旁边大喊："不要给他房产证，我被他们……"张锋赶紧挂了电话，将手机一下砸到了李海明头上，并扑到他身上，双手紧紧掐着其脖子吼："死到临头你还当守财奴！"刘爽见状赶紧拉住张锋，但张锋死活不放手。几分钟后，李海明一动不动了。见李海明被掐断了气，刘爽痛哭："咱们杀人了！"张锋也懊悔不已。两人紧急商量后，将李海明已经发冷的尸体装在一个大编织袋里，趁天黑搬到楼下李海明的奥迪越野车后备厢。随后，两人收拾了现场，由张锋开着李海明的车带着刘爽连夜逃亡。出城时，二人合力将李海明的尸体抬出丢入南郊的河道中。

而黄茹等了丈夫一夜无果后，于次日早上到公安局报警。民警在核实情况后，撬开了刘爽所住的房子，发现床上有血迹，地上还残留着李海明被摔坏的手机碎片，遂将张锋和刘爽列入重点调查对象。8月5日下午，李海明的尸体被群众发现后报案。8月7日，警方将躲藏在一家宾馆的张锋和刘爽抓获，两人对绑架杀人的犯罪事实供认不讳。

本案起因虽然是一套冒名的房产，但根本原因还是由于受害者和两名犯罪嫌疑人内心的贪欲。李海明事业有成，家庭幸福，可由于他对私生活的放纵惹火烧身；而刘爽、张锋本可以开始新的生活，去创造属于自己的财富和幸福生活，却因为对一套房子的执念和贪欲，走上了杀人犯罪的道路，令人惋惜！

情 感 缝 隙

闪婚闪离的赵晓蕾情感受挫后，认识了自以为无毒无害的未成年小帅哥张一阳，和他发生激情热恋，圆满度过了离婚后的情绪低落期。没想到，这段感情却是相处容易分手难，在她提出分手时，张一阳对她百般要挟和折磨，导致她举起锤子砸向他……

情感受挫摇来孽缘

在最短时间内经历闪婚闪离的赵晓蕾情感受挫，百无聊赖的她学会微信上网，加了很多好友互动，找寻情感上的慰藉。很快，她感觉微信摇一摇的功能很不错，可以摇到很多陌生男士，增加多认识人的概率和可能发生的缘分。在家里，在单位，在吃饭时，她都顺便开启微信摇一摇功能，添加了很多男性朋友，有人送花，有人请吃饭，给她寂寞孤单的生活增添了色彩。

在赵晓蕾去咖啡厅消费时，她摇到一个阳光帅气的小伙头像，两人马上互加好友一顿热聊。经过聊天得知，小伙名叫张一阳，高中辍学后在亚力健身俱乐部做教练助理。他幽默风趣，有些无厘头的搞笑语言逗得赵晓蕾开心不已。在他的邀请下，赵晓蕾去他所在的健身俱乐部做健身体验。

见面时赵晓蕾发现，张一阳长得高大威猛，身材超级棒，有标准的人鱼线，而且眼睛会放电，属于那种让很多女生都喜欢的类型。他为赵晓蕾在健身俱乐部办了一张健身卡，经常指导赵晓蕾练健美。他长相成熟，看起来两人年龄相差不大。张一阳对浑身散发成熟气质的赵晓蕾特别喜欢，经常想各种办法逗她开心，让赵晓蕾阴郁压抑的心情大有好转，情不自禁地被他吸引。

1987 年出生的赵晓蕾漂亮妩媚，是吉林省酷炫街舞工作室的舞蹈教师，有很多同龄男生热烈地追求她，她都因为对方家庭条件一般拒绝了。2011 年末，她和刚认识的富二代男友孙国军闪婚。由于婚前了解不够，婚后矛盾凸显。孙国军家里虽然有钱，可他自私，花心，不务正业，缺点在婚后都慢慢暴露出来。2012 年初，忍无可忍的赵晓蕾又和孙国军闪离。孙国军留给她一套房子和一辆轿车。转眼间，她就从未婚女生变成有过婚史的女人，让她身心受伤。

赵晓蕾在这段离婚后的特殊时期，并不想再触碰婚姻，大家在一起，就是玩玩而已。认识张一阳后，她感觉和他年龄相差悬殊，在一起就是享受轻松愉快的生活，没有爱情的负担。可是张一阳一旦认定她后，想尽办法追求她，让她很心动。

在张一阳的热情追求下，两人关系迅速打得火热。一个周末，他们在去户外郊游时，激情澎湃的两人在帐篷里发生了关系。亲密过后，张一阳才坦白他再有一个月才满 18 岁，在健身俱乐部应聘时用的是假身份证。

赵晓蕾开始觉得有些不妥，后来又一想，张一阳单纯年轻，两人在一起非常开心，可以说无毒无害安全得很，所以就打消了顾虑，沉浸在张一阳带给她的激情里不能自拔。可两人恩爱甜蜜没过多久，张一阳以工资低囊中羞涩为由，开始向赵晓蕾提各种要求，今天让她给买苹果手机，明天又让她给买限量版运动鞋。赵晓蕾多次满足他的要求后，张一阳有了依赖，在和俱乐部老板吵架后竟然提出辞职，死缠硬打地将东西搬到赵晓蕾家里。赵晓蕾看到他可怜的样子，一时心软，就同意他搬进来住一段。结果张一阳白天打游戏，晚上等赵晓蕾下班回来就缠着和她亲热。平时衣来伸手饭来张口，等于让赵晓蕾养着。

更让赵晓蕾接受不了的是张一阳在网上购买了很多奢侈品，都发到她单位，而且都是货到付款。有几次价格都上千，她去取件时钱没带够，只好让同事下来救急，让她颜面尽失。

此时的赵晓蕾已经逐渐走出离婚的伤痛，渐渐清醒后她觉得这样的关系索然无味而且负担巨大。两个月后，她发现自己经常入不敷出，月工资5000元钱都不够花，积蓄不断减少。她提出让张一阳重新找份工作，共同分担同居费用，可张一阳每次都摆出一副撒娇耍赖的萌状，让赵晓蕾也不知道该怎么办。

觅到真爱分手太难

2014年5月，赵晓蕾通过朋友介绍，认识了在税务局做公务员的陈寻。陈寻离异不久，比赵晓蕾大9岁，稳重绅士，对赵晓蕾一见倾心。他们约会时，陈寻处处照顾和呵护她，让赵晓蕾体会到做幸福小女人的感觉。

陈寻对赵晓蕾好，让她动了心。一次约会过后，她回来和张一阳摊牌："感谢你在我离婚后最痛苦的那段时光陪我，可你比我小8岁，咱们之间没有未来，我也不可能总这样养着你。我累了，咱们分手吧。"张一阳一听就炸了："不，我绝对不跟你分手，除非我死了。"他看到赵晓蕾脸上决绝的表情，就疯狂地冲进厨房拿起菜刀向自己的左手腕上割去，手腕当即就被刀割出一道约7、8厘米长的刀口，流血不止。赵晓蕾吓得急忙上前把刀抢下，并用毛巾赶紧将他手上的伤口系紧止血，陪他到医院处理伤口。

"你要是抛弃我，我就不活了。"赵晓蕾急忙回应："分手的事儿等你情绪稳定下来后再说。"就在赵晓蕾焦头烂额之际，此事又被张一阳的母亲严凤云得知。严凤云是一个单位出纳，看到儿子受伤后，才知道他在和一个比她大8岁的离异女人同居，现在面临被抛弃的事实。

看着儿子身心受伤的样子，严凤云疯了一样找到赵晓蕾的家，气势汹汹地质问她："我儿子还未成年呢，你就不要脸勾引他和你同居，现在利用完了，竟然又要强撵他走。你以为他是小猫小狗啊，呼之即来，挥之即去的。不行，你要为你的行为付出代价！"说完，抓着赵晓蕾就打了她一巴掌。严凤云在门口大呼小叫，引来很多邻居围观，赵晓蕾心中悔恨难当。她怕事情传扬出去，让陈寻知道，他们的恋情就泡汤了。

赵晓蕾忍着被打的屈辱，对严凤云说："阿姨，您别生气，有话咱们进屋好好谈。"严凤云进屋后，赵晓蕾提出要让张一阳搬出她家。严凤云说："一阳搬出来可以，但你作为成年人，和他同居这么长时间，不能连个说法都没有。这样吧，你赔偿他"处男费"20万元，他随时都可以搬走。""20万？我现在哪有那么多现金。这段时间一阳在我这里吃住一分钱都没花，我还给他买手机和衣服。你们这不是敲诈吗？""那我回去后得和一阳商量一下再说。"

严凤云和张一阳商量此事。张一阳表示他还喜欢赵晓蕾，坚决不想搬出来住。严凤云劝他："她都已经不喜欢你了，你还赖在人家没意思，倒不如让她赔偿你点钱花，将来你一定可以找个更好的姑娘。""那好吧，赔偿费就定在10万元钱，不能再少了。"双方经过讨价还价，严凤云拿到10万元钱后，张一阳顺利搬出赵晓蕾家。

赵晓蕾终于松了一口气，新换了门锁和钥匙，以为和他就此一刀两断，没想到事情还没有结束。分手后的一天晚上，张一阳来到赵晓蕾处取落在她家的东西。他敲门后陈寻来开门，当着陈寻的面，赵晓蕾将他的东西扔出去后拒绝让他进屋。张一阳气愤地说："现在不让我进屋，当时我在你这住了好几个月呢。你身上哪一块地方是我没看过没摸过的。""住嘴，晓蕾已经和你分手，她现在是我的女朋友，你要是再来骚扰她我就让你好看。"说完，陈寻搂过赵晓蕾，宣誓自己的主权。

恶魔缠身浴血反抗

张一阳看到赵晓蕾偎依在陈寻怀里一脸幸福的表情，非常生气。自己得不到的别人也休想得到，他一定要想办法把赵晓蕾夺回来。第二天，他把赵晓蕾约到一个饭店包房里，拿出当时两人恩爱放纵时录下的录音做威胁，要让赵晓蕾做他一辈子的情人，否则就把这录音放到网上，让赵晓蕾身败名裂。就在赵晓蕾心乱如麻时，他返身将包房门在里面插上，不顾赵晓蕾的反抗将她强奸。此后，他多次约赵晓蕾，并以录音要挟，强行和她发生关系，让赵晓蕾苦不堪言，以泪洗面。

这边陈寻和赵晓蕾商量，初步将婚期定在2014年元旦。眼看婚期已近，可张一阳却阴魂不散总来折磨她，赵晓蕾天天失魂落魄，夜不能寐。她发动身边同事给张一阳介绍新女友。可她费尽心思介绍的几个女孩都不满意他的轻浮劲儿，见面后都没有下文。

2014 年 11 月 30 日，在赵晓蕾和陈寻相约领取结婚证的前夕，张一阳再次来到赵晓蕾居住的小区家中，威胁赵晓蕾把门打开让他进去。眼看着她和陈寻的幸福就要毁在张一阳手里，赵晓蕾跪在地上求他："我和陈寻快要结婚了，求求你放过我吧，不然要让陈寻知道咱们现在的关系，我的后半辈子就彻底毁了。""他知道了更好，这样你不就可以完全地属于我了吗。""你这个卑鄙下流的小人，我当初怎么瞎了眼，看上你这样的人！""我就是喜欢你，我做的一切事都是情不自禁的，你还是回到我身边吧，我会像以前一样对你好的。""你休想。"

谈判过程中，张一阳又强行拉过赵晓蕾发生了两次关系，事后疲惫的他竟然放松地在赵晓蕾的床上睡着了。赵晓蕾的身上都是反抗时张一阳弄的伤痕，她无声地哭泣着，头痛欲裂。她觉得只要有张一阳在，她就不可能有美好的未来。她对张一阳恨之入骨，却又无计可施。走投无路的她去储物间拿起家中的锤子砸向睡梦中的张一阳。她一连几下砸向他的脑袋，张一阳当场就没了声息。

赵晓蕾看到满床的血迹，一下清醒过来，她哭着给陈寻打电话："亲爱的，对不起，我把张一阳杀了，这辈子没机会了，下辈子我一定要做你的新娘……"陈寻着急地问她缘故，她一下按断了手机。随后，她拨打了110 报警电话。警方接警后立即出警，迅速赶至现场将赵晓蕾带回公安局审讯。

那边正在筹备婚礼的陈寻得知事情真相后惊呆了，他的准新娘竟然在她家床上将前男友杀害，这究竟是怎么回事。从警方得知其中曲折后，他喃喃自语："你怎么这么傻，有什么事说出来我和你一起面对，你怎么能选择最坏的办法，害了他更毁了咱们的后半生！"

　　这起惨案给很多年轻离异的人敲响警钟。离婚后，总会有段特殊时期，新的感情没来，旧的伤痛未褪去。可以说，这是一段感情最饥渴，生理最饥渴的"情感缝隙期"。本案的犯罪嫌疑人赵晓蕾，就是在这个时期，找了这个小帅哥填补情感缝隙期，认为对方年轻，无毒无害，殊不知，当她想抽身时哪里能甩得掉，最终只能为自己曾经的放纵买了单。在感情的路上，任何时候都要慎重，免得害人害己！

车 震 遗 患

3 年前，王亚梅的公公钱志章车震后公然和情人同居，喧嚣一时，丢尽了儿子和儿媳的脸面。3 年后，钱志章因脑溢血致残，情人离他而去，他萌生了回家的念头。浪子回头，妻子原谅儿子也同意。然而，儿媳却不干了。那么，钱志章的回家之路是坦途还是荆棘？这一家人如何渡过惊涛骇浪后的肆虐洪流？

公公车震满城风雨

2011 年 9 月 16 日上午，吉林省某公司工程师王亚梅上班后，察觉到同事看自己的神情有些异常。一个小时后，她去水房打水，听到两个女同事正在议论："钱总和刘欣车震的事，王亚梅知道不？"另一个同事回了一句："她当儿媳妇，知道了又怎样，也不能说什么。""刘欣丈夫闹到我们单位，亚梅很快就会知道。她是好面子的人，咋受得了？"

"听到这些，我差点晕过去。你肯定早知道，为什么不告诉我？让我在别人的唾沫星子里丢人现眼？"这是王亚梅在当天上午 10 点半，打电话给丈夫钱涛时吼出的话。

王亚梅时年 35 岁，12 年前，她从吉林大学毕业，被后来成了她公公的钱志章招聘到了单位。钱志章当时是公司的总工程师，是路桥届权威，受人敬重。看到王亚梅性格好，他主动为自己时年 24 岁、在建筑设计院上班的儿子钱涛做起了媒。钱志章的老伴高娟在一所职业学院做老师。王亚梅对这个家庭很满意，对钱涛也一见钟情。第二年，两个年轻人就结了婚。次年，有了儿子猛猛。

2011 年上半年，钱志章退休后，又被单位返聘回来。恰恰在这个时候，爆出了这样的丑闻。

"你不说实话，我问你妈去。"面对王亚梅的威逼，钱涛说了实话："是我把爸接回家的。这件事千万不能让妈知道，她有心脏病。我求你了。"

王亚梅一声叹息："这件事恐怕瞒不住。"王亚梅的担忧很快变成了现实。第二天，刘欣的丈夫就找到了钱志章的妻子高娟。高娟暴跳如雷，把儿子、儿媳召集回家，将钱志章赶出了家门。

当晚，钱涛和王亚梅没有回自己家，而是陪伴母亲。父亲出事后，父子俩曾做过一次开诚布公的交流。钱涛把父亲出轨的原因，和母亲一一做了分析。

原来，钱志章和高娟原本恩爱有加，可近几年，高娟处在更年期，对钱志章关心渐少，而且多疑善妒，每次情绪不好，都把丈夫当出气筒。钱志章十分苦闷，经常找下属刘欣倾诉。刘欣时年 40 岁，丈夫在一家化工企业做销售经理，很花心，刘欣屡次提出离婚，丈夫都不同意。渐渐地，她也不安分起来，和不少男人关系暧昧。刘欣刚到公司时，曾受到钱志章的诸多关照，对他的苦闷感同身受，每次都给予了无尽的宽慰。时间一长，两个人成了一对情人。

2011年9月14日，是刘欣的生日。这天，丈夫出差了。她把儿子送到婆婆家，和钱志章在会所庆祝生日。点点烛光中，两人喝了两瓶洋酒。饭后，钱志章开着奥迪车送刘欣回家。车至一个僻静处，因不胜酒力，他把车停在路边，准备等酒劲过后再开。停车后，看到刘欣面若桃花，他情不自禁，和她缠绵起来。由于钱志章违规停车，正在巡逻的民警上前查看，将两人逮个正着。警方让他们指定家属来领人。钱志章通知的是儿子，刘欣想借此离婚，让警方通知了丈夫。没想到，其丈夫闹到了单位，又找到高娟，导致事情众人皆知。

钱涛诚恳地对母亲说："如果你不想离婚，就把我爸的心拽回来。"高娟恨死了丈夫，但她从没想过离婚。面对儿子的规劝，她沉默了好大一会儿："我想想。"

没等高娟想清楚，钱志章却提出了离婚。车震事件后刘欣坚决离婚，丈夫让她净身出户，她一口答应，很快办理了离婚手续。她找到钱志章："如果你爱我，也马上离婚。"钱志章名声尽毁，反而不在乎了。在爱情的驱使下，他像老房子着了火，也向老伴提出了离婚。

高娟心急如焚，抹不开面子求丈夫，就一次次哭着对儿子儿媳说："我们这把年纪离婚，让你们做儿女的脸往哪放？"婆婆为了儿女，不惜放弃尊严，原谅丈夫。王亚梅十分感动，拉着丈夫去做钱志章的工作。可他态度坚决："我如果退缩，就太对不起刘欣了。你妈还有你们，刘欣除了我，没有别的依靠了。"

丈夫如此维护小三，高娟刚刚平复的仇恨再度高涨："不要脸。我就是不离婚，看你怎么去养小三！"在仇恨的趋势下，她还去单位大闹。

妻子一闹，钱志章在单位待不下去了，刘欣也不得不向单位请了假。钱志章干脆搬到了刘欣（单位分房，她离婚时得到的唯一房产）家。离婚时，8 岁的儿子判给了刘欣。为了给母子俩更好的生活，钱志章开始四处兼职，卖力地工作着。

这些消息一传开，高娟更加恼怒。她向两人的大学同学、共同的朋友、亲戚，大肆宣扬丈夫的丑行。在孙子猛猛面前，也还不避讳："你爷爷跟小三跑了。以后见了他，给他一口唾沫。"猛猛比刘欣的儿子淘淘大 3 岁，两个孩子在同一所小学念书。2012 年初的一天，高娟送猛猛上学，正好碰见钱志章送淘淘。一看见爷爷，猛猛就跑到了钱志章的车前："爷爷，你怎么不回家了？"钱志章面露愧色："爷爷很忙，以后再回家看你。"打算上车离开。高娟冲了过来，拉开车门把他拽下来："大家快看，这个老东西放着自己的孙子不带，跑去给小三养儿子。"很多家长围观，场面非常难堪。回家后，猛猛一再追问王亚梅："妈，爷爷是坏人吗？谁是小三？"

忤逆公公浪子回头

王亚梅无言以对。事后，她责备钱涛说："猛猛是个孩子，你告诉妈，说话注意点。"钱涛提醒母亲，高娟不以为然："他做得出，我还说不得？我就是让他在猛猛面前抬不起头来。"钱涛夫妇无可奈何。

钱志章的所作所为，让一家人丢尽脸面，每个人都痛恨不已。王亚梅因为公公和刘欣都是她的同事，不得不经常面对别人的质询，每次都很尴尬，工作状态也大受影响，几次升迁都错过了。她曾多次劝婆婆答应离婚，终结婚姻，也终结别人的非议。可高娟坚决不肯："我就这样耗着，我看谁耗过谁。等再过几年，我就去告老东西重婚。"

为了给刘欣母子创造更好的生活，钱志章四处兼职，身体吃不消了。2013 年 7 月初的一个晚上，他突发脑溢血，在刘欣家中晕倒了。在省人民医院经过两次手术，才脱离了生命危险，落下了左胳膊和左腿行动不便的后遗症。

钱志章的遭遇，很快被同事知晓了。王亚梅反应淡漠："那个人和我没关系。"高娟的态度非常激烈："活该！遭报应了。"她勒令儿子坚决不要去探望。之后半年，钱志章一直住院做康复治疗。刘欣既要照顾他，又要管儿子，分身乏术，苦不堪言。钱志章十分心疼，托朋友把手头近40万的股票卖了，交给刘欣："这笔钱够我们生活一阵子了。"

钱志章想用这笔钱渡过难关，等身体康复后再去赚钱。然而，刘欣原本就是一个很随意的女人，看他身体垮了，很快就动摇了。加上她早已从医生那里得知，这种病再怎么康复，也不可能恢复到原来的样子，而且随时会复发。这让刘欣后悔不迭。之后，她以上班（其实一直在家）为名，为钱志章雇了一名护工照顾他，每天去医院待一会儿就走。

渐渐地，钱志章从刘欣的冷淡和漠视里，察觉到了问题。2014年春节前夕，他一恢复行走，就坚持出了院。办出院手续时，刘欣一再问他："你打算住哪里？"钱志章盯着她问："我还能去哪儿？"把钱志章接回家后，她却很少在家。除夕那天，她就买了两样现成的熟食和速冻水饺。淘淘被刘欣的前夫接走了，两人过了一个异常冷清的春节。第二天，她借口回娘家拜年，一连3天没回来。正月初四这天下午，她直截了当向钱志章提出："老钱，我养活不了你，让儿子接你回家吧！"

钱志章早料到今天这个局面。他没有多说一句话，收拾行李搬离了刘欣的家。在一个朋友的帮助下，他在离家不到500米的红星小区租了一套70平方米的房子，暂时住了下来。暗夜里，他在成堆的烟头中，狠狠鞭打着自己的灵魂，也一次次在眼泪中痛骂自己。直到那会儿，他才敢回头看看自己这几年的荒唐，看看自己的倾心付给了一个多么无情的女人。也直到那会，他才懂得自己对妻子，对亲人的伤害有多深。曾几何时，他想拨打妻儿的电话，向他们忏悔，可每每又羞愧地难以复加，始终不敢打出。

钱志章的境遇，王亚梅再度知晓了。她没有告诉婆婆，而是告诫丈夫："你爸可能想回家了。他当初走的决绝，想回来没那么容易。"钱涛当时并没有说话。

2014 年 3 月初，钱志章因感冒肺炎入院。病痛的折磨，让他变得脆弱，也促使他鼓足勇气给高娟打了电话。女人终归心软，高娟和钱志章是大学同学，又是初恋，积攒的仇恨，在他的忏悔里慢慢溶解了："娟，这辈子，我最对不起的人就是你。有生之年，如果还有机会，我会做牛做马补偿你……"

高娟的态度逐渐缓和了。钱志章又通过短信和电话，回忆着和高娟的点滴过往。知道妻子要强，钱志章还给所有的亲友都发了短信："我想回家。如果高娟给我这个机会，我要为她重新举办一场婚礼。不求宽恕，只想彰显一个浪子的忏悔，一个妻子的宽大。请各位监督我的有生之年，再有辜负，天诛地灭……"钱志章颇为清高，也很要面子，他此番态度，确实显示出了其悔过的力度。在亲友们的劝和下，高娟的怨恨又消除了一些。钱涛看望过父亲几次，高娟也不时做些好吃的，让儿子带过去。

这久违的温暖，令钱志章越发萌生了回家的念头。

2014 年 5 月，钱志章出院了。这一次，他没有回自己租住的房子，而是直接回了家。

看到几年没见的丈夫，高娟百感交集。她侧身让钱志章进了屋："你能不能回家，我一个人说了不算，要问问儿子和儿媳。"

高娟这样说，是出于对儿子儿媳的尊重。她认为自己点头了，儿子儿媳一定不会反对。果然，钱涛一口答应了。然而，王亚梅却坚决不干，一再对丈夫说："当初你爸搞车震，闹得沸沸扬扬，就这样回来我的面子往哪里搁？猛猛13岁了，以前你妈老对他说爷爷不是东西，养小三，又怎么对他解释？"

拒让回家积怨爆发

王亚梅的质疑，并没有得到婆婆和丈夫的理解，他们觉得我们都不介意了，你一个儿媳还阻拦什么！案发后，据和王亚梅关系最好的单位同事刘萍讲述：亚梅跟我们很多人咨询过，我们都站在她那一边。说实话，钱工当时闹得太离谱了，如果是我，也不想让他回来，咋面对这样的公公啊？

案发后据警方调查，王亚梅不止向同事、好友咨询，还向一些专门机构的婚恋专家咨询过。她这样写道：我问了很多专家，专家告诉我一个规律：出轨也有遗传性，这种遗传是长辈出轨给子孙留下"黑色记忆"，如果出轨的长辈得到了应有惩罚，记忆就会降低，甚至消失，否则，子孙们的出轨率就会大大增加，因为他们得到的暗示就是出轨不用付出任何代价。我该怎么办？如果我同意公公回家，会不会丈夫，儿子会效仿？如果不同意，那势必当恶人……当时专家回复说："规律有其普遍性，但特殊情况特殊对待。"王亚梅回了一句："您的回答，令我更不知所措了。"

据案发后，王亚梅13岁的儿子猛猛回忆：那段时间，妈妈多次问我欢迎不欢迎爷爷回家。还说奶奶想让爷爷回来。我不理解，跑去问奶奶："您不是说爷爷十恶不赦吗，不是要让他死在外面吗，为什么又让他回来了？"奶奶回答我说："大人的事孩子不懂。"我特别不服气："大人就是这样，说话从来不算数。"

猛猛当时已经上初一，正值叛逆期，而公公的"榜样"力量太坏，大人间的事太复杂，王亚梅实在没法向猛猛解释清楚。更令她胆战心惊的是，猛猛犯了错误，还振振有词："你们大人十恶不赦都能得到原谅，我犯点儿小错算什么。"

王亚梅百般纠结。而她的态度和想法，并没有得到婆婆和丈夫的体谅。钱涛为父亲说话："我爸身体垮了，按照你的理论，他受到应有的惩罚了。你还想怎样？"王亚梅为此和丈夫、婆婆几次起争执："你们的恩怨我不管，但影响了我儿子，我就不能答应。"

儿媳的决绝，令高娟十分无奈。她收拾出了一套60平米的老房子（原本出租），让丈夫先住了过去。钱志章得知儿媳的态度，十分羞愧，一再找到王亚梅："我错了，以后我会用实际行动弥补过错。希望你能让我回来，我一定会好好帮你带孩子。"一提孩子，王亚梅来气了："我的孩子交给您能放心吗？您给我，给孩子造成的恶劣影响，是几句忏悔就能挽回的吗？"

"那你说，我怎么样做，你才能让我回家？"钱志章无限凄凉，悲怆而无奈地追问着儿媳。

"我也不知道。我只知道，您现在回来不合适。"王亚梅态度坚决。钱志章无比心酸，踉跄而去。据案发后，刘萍向警方讲述：亚梅是真的不知道该怎么办。在钱志章的妻子和儿子看来，他已经受到惩戒了，浪子回头难能可贵。可在王亚梅看来，钱志章归来，就是对出轨的过度宽容。

就在王亚梅和丈夫、婆婆相持不下时，2014年6月初的一天，她在钱涛的手机里发现了他和一个大学女同学互发的暧昧短信。这令她如临大敌，和丈夫吵闹起来。事后，虽然钱涛发誓绝没有做任何对不起她的事儿，但王亚梅越发觉得是公公影响了丈夫，她强势地向全家人宣布：公公不能就这样回家，否则她就带着孩子离婚。钱志章数次祈求儿媳，但都没有得到王亚梅的谅解。渐渐地，钱志章对儿媳怨恨了起来。

2014年6月末，钱志章得了严重过敏症，非常痛苦，回家的渴望也越发强烈。妻子无奈回答："亚梅不同意，你还是再等等。"他只有又去求王亚梅,但她依旧不松口。渐渐地,钱志章失去了耐心,对王亚梅也越来越不满。

2014年8月2日这一天,他把一把水果刀揣在了怀里,到单位门口等候王亚梅,想和她再谈谈。他气愤难平,发着狠:"再不同意,我就让你好看。"晚上7点左右,王亚梅和几个同事走出单位大门,有个同事看见了钱志章,马上嘲讽王亚梅:"哟,亚梅,你公公来接你啊!"王亚梅来气了,支走同事,冲到钱志章面前:"你嫌我不够丢人是吧?专门等在这里给我添堵?"钱志章闷哼了一声:"我和你商量回家的事儿。我今天来告诉你,同意我也回,不同意我也回去了。"大概听到公公如此态度,王亚梅也毫不客气:"只要有我在,你就别想回去。有本事你回刘欣家啊!"钱志章更气了:"你怎么说话呢,我好歹是你公公。"

"车震时,离家出走时,养小三时,您怎么没想到是我公公?钱涛和猛猛都让您带坏了,您凭什么要求回家……"王亚梅越说越气,也越发口不择言,"老流氓"之类的词也脱口而出,钱志章被气昏了,他拿出那把水果刀,冲上去向她狠刺几刀:"住嘴,你给我住嘴。"没想到,一下刺中了她的心脏。顿时,鲜血直流……

血案发生后,钱志章呆坐当地。路过的行人发现后,立即向110警方报了案。公安局迅速出警,将王亚梅送去医院抢救,并将钱志章抓捕归案。王亚梅在送往医院途中,因出血过多身亡。高娟和钱涛得知这一噩耗后,悔恨没有处理好家庭关系,导致翁媳双方死结难解,酿成悲剧。猛猛更是无法接受爷爷杀了妈妈的事实,性格变得异常孤僻。

这一场人伦悲剧令人扼腕。钱志章出轨在先,后又犯科作案,固然该谴责,也理应受到法律严惩。然而,其真心悔过,渴望回家之心可以理解。作为儿媳,王亚娟的担忧也并非全无道理。教训实在过于惨痛。

蹊 跷 车 祸

出租车司机廖峰交了绝对的桃花运——

一次英雄救美，他被瑜伽教练张苓莓爱上。对方长得美，还是个富家女。这段在廖峰看来高攀不起的爱，还获得了一笔巨款资助——

因张苓莓父兄反对，她的母亲把 700 多万私房钱交给一对有情人，资助他们远走天涯。这对小情侣能成功逃脱父兄的追讨吗？ 2016 年 9 月，一起蹊跷车祸命案，解开了一段令人咂舌的秘密……

英雄救美邂逅爱情

2015 年 1 月 21 日晚上，内蒙古呼和浩特市街头寒风呼啸。出租车司机廖峰正在上夜班，晚上九点多，他到经济开发区送人，准备返回市中心。在一个僻静街角，他看见两个歹徒正在拉扯一个穿红色大衣的女人，廖峰一脚油门奔过去："放开她！否则我撞死你们！"歹徒落荒而逃。廖峰赶紧让红衣女人上了车。对方是个年轻女孩，标致的容貌令人我见犹怜。廖峰问她："要不要报警？"女孩摇摇头："不报警，我不想惹麻烦……"

　　廖峰把女孩送回了家。女孩告诉廖峰,她叫张荙莓,28岁,内蒙古赤峰人,是一名瑜伽教练,好友在附近的瑜伽馆做老板,她过来授课,却遭遇了流氓。张荙莓越说越感激:"大哥,今天晚上多亏了你,我以后能不能包你的车?我不影响你拉别的活。"廖峰答应了:"不用包车,你正常付车费就行。"两人互留了联系方式。

　　第二天中午廖峰上早班,张荙莓就坐了他的车,还特意请他到高档西餐厅吃了一餐"救命之恩"饭。从那以后,张荙莓只要有事,就用廖峰的车。她出手大方,每次都多付车费,有时还给廖峰带份礼物。两个人越来越熟稔。张荙莓上课多半在晚上,为了她方便,廖峰改为常年开夜班车。廖峰个性豪爽,为人仗义,人也长得高大帅气,很有男子气概,站在高挑苗条的张荙莓身边,就像一个十足的保镖。有他在,再冷的夜,张荙莓也不觉得害怕了。而他在寒夜里,静静递上的一份热腾腾的糖炒栗子、一个烫手的烤地瓜,总能让她心里暖暖的。

　　三个月后的一天晚上,廖峰接张荙莓下课,她提议去酒吧,那天是她的生日。廖峰拉她到花坊时买了一捧漂亮的"蓝色妖姬":"生日快乐!只有你才配得上这么优雅的蓝!"张荙莓非常感动。那晚,两人喝了很多红酒。酒酣耳热之际,张荙莓动情地对廖峰表白:"廖哥,我爱上你了!"廖峰蒙了。

　　廖峰30岁,比张荙莓大两岁,是呼和浩特本地人。念初中时,父亲去世,母亲靠打零工含辛茹苦把他养大。高中毕业后,他参军做了三年武警,退伍后以开出租车为生。25岁那年,他和一个保险业务员结婚。小夫妻和廖母住在一套老房子里。婆媳之间相处不好,一年后,妻子和他离婚了。廖峰心灰意冷,索性和母亲相依为命。

　　这么好的女孩居然爱上他?廖峰想都没敢想过:"我没钱,没房,爱不起你这样的女孩，也不敢爱。""你人好，善良，能干，仗义，和你在一起我踏实……"张荨莓一把搂住廖峰……两人陷入热恋。张荨莓带廖峰去商场给他买了高档手表和西服。女友越是这样，廖峰越是认为自己配不上她："荨莓，我们还是分手吧！"张荨莓的脸一下变了。她大声啜泣起来："也许没几天，我们就再也没法见面了。"廖峰大吃一惊，连忙追问是怎么回事。

张荨莓这才向廖峰讲述了自己的经历。

原来，张荨莓的父亲张武是赤峰市的皮革商人，后又拓展了超市连锁等多个行业，公司遍布内蒙古全区。2000年前后，张武把公司总部迁到呼和浩特，家也搬到了这里。张荨莓还有一个大她12岁的哥哥。作为女孩，张荨莓备受父兄宠爱。从小，她想干什么，张武都由着她。

因为肆意自由，张荨莓大学毕业后，每天就是旅游，玩乐，喜爱瑜伽、禅修的她就去帮朋友上瑜伽课，和呼和浩特影视圈的人混在一起，客串角色。虽然平时由着张荨莓"作"，但涉及婚姻大事，父亲却完全变了一副面孔。早在女儿18岁那年，张武就郑重和女儿谈过一次："谈朋友可以，要先由我把关。"

张荨莓没把这些话放在心上。19岁那年，在北京念大学的她，和校友、一个内蒙古赤峰小伙子恋爱了。张武查出男孩的父亲坐过牢，勒令女儿马上和他分手。他偷偷出面，给那男孩一笔钱，要他退学回赤峰重新参加高考去了。张荨莓当时一无所知，直到几年后才知道这一切。此后，她恋爱几次，都因为男孩条件达不到父兄的要求，被搅"黄"了。

2012年初，张荨莓和呼和浩特一个导演相爱。对方很有才华，却一直没有出头，日子过得潦倒。张荨莓曾资助过他很多拍摄资金，父亲依旧反对他们来往。张荨莓铁了心，发誓非导演不嫁。张武实在没办法，干脆把女儿看了起来。

张茇莓的母亲一直站在女儿这边。2012 年 11 月的一天晚上，她将女儿偷偷放了出来。张茇莓和导演打算私奔到北京，在搭乘出租车去火车站的路上，因为刚下了雪，天寒路滑，出租车发生了车祸。导演因头部受重伤当场死亡，张茇莓受重伤被送到医院救治，半年后才出院。

携款私奔无辜送命

一场伤恋，让张茇莓患上了严重的抑郁症。即便如此，张武依旧没有降低女儿的择偶标准。他给女儿安排了很多条件优秀的男孩相亲，张茇莓一律拒绝。内心深处的那一道伤疤，她以为此生再无法愈合。直到廖峰的出现。廖峰和死去的导演有几分相像，这种天生好感，让她终于重新打开心门，爱上了他。张茇莓知道，以廖峰的状况，父亲依旧会反对。这次恋爱后，她干脆肆意吃喝玩乐，珍惜着两人在一起的每分每秒。

说到这里，张茇莓潸然泪下："你懂我的心了吧？我不是乱花钱给你施压……"廖峰感动得热泪盈眶：女友居然是个富家女，她历经情感劫难后，将他视为重生的第一缕阳光，他责任重大。他必须勇敢挺身，为未来拼一把。这份心思，廖峰和女友做了交流。张茇莓告诉男友，她已向母亲求助。两个人下决心齐心对抗，不再妥协。

不久，张母在张茇莓的陪伴下，约见了廖峰见一面。那是个雍容富态的妇女，对廖峰印象很不错。张母感慨地说：女儿因为前一段爱情，差点儿丢了命，让人心有余悸。这次，她再也不能坐视不管了。

3 个人进行了周密规划，最终张母决定让廖峰带着张茇莓私奔。不久，张茇莓从母亲那里拿到了 700 多万元的私房钱。她取出 50 万元交给廖峰，让他安顿好廖母，两个人远走高飞。女友决绝，他没法再犹豫。他给母亲雇了一个保姆，谎称要去法国开出租车。想到儿子去赚欧元，廖母也就没有阻止。廖峰退伍前，就在吉林省长春市当兵，两人商定到那里落脚。

2015 年 4 月，两人抵达长春。怕张苓莓家人寻找，他们做事十分隐秘，以廖峰的名义在长春市双阳区买了一套 102 万的房子，安顿下来。张苓莓宣称叫胡敏，廖峰托战友给女友以这个名字做了一个假身份证。两人把剩余的钱，一部分买了银行理财产品，另一部分买了三辆大货车，还按揭购买了两台挖掘机，出租赚钱。

廖峰有大型货车驾照，其中一辆货车就由他开，其他车辆出租给物流公司。张苓莓除了偶尔用公用电话和母亲报个平安，很少和人接触。无聊寂寞，她就到家附近的健身中心做瑜伽教练。

两人日子过得不错。工作之余，廖峰从不出去应酬，全部时间都陪伴女友，还经常制造点小惊喜。张苓莓十分知足，感慨地说，这是自己度过的最舒心的时光。2015 年 8 月，她怀孕了。两人决定将孩子生下。

女友怀孕后，廖峰把手里的货车也租给别人开，在家细心照顾。为出行方便，他买了一辆丰田越野车代步，带张苓莓去散步、闲逛。

2016 年 6 月，张苓莓生下一个 6 斤半重的女孩。在一家月子中心坐完月子，廖峰又雇了一个 50 多岁、有经验又干净利索的月嫂，照看妻女。孩子 3 个月时，廖峰闲不住，又开起了顺风车，用他的话说：钱不怕多，他要做一个积极的父亲。张苓莓喜欢的就是廖峰这股向上的劲头，幸福中，抑郁症也渐渐痊愈。

2016 年 9 月末的一天下午，廖峰又拉了一单活儿。他到一个面包店买了张苓莓最爱吃的黑面包，随后往家走。他刚行驶到一个僻静路口，一辆奥迪 A6 逆行过来，廖峰急忙刹车，两车还是撞在了一起。廖峰下车一看，自己的车被撞得很严重，他怒气冲冲质问对方："你怎么逆行啊？"车主是一个矮个中年男，他和另一个年轻壮汉一起下车，两人挥拳就朝廖峰打去。廖峰所在区域是一个正在修建的写字楼，车辆很少，行人几乎没有。两人将廖峰暴打一顿，矮个男又拿起一把弹簧刀，抵在廖峰的脖子上，将他押到本田车后座上。这一幕被一个正在写字楼作业的建筑工看到，案发后他这样描述：廖峰根本没还手，一边招架一边嚷："有话好说，打人干什么！"

两人撞车后，一些过路车停了下来，建议他们别打架，赶紧出险。两个奥迪男也一再答应"马上报警"，过路车见事态平息，纷纷开车走了。

正是在这个时候，在家陪孩子的张荞莓接到了廖峰的电话。他在电话中这样跟张荞莓说："我撞车了，你马上过来！"张荞莓一惊，问廖峰受伤了没有。廖峰回答说没受伤，就是车被撞坏了，让她不要再问了，赶紧过去。

张荞莓问明地点，将孩子交给保姆，打车赶过去。到现场后，张荞莓发现两辆车规整地一前一后停在路旁，她赶到自家车旁打开车门，发现廖峰满头是血，脖子上还抵着一把弹簧刀。一看见她，廖峰喊起来："荞莓，你哥来了。咱们都有孩子了，有话好好说。"张荞莓转身就跑。矮个男追下来拉住她："贱人，你逃到天边，我也能找到！"

两人撕扯间，矮个男拿起手里的弹簧刀向张荞莓扎去，扎中了她的后腰。廖峰急了，他疯了一样不顾一切冲下来，挡住中年男子："你不是荞莓哥哥？！你究竟是谁！"

见廖峰挡在张荞莓面前，眼看她又要逃跑，矮个男急了，一刀扎进廖峰的胸口。廖峰依旧不放手，抓住矮个男："荞莓，快跑！"矮个男更加愤怒，一口气朝廖峰的胸口连扎几刀，直到廖峰倒下……

血案发生，歹徒驾驶着奥迪车仓皇逃走。路人拨打 110 报警，民警和 120 急救车很快赶到，廖峰在送往医院的路上因失血过多死亡，张苳莓没有生命之忧，却一直神情恍惚，一言不发。

车祸引出惊天秘密

警方迅速对此案展开侦破工作，通过调取前后路段路口的监控，确定奥迪车车牌号，随后顺藤摸瓜，锁定了犯罪嫌疑人为呼和浩然人高勇。民警对高勇抓捕时，他已逃之夭夭。此后，两地警方联手配合，2016 年 10 月底，将躲藏在亲戚家的高勇抓获归案。高勇向警方交代了一个让人瞠目结舌的真相。

高勇时年 44 岁，原本是呼和浩特市一家国企的副总经理，妻子在一家中学做老师，有一个 14 岁的儿子。有能力有魄力，口才好，且很有女人缘。

五年前的元旦前夕，高勇所在的单位举行联欢晚会，认识了时年 24 岁的张苳莓。当时，张苳莓被临时聘请过来做一个集体舞领舞，她舞姿曼妙，面容娇俏，眉宇间风情万种，高勇被迷得神魂颠倒。联欢会结束，高勇不顾自己有妻有子，疯狂地追求起了张苳莓。

张苳莓确实是内蒙古赤峰人，从小父母离异，她和母亲相依为命，2010 年，她从内蒙古一所艺术学院舞蹈系毕业后，在健身会所做教练。偶尔，喜爱电影的她会客串一些电影中的群众演员。母亲多病，她工作十分努力，自然非常辛苦。高勇为了赢得美人心，对张苳莓一掷千金。得知张母在老家租房住，他马上花二十多万在赤峰市繁华地段买了一套房送给了她。这个男人的疯狂，让一直为生计疲于奔命的张冬莓动心了，最终变成了他的情人。

虽然收入高，但毕竟有妻子管控，高勇动起了歪心思：他利用职务之便，将公司回款截流做本金，让张苓莓炒股，买理财产品，供养生活开销。高勇消息灵通，加上张冬莓也很用心，短短两年，她除去各项开支，将情人给予的近 500 万元本金增资到了 800 多万元。张冬莓在呼和浩特购买了房子，她坚持做瑜伽教练，和影视圈朋友玩票，不喜欢开车的她每天打车出入，看上去和以前没什么两样，也从未要求高勇离婚娶她。高勇颇为得意：他确保家庭无忧，能坐拥情人，享受齐人之美，职场情场双赢！

2015 年初，各级巡视组对国企等单位进行巡视，高勇所在单位率先开始自查。高勇打算将自己截流近 500 万元的公款交还公司。张冬莓答应等时机成熟，就尽快将所持股票变现，把钱交还给他。这时，高勇养情人的消息被人告知了妻子，其妻通过私人侦探，查获了张冬莓名下的资产，要求丈夫将张苓莓名下财产全部收回，并分手，否则就向单位举报。高勇深知其中利害，他和妻子联手，一面让妻子出面威吓张苓莓，他一面苦苦哀求情人，尽快还钱给自己。

张冬莓答应了，主动打电话给高勇的妻子，说自己在内蒙古影视圈已小有名气，求高妻不要闹大，以免自己身败名裂。她求高妻多给自己点时间，保证股票、基金能在高点抛出。高妻没有反对。就在高勇夫妇苦苦等待资金回笼时，张冬莓突然消失了！

高勇疯了一样到处寻找张苓莓，始终没有找到。张母只说女儿去美国了，别的什么都不知道。见张母不像是在撒谎，高勇没了辙。单位审计出问题，他只有把自己名下的房子卖掉，填补了资金空缺。虽然补上了资金缺口，高勇还是被开除了公职，妻子也与他离了婚，儿子判给妻子。高勇把自己的失势全部归罪于张苓莓，一直苦苦追查她的下落。

　　高勇是个电脑高手，在张苳莓杳无音信的情况下，他通过她的淘宝账号，确定了情人在长春的确切位置。他找了一个老乡一起赶到长春，跟踪数日后，开车故意与廖峰相撞。他和老乡对廖峰一顿暴打。没想到，在打的过程中，廖峰喊起来："你是苳莓的哥哥吗？我和苳莓有孩子了，咱们是一家人，有话好好说。"

　　高勇奇怪，廖峰为什么会误会自己是张苳莓的哥哥？但他没有否认，顺口答应："对，你拐走我妹妹，我不会放过你。"被误会成了哥哥，但高勇还是逼廖峰撒谎他和陌生人撞了车："就说你和不认识的人在扯皮，让苳莓来帮忙。别的什么都不要说。"廖峰果然骗来了张苳莓，随后就发生前面描述的惨剧。讲完，高勇还对警方嘀咕："他为什么当我是张苳莓的哥哥，我不想杀他，他非要替张苳莓挡刀。"

　　警方随后就案情进一步问询张苳莓，她还是一言不发。当警方将高勇的供词拿给她看时，她情绪崩溃，最终交代了事情的经过。

　　当张苳莓意识到高勇想将她名下所有财产取回时，她气炸了，这笔财富，除了高勇的本金，里面包含的是她的苦心经营，还有她五年的暗黑青春。

　　张冬莓不愿将这笔财富拱手相让。她一边假装在高勇夫妇面前示弱，一边寻找对策。当时，张苳莓已和廖峰相恋，她确实爱上了这个带给自己阳光和温暖的男人。她编造了"富家女"的谎言，请一个群众演员扮演了自己的母亲，把股票、理财产品全都卖掉变现，存入廖峰名下，冒充母亲资助的私奔款。对自己母亲，她谎称是去美国了。由于从美国用座机打长途电话到国内，会自动变换成国内座机号码，张母从未疑心。张苳莓确实对廖峰一片真心，否则她不敢让他持有她的全部财产。

　　可悲的是，廖峰直到死去，都不知道自己成为"二奶"的殉葬品。廖峰已死，我们无法得知，他去世前的心理活动，但可以肯定的是，直到去世前，他还认为张芩莓就是一个富家女。他应该是从高勇还算体面的着装上，误会他就是"大舅哥"。在高勇"承认"后，廖峰没有做任何反抗，"心甘情愿"被暴打一顿。否则以廖峰的体魄，不至于丧命。

当前反腐形势下，很多贪腐者无处遁形。本案就是由此引发出的一个让人感慨万千的极端故事。再夺目的青春，一旦陷入暗黑阴影，终将付出惨重代价。张芩莓原本有可以悔过的机会，在遇到廖峰时，如果她能终止不堪，重新开始，也能回归幸福。在被索要公款时，她能及时悔悟，如期交回，尚可原谅。可她偏偏选择了一条不归路，为了昧钱，处心积虑将一个无辜男人扯进了血案。她面临的，将是一生的悔恨，这笔良心债也将背负终生。面对女儿，她也将终生词穷！

后　记

　　律回春晖渐，万象始更新。因为突如其来的新冠肺炎疫情，2020 年的春天虽然比想像中艰难，但还是如约而至。春节期间响应防疫号召，足不出户，正好在家整理一下书稿。如今国内疫情形势逐渐好转，这本《危情》也即将付梓印刷，与广大读者朋友们见面。

　　与文学结缘，只为一抹钟情。我出生在吉林省敦化市黄泥河镇一个教师家庭，受父母影响，从小就喜欢读书，心底一直有个文学梦。1995 年我在长春市人民警察学校毕业留校工作后，业余时间一直笔耕不辍，2006 年被调入长春市公安局宣传处工作，先后 5 次荣立个人三等功，多次受到嘉奖，2012 年被评为"长春市百名文艺新秀"，2014 年被选调到中共长春市委宣传部工作，写作改变了我的人生命运。

　　与文学结缘，人生处处有惊喜，许多难忘的回忆历历在目：2001 年第一次辛苦采写的纪实文章发表在《知音》杂志上；2003 年接到《婚姻与家庭》杂志社邀请，去新加坡和马来西亚参加海外笔会；2005 年采写的《为海啸捐款 500 万》荣获《家庭》杂志 2 万元头条奖；2007 年出版第一本纪实文学集《警官之梦》；2014 年出版第二本纪实文集《警世情》，在长春市重庆路新华书店现场签售；同年参加中国作家协会在北戴河举办的少数民族作家培训班并成为中国少数民族作家学会会员；2018 年底荣获长春文学奖；多次参加吉林省作家协会代表大会……与文学结缘，这些接踵而至的惊喜和收获，更加坚实了我在文学之路上笃定前行的脚步。

"每个不曾起舞的日子，都是对生命的辜负。"这些年，在投入大量的心血和汗水后，我撰写的文章在多家国内知名期刊上发表，并多次获奖，先后应邀参加了各大杂志社在美国、法国、德国、奥地利、意大利等 20 多个国家举办的笔会，得到许多与国内知名作家近距离交流学习的机会，丰富了人生阅历，也使笔下的文章更加精彩。

这本《危情》收录了我近 5 年以来利用业余时间独家采访写作，分别被《知音》《家庭》《婚姻与家庭》等国内知名杂志采用刊登的 36 篇纪实作品，在每一个故事中，都倾注了真情实感，希望这些命运悲欢能引起读者的思考与共鸣。由于可以理解的原因，本书中有些人物、时间和地点作了一些处理，请勿对号入座。因时间仓促，难免有疏漏之处，诚望读者不吝指正。

在此，特别感谢中国作家协会办公厅王璇副主任在百忙之中为这本书作序，感谢著名书法家姚俊卿老师为本书题写书名，感谢著名纪实文学作家李发锁老师，吉林省文联副主席、长春作家协会王长元主席和知音杂志陈宝岚总编辑的大力支持，感谢省、市作协和时代文艺出版社的诸位领导、编辑，以及至亲好友们的支持帮助！

与文学结缘，淬练多彩人生。今后我将牢记初心使命，不负时代韶华，在宣传工作战线上和文学天地里继续努力进取，以更好的成绩回报一直帮助和支持我的领导、老师、同事、亲人和读者朋友们！

2020 年 4 月于长春